スープ専門店②

招かれざる客には冷たいスープを

コニー・アーチャー　羽田詩津子 訳

A Broth of Betrayal

by Connie Archer

コージーブックス

A BROTH OF BETRAYAL
by
Connie Archer

This edition published by arrangement with The Berkley Publishing Group,
an imprint of Penguin Publishing Group,
a division of Penguin Random House LLC
through Tuttle-Mori Agency,Inc.,Tokyo

挿画／ノグチユミコ

ゲイル・ハイアットのいとしい思い出に
あなたは永遠にわたしたちの心に生き続けるでしょう。

謝辞

フォリオ・リテラリー・マネージメント社のページ・ホイーラーは非常に仕事熱心で、いいアドバイスと専門的意見をいただいた。バークレー・プライム・クライムのベス・ラパポートには〈スープ愛好家のミステリ〉のために熱意あふれる支援をいただいた。心から感謝を捧げたい。

マリアン・グレースには、この本をできる限りよいものにするために原稿整理の技術を提供していただいた。それから、この本を誕生させるために手を貸してくれたバークレー・プライム・クライムのみんな、どうもありがとう。

批評し励ましてくれた作家グループにも心からの感謝を。チェリル・ブラフリー、ドン・フェドシューク、ポーラ・フリードマン、R・B・ロッジ、マーガレット・サマーズに。そしていつも人を殺す方法について考えている女性といっしょに暮らしてくれる忍耐強い家族とすばらしい夫へ最後に、だが大きな感謝を捧げる。

コニー・アーチャー
www.conniearchermysteries.com
www.facebook.com/ConnieArcherMysteries
Twitter：@SnowflakeVT

招かれざる客には冷たいスープを

主な登場人物

ラッキー・ジェイミソン……………………スープ・レストランの店主
ジャック・ジェイミソン……………………ラッキーの祖父
セージ・デュボイス…………………………スープ・レストランのシェフ
ソフィー・コルガン…………………………ラッキーの友人。セージの恋人
イライアス・スコット………………………医師。ラッキーの恋人
エリザベス・ダヴ……………………………ラッキーの亡くなった両親の友人。村長
ハリー・ホッジズ……………………………自動車修理工場の経営者
ガイ・ベセット………………………………自動車修理工場の従業員
リチャード・ローランド……………………開発業者
ロウィーナ・ナッシュ………………………新聞記者
エドワード・エンブリー……………………村議会議員
コーデリア・ランク…………………………〈アメリカ革命の娘たち〉のメンバー
マギー・ハーキンズ…………………………村の女性
マージョリー…………………………………スープ・レストランの常連客
セシリー………………………………………スープ・レストランの常連客
ホレス・ウィンソープ………………………スープ・レストランの常連客
ハンク・ノースクロス………………………スープ・レストランの常連客
バリー・サンダーズ…………………………スープ・レストランの常連客
ロッド・ティボルト…………………………弁護士
ネイト・エジャートン………………………警察署長

1

ネージュヴィル　一七七七年

ナサニエル・クーパーは大きな木の幹に体を押しつけるようにして、ゆっくりと進んでいった。見つかるのが怖かったので、音を立てないように最新の注意を払った。心臓が早鐘のように打ち、胸が張り裂けそうだ。森の地面は香りの強い松の葉と、夏の暑さで枯れて砕けた落ち葉に覆われていた。足の下で小枝がポキッと折れる。くそっ。息をひそめて毒づくと、立ちすくんだ。いまや、いたるところに両陣営の監視がいた。ネージュヴィルの村は自警団を組織して道を見張り、あらゆる動きを、とりわけイギリス軍の動向を監視していた。少しでも不審な動きがあれば、教会の鐘を鳴らして町じゅうに警告することになっている。

その晩、ナサニエルはベッドに横たわり、両親と妹たちが寝入るのをずっと待っていた。家族全員がぐっすり眠っていて自分が出かけることに気づきませんようにと祈った。これからすることは誰にも説明したくなかった。そろそろ大丈夫そうだと判断すると、足音を忍ばせて階段を下り、かぐわしく湿っぽい夜の中に出ていった。誰にも知られてはならない。知られたら、絶対に許されないだろう。まちがいなく殺されるだろうし、おそらく家族全員が同じ運命をたどる。少なくとも、家と全財産は民兵隊によって没収されるだろう。

グレーの手織りのソックスとやわらかい革のブーツをはいていたので、ほとんど足音はしなかったが、それでも一歩ごとにコオロギの合唱がぴたっと止んだ。小動物が藪の中にカサコソと逃げこんでいく。そろそろ新月だったので、空は暗かった。ただでさえ何も見えないが、木立の中はいっそう闇が深い。森の中の開けた場所に近づいていく。そこには身を隠すものといったら細い若木しかなかったので、影の中から出ないようにした。眼下の酒場の窓でランタンがひとつだけ灯っている。その日の午後、あそこでイギリス軍士官が声をかけてきたのだ。なぜか士官は兄のジョナサンが行方不明になっていることを知っていた。一家の荷馬車で隣村にエールを配達に行く兄の姿を見たのが最後だった。家族は村じゅうの人間にジョナサンを見かけなかったか、消息を聞いていないかとたずねて回り行方を必死に探したが、手がかりは何も得られなかった。母親は心労で憔悴し、行方不明の息子はイギリス軍に撃たれたのだと思いこんでいた。よくても捕虜、悪くすればもう殺されているだろう。

ナサニエルの家族だけではなく、村人全員が今の状況に怯えている。イギリス軍兵士たちの傲慢さに腹を立て、村人たちは彼らを追いだしたいと願っていたが、イギリス国民として王への忠誠を誓う人間もまだ大勢いた。両者の感情的対立は沸点にまで達し、もはや話し合いの余地はなかった。誰もがどちらかを選ばねばならなかった。ナサニエルの父親はイギリス軍と戦いたがったが、不安がる母親に押しとどめられていた。その躊躇《ちゅうちょ》のせいで、一家は村人たちに疑惑の目を向けられるようになったのだ。母の意に反して、ナサニエルは何よりも家族を守りたいという一心で民兵隊に入った。ただ、たとえ相手がイギリス軍でも、戦って殺し合うのはいやだった。兄と同じで、彼も政治にはほとんど関心がなく、農民として静かな暮らしを送りたいという思いしかない。イギリス人だろうとアメリカ人だろうと、誰かを殺すような羽目にならないことを祈った。

ジョナサンについて知っていた見知らぬ男は、茶色の短いズボンに手織りの布の外套という村人たちと同じような身なりをしていたが、どう見ても植民地の人間ではなかった。態度は居丈高で傲慢で、命令することに慣れていた。酒場の誰一人として、床を掃いていた下働きの少年ですらだまされなかった。男が一人、後ろに控えて用を言いつけられていた——従卒だ。従卒を抱えることができるのはイギリス軍士官だけだ。おそらく牧師の言うとおりなのだろう。村が武器をとって戦わなければ、あるいは民兵隊が鎮圧されたら、永遠に王の奴隷になるのだ。ナサニエルはまだ迷っていた。王に忠誠を誓って平和を期待するか、王の権威に刃向かって民兵隊で戦うか。彼らの土地では圧政が敷かれつつあった。王党派は裏切り者と呼ばれ、民兵隊は命を危険にさらしていた。どちらにつくかぐずぐず迷っていたら、隣人によって命を奪われかねなかった。

その日の午後、イギリス軍士官は酒場の外でナサニエルに声をかけてきて、兄について知っていることがあると切りだした。ジョナサンはボーンマスに行く途中で捕虜にされ、荷馬車、エール、馬は奪われたのだと。しかし士官は兄がまだ生きていると請け合い、どこに収容されているかを教えると約束した。引き替えに、彼は情報を求めていた。若いとはいえ、ナサニエルは馬鹿ではなかった。当然見返りが必要なことは承知していたが、相手が求めているものを聞いて息をのんだ。村が弾薬と武器をどこに隠しているか教えろと言うのだ。さらに、ベニントンの武器庫の詳細と、いざとなったときに何人の民兵隊兵士が守りにつくかを知りたがった。

ネージュヴィルで結成された自警団は、イギリス軍が北から近づいていて、これまで慎重に蓄えてきた銃や弾丸を奪い、最終的にベニントンの武器庫を制圧するつもりにちがいないと考えていた。村の人々は会合で、憎きイギリス軍がドイツ傭兵のヘッセン人、王党派のカナダ人、ネイティブアメリカン、フランス人などでふくれあがっていることを知った。進軍してくる兵士たちの食料として、彼らの馬や家畜が没収されるだろう。激しい戦いが起きるはずだ、ここネージュヴィルでなくてもベニントンにもっと近い場所で。

ナサニエルは牧師のおかげで、緑地広場の白い尖塔がある教会の説教壇の下に銃や弾丸が隠されていることを知っていたが、ベニントンの武器庫の情報はつかんでいなかった。兄を解放してもらえ、家に連れ帰ることができるなら、イギリス軍士官が望んでいる情報を喜んで洗いざらい伝えただろう。しかし、自分の知っていることで足りるだろうか？

暖かい夜なのに体が震えた。あの男はどこにいるのだろう？　ナサニエルはイギリス軍士官を恐れていたが、仲間の村人たちに見つかることのほうがずっと恐ろしかった。敵に情報を渡したとばれたら、どうなるかは考えたくもなかった。枝の折れる音がしたので怯えて飛び上がった。男が彼の背後で森から開けた場所へと進みでてきた。ナサニエルは見張りながら待った。ようやく心臓の鼓動がおさまってきた。ひとつ深呼吸すると、木立の陰から出ていった。リネンのシャツと茶色のチョッキ、つばの広い帽子に見覚えがあったが、その人影がこちらを向いたとき、彼の血は凍りついた。ちがう男だ。もっと背が低くがっちりしていて、会う約束をしていた男ではなかった。その男は銃を構えた。銃声が響いた。ナサニエルは後方にはじき飛ばされ、木にぶつかった。痛みよりも驚きを覚えながら胸を見下ろし、傷口から命とともに血が流れ出ていくのを見つめた。最後に聞いた言葉は「裏切り者め」だった。

2

「ねえ、どういう手を使ったの？」

ラッキーはびっくりして立ち止まった。瓶や缶に入った飲み物を山のように積んだ台車のコントロールを危うく失いそうになる。「何のこと？」

ソフィーがにやっとした。「ウィルソン牧師にデモを主催させたことよ。信じられない」

「うーん、主催とは言えないかもしれない。たんに集会ホールを貸してくれただけだから」

ソフィーは首を振った。「驚きよね。だって、彼は前世紀の遺物みたいな人なのに、あなたったら人々を煽動《せんどう》するように説き伏せたんだもの」

ラッキーは口元をゆるめた。「彼はそんな堅物じゃないわよ。わたし、けっこう好きだわ」

ソフィーは鼻に皺《しわ》を寄せた。「防虫剤のにおいをプンプンさせてるじゃないの」

ラッキーはふきだした。「もしかしたらそのせいで好きなのかもね。防虫剤のにおいって好きなの」

「あのにおいが好きな人なんているの？　冗談でしょ」

「本当に好きなのよ。いつも夏を思い出させてくれるから……だって、夏になると防虫剤と

いっしょにウールの服を引き出しやクローゼットにしまうでしょ」

ソフィーはげらげら笑った。「あなたはちゃんとしまうんでしょうね。わたしはしたことないけど。ともかく、あなたは彼に魔法をかけたのよ」

ラッキーは微笑んで肩をすくめると、台車の取っ手をしっかり握り直した。ソフィー・コルガンとの友情が復活したので心が弾んでいる。数年前に大学に行くためにヴァーモント州のこの小さな村を出たとき、ソフィーはそれを恨んで冷たい態度をとり、そっけない言葉をぶつけてきた。二人のあいだには深い溝ができてしまった。でも、それはすべて過去のこと。ソフィーと仲直りできて、ラッキーは最高に幸せだった。数カ月前、ラッキーのレストランのシェフでソフィーの恋人でもあるセージ・デュボイスが、冬の観光客を殺した容疑で逮捕されるというできごとがあったが、ラッキーが真犯人を突き止めたおかげで、セージは自由の身になったのだ。それをきっかけにラッキーとソフィーはわだかまりを解くことができた。今はまた二人は親友同士だ。

「ウィルソン牧師はデモ参加者たちの休憩用に教会のスペースを貸すだけよ。明日、うちの店からハーフサイズのサンドウィッチを運んでいって、収益の一部を教会に寄付することになっているの。でも、それが理由で承知してくれたんじゃないわ。彼はデモを支持しているのよ――村の真ん中に洗車場がある風景は誰だって見たくないものね」

ソフィーは首を振った。「そうよね、わたしが見たいのは村議会議員全員がリコールされるところよ。だいたい、なぜあのぞっとするものに賛成票を入れたのか。まったくわけがわからないわ。山の上のリゾートに造るっていうなら、まだ理にかなっているけど」

　スノーフレーク・リゾートは村にそびえる山の中腹にあり、ソフィーはそこで冬のあいだトップクラスのスキーインストラクターとして忙しく働いていた。夏のあいだはスケジュールが比較的空いていた――たまに夏の観光客に水泳の指導をするぐらいだ。そこで暇な時間に〈スプーンフル〉にやってきて、セージの仕事を手伝い、ラッキーとゆっくり過ごしている。今はラッキーとそろいの台車を押して、明日が初日になるデモのために飲み物を運んでいるところだった。

「準備を手伝ってもらえて本当に助かるわ」ラッキーは足を止めて額の汗を手の甲でぬぐった。八月に入ったとたんに気温がぐんと上がり、それ以来暑さはいっこうにやわらぐ気配がない。今朝はしんと静まり返っていた。夏の暑さがピークに達したせいだ。コオロギや鳥の鳴き声もせず、アスファルトから熱気がゆらゆら立ち上っている。「この暑さ、信じられる？まだこんなに朝早いのに」むきだしの腕をあわてて調べた。用があって外出するときは日焼け止めを忘れないようにしなくては。

　台車を押して緑地広場の端までたどり着くと、今度は一列になって、会衆派教会に続く小道を進んでいった。一七四九年に広場の突き当たりに建てられた白い尖塔のある教会だ。ラッキーは大きく息を吸いこんで、刈ったばかりの芝生のにおいを楽しんだ。「これも大好きな夏のにおいよ」

「何が？」ソフィーは顔を上げなかった。積み荷が滑り落ちないように精神を集中させている。

「芝生よ。刈ったばかりのにおい」

「ふうん。そうね、それには賛成。わたしもそのにおいは好き。それじゃあ……刈ったばかりの芝生と防虫剤。他に夏を思い出させるものは何？」

「子どもの頃、日焼けするといつもべたべた塗りたくっていた白い軟膏のことは覚えてる？」

ソフィーは笑い声をあげた。「ああ、覚えてますとも。日焼けしたくてお日様にずっと当たっていたら、いつも皮がむけちゃって。まさか、あのにおいが好きだったなんて言うんじゃないでしょうね。ぞっとするにおいだったじゃないの。うちの薬箱にはあれしか見つからなかったから仕方なく使ってたのよ」ソフィーは立ち止まって、小道の向こうを見た。「ところで、ぞっとすると言えば……」

目の覚めるようなストロベリーブロンドの女性が教会から出てくるのが見えた。ロウィーナ・ナッシュだ。あの髪は見間違えようがなかった。

「ここで何をしているのかしら？」ソフィーが声をひそめてたずねた。「むかつくいやな人よね」

「しいっ……聞こえるわよ」ロウィーナは二人を見つけて勢いよく手を振った。方向を変えて二人の方にまっすぐ歩いてくる。「その答えはすぐにわかりそうね」

ラッキーとソフィーとロウィーナはいっしょに学校に通ったのだが、ロウィーナは今、《スノーフレーク・ガゼット》で新聞記者として働いていた。記事を追いかけるロウィーナの熱意からして、彼女が《ガゼット》の先に野望を抱いていることは明らかだった。

「こんにちは、ラッキー。どうも、ソフィー。明日の準備をしているの？」ロウィーナはソフィーのことはちらっと見ただけで、大きな笑みをラッキーに向けた。

「あなたのほうは何をしているの？」ソフィーがたずねた。

「ああ、ウィルソン牧師と話しに来たんだけど、今は忙しいみたい。ハリー・ホッジズが牧師さんの部屋に入っていくのを見たから。デモについて記事を書きたいと思っているの。できたらリチャード・ローランドにもインタビューをしたいと思ってるんだけどね、ほら、洗車場の開発業者よ。両者の意見を掲載するつもりでいるの」

「それはおもしろそうね」ラッキーは応じたが、内心では村の人間はリチャード・ローランドの見解など聞きたくないにちがいないと思った。

「ちょうどいいわ、ロウィーナ、この荷物を運ぶのに手を貸してもらえないかしら？」ソフィーが愛想たっぷりに微笑んだ。

「あら、ごめんなさい。ぜひ手伝いたいところだけど、今は時間がないのよ。編集長と打ち合わせがあるから。またあとで」ロウィーナは最後に微笑をふりまいてから、緑地を横切っていった。

ラッキーはソフィーをじろっと見た。「あなたったら手に負えないわね。自分でわかってる？」

ソフィーはうしろめたそうな笑みを浮かべた。

「ああ言えば、とっとと逃げだすと思ったのよ」ソフィーは首を振った。「学生時代からまるで変わってないわね。当時も自己中心的なスノッブだったけど、それが今はもっとひどくなってるみたい」

「行きましょ。これを運んでしまわないと。ランチの混雑が始まる前に〈スプーンフル〉に戻らなくちゃならないの」二人は教会に着くと、集会ホールに通じる横のドアめざして進んでいった。ラッキーは重い木のドアを押し開け、ソフィーがガタゴトと台車を押して中に入っていくあいだドアを支えていた。床の磨き剤と、チョークの粉のついた黒板消しのにおいが漂っている。今度はソフィーがラッキーのためにドアを押さえた。二人は台車を押して集会ホールの大きな厨房に入っていった。

「これをどこに置いたらいいかしら？」

「ちょっと待っていて。備品室にこれをのせられる長いテーブルがあるわ」

ソフィーに手伝ってもらって、ラッキーは長い折りたたみテーブルをふたつ出してきた。ソフィーが片側を持ち、二人で四角い脚を開き、厨房の入り口のそばにふたつのテーブルをセットした。ラッキーは厨房の引き出しを探して、ビニールに包まれた長い紙製テーブルクロスがあるのを発見した。それを長いテーブルにかけると両端にナプキンを積み上げた。冷蔵庫を開ける。

「できるだけたくさんの飲み物をここに詰めましょう。明日は氷用の大きなプラスチック容器を運んでくるわ。コーヒーポットを探してもらえる？」

「いいわよ。任せて」ソフィーは答えて、食器戸棚の扉を開けたり閉めたりして探しはじめた。

ラッキーは缶と瓶の飲み物を台車からおろし、冷蔵庫が満杯になるまで詰めこんだ。

「とりあえず、これでいいわね。ウィルソン牧師に飲み物をここに入れたことと、明日の朝早く氷を運んでくることを伝えてくるわ」

「わたしはちょっと棚を調べて、他に使えそうなものを探しておくわ」

「すぐ戻ってくる」

ラッキーは教会の本館に通じるドアを開けた。牧師はオフィスにいるだろうと思って廊下を進んでいった。ドアに近づいたとき、足を止めた。人の声が聞こえたのだ。ウィルソン牧師は一人ではなかった。まちがいなくすすり泣く声を聞いた気がして、耳をそばだてた。それからしんと静まり返った。誰かがとても感情を高ぶらせて牧師と話をしているのだ。そっと数歩下がったが、廊下を引き返す前にオフィスのドアが開いた。ハリー・ホッジズ。村の自動車修理工場の経営者で、デモの中心人物だった。開きかけたドアからハリーの声がはっきりと聞こえた。「誰かに話さずにはいられなかったんです」

牧師の声はさっきよりも近くなっていた。

「あなたは正しいことをしたんですよ。落ち着いて。また話しましょう……心の準備ができたらいつでも」

引き返すには遅すぎた。ハリーは廊下に出てきてラッキーがすぐそばに立っているのに気づくと、見るからにぎくりとした。顔が暗くなる。ウィルソン牧師がドアからのぞいた。

「ラッキー！　こんにちは。きみが来ているとは知らなかった」

「お邪魔するつもりはなかったんです。飲み物を運んできたんです。氷は明日運んでくるって、お知らせしておきたかったので」

「ああ、そうか、かまわないよ。それでけっこうだ。ハリーとわたしは……ええと、ちょっと計画を立てていたところで……」

牧師はハリーに気を遣っているのだと、ラッキーは推測した。ハリーは会話を立ち聞きされたのではないかと、ひどく気にしているようだった。

ハリーは牧師の方を見た。「またすぐうかがいます」後ろも見ずに教会内に通じるドアからさっさと帰っていった。

ウィルソン牧師は咳払いすると、オフィスのドアを大きく開いた。

「いくら感謝してもしきれないよ。〈スプーンフル〉の応援は本当にすばらしい。おかげで明日はみんなの士気も上がるだろう」

「お話の邪魔をしたのならすみません」

「いや、かまわないよ。ハリーとの話はちょうど終わるところだったから。何かわたしにできることがあるかな？」

「いいえ、大丈夫です。今日は手伝いがいますから。でも、飲み物を運び入れたので、横のドアに鍵をかけたほうがいいかもしれませんね」

「そうしよう。ちょっと鍵をとってくるよ」

ラッキーは戸口に立ち、牧師が書類、本、聖書、トーストのかけらが散らばった机を探しているのを眺めた。ウィルソン牧師は長身でやせていて、とても大きな喉仏をしていた。顔は青白く、髪の色は砂色と灰色の中間ぐらいだ。動作はぎくしゃくしていた。まるで別の人の家具を使っているせいで、身の回りの品がどこにあるのかとまどっているみたいだ。かすかにナフタリンのにおいがする。ラッキーは心の中でにっこりした。ソフィーの防虫剤についての意見は正しかったみたいね。

「さて、鍵はどうしたっけ？」ウィルソン牧師は額にかかった髪の毛をかきあげ、頭頂部の禿げた部分にまたぺたりとなでつけた。

捜索に時間がかかりそうだと判断すると、ラッキーは言った。「じゃあ、わたしはこれで失礼しますね」

「ああ、いいとも、いいとも……帰ってかまわないよ。鍵はあとで探そう」

ラッキーは廊下を集会ホールの方へ歩いていき、スイングドアを開けた。ソフィーは台車のひとつに寄りかかって待っていた。「もういい？」

ラッキーはうなずき、台車の取っ手をつかむとソフィーのあとからドアを出た。緑地を突っ切って、ブロードウェイに出るまでラッキーは黙りこんでいた。

「何かあったの？」ソフィーはラッキーをじろじろ見た。

「ううん。何でもないわ」ソフィーは友人の心に何かがひっかかっているのに気づいていたので黙って先を待った。

「ええと、実を言うと、聞くべきじゃない話を立ち聞きしちゃったみたいなの」ラッキーはハリー・ホッジズと牧師のあいだのやりとりを歩きながら繰り返した。

ソフィーは肩をすくめた。「たぶん、たいしたことじゃないわよ。献金箱のお金をくすねたことを告白したかったのかもね」

ラッキーはソフィーの冗談にはのらなかった。「もっと深刻なことよ。だって……」ラッキーは口ごもった。「話しながら感情を高ぶらせていたみたいなのよ。絶対にハリーは泣いていたわ。おまけに、わたしが廊下に立っているのを見たら、飛び上がらんばかりにぎくっとしていた」

「彼が感情を高ぶらせるなんて想像がつかないわ。これまでいちばん興奮しているのを見たのは、わたしの車のボンネットの下をのぞいたときだもの」

ラッキーは唇を嚙《か》んだ。もちろん、ソフィーの言うとおりだった。ハリーは人間よりも内燃エンジンの作用に興味があるのだ。廊下でこちらを見たときのハリーの顔を思い浮かべた。彼女に何か聞かれたのではないかとハリーは恐れていた。彼は言葉数が少なく、無礼ではないが寡黙で、絶対に自分から何かを打ち明けるような人間ではない。でも、ハリーの口調からすると、それはとてもつらい話題で、おそらくずっと胸の奥にしまってきたことのように思えた。

3

「あとでまた顔を出すってセージに伝えてもらえる？　リゾートに行かなくちゃならないの。今日の午後、クラスがふたつと、プライベートレッスンがひとつ入っていてもう遅れそうだから」

「いいわよ。お手伝いありがとう」

ラッキーは手を振り、ソフィーは車に飛び乗るとレストランの裏の狭い駐車場から出ていった。ラッキーはふたつの台車をひきずって店に入ると、倉庫までころがしていった。それから廊下を歩いていき、棚からきれいなエプロンをとり、頭からかぶる。母が〈スプーンフル〉のエプロンをデザインしたのだ。正面の窓にかかっているチェックのカフェカーテンのように黄色で、湯気を立てているスープのボウルの輪郭が濃いブルーで描かれている。父がデザインした正面の窓のネオンサインもその配色だった。両親が凍りついた道でスリップして命を落とし、ラッキーがこの店を継いでからまだ八カ月しかたっていないとは信じられない。この前の冬、〈スプーンフル〉が倒産寸前だったことがはるか昔に思える。それでも両親の死はまだ生々しく胸が痛んだ。厨房をのぞくと、セージがコンロの前に立ち、本日のお勧めの鍋のひとつをかき回していた。

「ソフィーは急ぎの用があったの。あとで顔を出すって」

「了解」

セージは顔を向けなかったが、わかったというしるしに木製のおたまを持ち上げてみせた。

ラッキーはスイングドアからレストランの店内に入っていった。シーリングファンとエアコンのおかげで、ここのほうが涼しかった。低いピアノ曲が店内に流れている。祖父のジャックはCDプレイヤーに慣れると、CDを次々に買ってくるようになった。ジャックの好みは四〇年代の音楽だったので、最近はラッキーもすっかりその手の音楽が好きになっていた。ジャックは当時のヒット曲やミュージシャンに詳しかった。鈴の音のようなピアノソロは今日の天候にぴったりだ。R&Bやロックは体を動かして暖まる必要がある冬にはうってつけだけれど、今日みたいな蒸し暑い八月には不向きかもしれない。

祖父のジャック・ジェイミソンと、〈スプーンフル〉の三人の常連客、ハンク・ノースクロス、バリー・サンダーズ、ホレス・ウィンソープが隅のテーブルにすわっていた。ふだんだと、ハンクとバリーは四目並べかチェスに夢中になっているのだが、今は明日に予定されている洗車場建設反対のデモ行進のことでもちきりだった。

夏は冬のスキー客たちが村を去るので、〈スプーンフル〉はのんびりと営業をしている。ラッキーは数日休みをとってキャンプか海水浴に行こうかと思ったが、結局、計画は延期することにした。この数カ月、〈スプーンフル〉は予定されている洗車場の建設工事のことで人々が激論を戦わせる場所になっていたからだ。いや、もはや予定ではなく、工事は緑地の反対側ですでに始まっていた。〈スプーンフル〉からはほんの一、二ブロック先だ。

ヴァーモント州スノーフレーク村は歴史を保存してきたことを誇りにしている。だから村全体が一致団結して、村の雰囲気をだいなしにする洗車場建設に反対していた。村の観光業はスキーリゾートにほぼ頼っているが、夏にやってくる人々はベニントンの戦いの再現劇を楽しみにしている。ベニントンの戦いは、独立戦争においてイギリス軍の最終的な敗北を決定的にした重要な戦いだった。

「どうにか阻止しなくちゃならないよ。村の中心に洗車場があるなんて冗談じゃない。不敬そのものだ。ここにそんな目障りなものを造ることを思いついたのは、どこのどいつだ?」バリーが息巻いた。

「知ってるだろ。彼はもともとスノーフレークの生まれなんだ」ハンクがそう教え、鼻眼鏡越しに友人を見た。

「誰が? あの俗物野郎がか? なんていう名前だったたっけ?」

「ローランド、リチャード・ローランドだ」ジャックが口をはさんだ。「それから、そう、ハンクの言うとおりだ。彼はスノーフレークの人間だ。ここで生まれ育ったんだ。というか、生まれはここだと言うべきかな。彼がまだ若いときに一家は引っ越したから」

「ふん」バリーが鼻を鳴らした。「だったら、もっと趣味がよくてもいいだろうに。いまは大物開発業者になったとしても。だけど、どうだ、あいつときたら、騒々しくてうんざりするような洗車場をわれわれに押しつけようとしているんだ。どうしてリゾートの馬鹿でかい駐車場のひとつに造らないんだ？」

「村議会にここに造れと押しつけてきたのはリゾートの方なんだ。リゾートの建物の優雅さとそぐわないと反対したんだよ」ハンクが言った。

「それはそれは」バリーが皮肉たっぷりに応じた。「たぶん、こう考えたんだろうよ。それは困る、どうあがいたって、大型のスイスの山小屋風に造るわけにはいかないからな！　騒音をまきちらす醜くて四角いコンクリート造りの巨大な建物は、小さな村のど真ん中に造ればいい」バリーのチェックのコットンシャツははちきれんばかりだった。ピンと引っ張られたボタンホールが、かろうじて左右の見頃を閉じていた。「リゾートの雰囲気をぶちこわしにしたくないから、って。たぶんそんなところさ」

バリーがコーヒーカップをドスンとテーブルに置いたので、カップの縁からコーヒーが跳ね飛んだ。

ホレス・ウィンソープは静かにすわったまま意見を口にしなかった。眼鏡をはずすと、ティッシュでていねいにふいた。ホレスは引退した教授でスノーフレークに数カ月前に引っ越してきた。ラッキーの両親の家を借りていて、〈スプーンフル〉の常連の一人になっている。ラッキーとジャックは彼を歓迎し、とても好意を持つようになった。ラッキーがレストランを引き継いだときは、両親の死のせいで悲嘆に暮れていた。とうてい子ども時代を過ごした家には住む気にならなかったし、レストランの経営もはかばかしくなかったので経済的にその家を維持する余裕もなかった。ホレスが長期契約で家を借りたがっていると地元の不動産業者から伝えられ、ラッキーはほっと胸をなでおろしたものだ。ホレスはずっと歴史を教えてきて、現在はとりわけ関心がある分野について本を執筆していた――ニューイングランドにおける独立戦争の日々だ。これまでの多くの移住者と同じようにホレスもスノーフレークと恋に落ち、ラッキーの両親の家で幸せに暮らしながら隠退生活を楽しみ、長年温めてきた計画に取り組んでいた。

「ホレス、朝からずっと無口だな」ハンクが言った。

ホレスはメタルフレームの眼鏡をかけた。ギンガムチェックのカーテンから射しこんでくる太陽が彼の白髪を輝かせている。ホレスは大柄な男でやや太り気味だった。食事はほとんど〈スプーンフル〉ですませていて、スノーフレークで暮らすようになってから数キロ体重が増えていた。

「あなたたちと同じように、わたしも今回のできごとをとても悲しく思っているんだ。あまり発言しなかったのは、ここに来て日が浅いせいだが、この村のことも、誰もが古い建物を保存してその多くを修復しようとしている努力にも、心から感服しているよ」

「じゃあ、おれたちのデモに加わってくれるのかい?」バリーがたずねた。

「ああ、そうだね、仲間に入れてくれるなら。喜んでデモに参加させてもらうよ」ホレスは楽しそうに笑った。「いいデモは、誰もが権威に逆らっていた時代を思い出させてくれる。

それに、独立戦争の再現劇は数日後だし、村の祭事の背景としては洗車場よりももっと崇高なもののほうがふさわしいからね。実を言うと、わたしはドイツ傭兵のヘッセン人を演じるように頼まれているんだが、背景でブルドーザーがうなりをあげていないほうがありがたい。せっかく雰囲気に浸ろうとしても興ざめになってしまう」

「じゃあ、頼むよ」バリーが言った。「明日九時から始めるつもりなんだ。あんたの名前をハリー・ホッジズに伝えてリストに載せてもらうよ」

「修理工場のハリーかい?」ホレスはたずねた。「彼のことなら知っているよ。数カ月前に新しいオルタネーターをつけてもらったんだ」

「それはよかった。これで決まりだ。建設を中止させるか延期させるかするために、何でもやるという計画だ。プラカードを持ってデモをするのもけっこうだが、それ以上のことが必要なんだ。この村の議会が判断を誤って建設に賛成票を入れたとしても関係ないよ」

ハンクが顔をしかめた。

「誤った! ずいぶん控えめに表現したな。買収されたのさ、おおかた。全員がね、エドワード・エンブリー以外は。おれの意見じゃ、彼は議会でただ一人の高潔な人間だよ。他の腐敗した議員どもに、リコール投票をするべきかもしれない」

「たしかに。だがまず、この計画を阻止するためにできる限りのことをしなくちゃならない。重機の出入りを車で邪魔するとか建設現場に横たわるとか、そこまでやる必要があるかもしれないな。おれたち全員を追い払うことはできないだろう。それに警察署のふたつの留置場じゃ全員を収容できないしな」バリーは怒りに顔を紅潮させていた。

「ジャック。あんたもわれわれに加わるかい？」ハンクがジャックにたずねた。

「もちろんだよ」

ラッキーは祖父を見て、厨房のハッチ越しにセージに目配せした。ジャックの健康状態はこの数カ月でぐんぐんよくなっていたが、しっかり目を光らせておきたかった。スノーフレークに戻ってきたばかりの頃、祖父はいくつかの健康問題を抱えていた。心《しん》悸《き》亢進《こうしん》、疲労、記憶が飛ぶこと、認知症のいくつかの兆候。だが〈スノーフレーク・メディカル・クリニック〉のイライアス・スコット医師が、ジャックの問題はビタミンBの欠乏によるものだと診断してくれたのだ。半年にわたって治療をした結果、現在ジャックは健康を取り戻した。ときどき戦争の記憶に苦しむこともあったが、治療によってその回数も減ってきている。ただし年老いてきたことは確かなので、ラッキーは心配していた。今では彼女の家族はジャックだけだ。高齢にもかかわらず、祖父が〈スプーンフル〉を手伝ってくれることには感謝している。でも祖父がデモで乱闘に巻きこまれるのではないかと思うと、心配でたまらない。村で開発業者のリチャード・ローランドを見かけたが、一目で嫌悪感を覚えた。彼は鮫のように油断ならない狡猾な人間で、自分の計画をあくまで押し通すつもりでいるようだ。

セージはラッキーの視線に肩をすくめた。「ぼくたちに何ができます？　彼は大人なんですから」と言いたげに。たしかにそうだ。ジャックは人生の大半を海軍で過ごし、常にタフで怖い物知らずだった。ラッキーは口を閉ざしているしかなかった。年をとることはそれだけでもタフなことだ。今や老いつつある祖父に、衰えを感じさせることだけは絶対にしたくなかった。

4

ハリー・ホッジズはガレージのシャッターのコントロールボタンを押した。二歩下がって、シャッターがガラガラと閉まっていくのを見守る。デスクの書類の山をのぞけば、今日の仕事は終えた。助手の修理工ガイ・ベセットはそろそろ帰ろうと流し台で手を洗っていた。

「ハリー……」ガイがペーパータオルで手をふきながら近づいてきた。「数日休みをもらっても本当にいいんですか？　再現劇では民兵隊の兵士を演じるので……リハーサルは午後で、再現劇は昼間なんですよ。ぼくの手が必要なら……早く出勤できるし、リハーサルが終わったら工場に戻ってきてもかまいませんよ」

「いや、大丈夫だ、ガイ。行って、楽しんでくるといい。ここはおれ一人で大丈夫だし、大きな仕事はどっちみちもう終わっているよ」

「ミスター・ランクの車は仕上げておきました」

「よかった。仕上がっていると言っておいたから、今夜にでも引き取りに来るだろう。おれは少し残って、書類仕事を片づけるつもりだ。書類はあっという間にたまるもんだな」

「ありがとう、ハリー。本当に助かります」

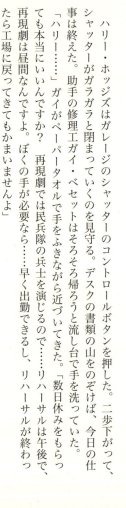

ガイはにっこりして、額にかかった髪の毛をかきあげた。前歯の歯並びが悪かったので、大きく笑うのは控えていた。少なくとも知らない人の前では。でもボスの前では気にしなかった。ボスはガイのことを気に入ってくれているし、一生懸命仕事をしている限り、歯並びがどうかなんてことはまったく気にしなかったからだ。ガイはためらった。ボスは何かに気をとられているみたいだ。もしかしたら今週いっぱい休みをもらうのは図々しすぎたかもしれない。「本当にいいんですか、ハリー？」

「いいんだ、ガイ。何度も言わせるな。おまえの好きにしろ。仕事のことは心配するんじゃない。必要なら電話するよ」

「わかりました」ガイはペーパータオルを円形の金属製ゴミ入れに放ると、バックパックをつかんだ。「じゃ来週に」

ガイは小さな横のドアから出ると、鍵がしっかりかかるのを確認した。脇道に出ると、ガイはためらった。何かがおかしい。それを肌で感じることはできたが、何なのかははっきりわからなかった。ハリーは数日休みをとっていいと言ったが、あきらかに彼は何かで悩んでいる。それが自分のことや自分の担当した仕事のことじゃないといいのだが。

ハリーはガイが脇道に出て鍵がカチリと閉まる音がすると、小さなオフィスに入っていって、デスクの前の椅子にドスンと腰をおろした。背もたれに寄りかかると大きくきしんだ。もうじきすべて終わるだろう。ため息をつくと、いちばん手近の書類の山に手を伸ばした。

一時間後、山の大半を片づけていた。未払いの請求書はわきにきちんと積み、飛ばないように大きなレンチをそのてっぺんにのせる。とても長い一日だった。空腹だったが、食べることを考えると胃がひきつり、空腹は遠のいた。すべて終わったら、気分がよくなるだろう。寝る前にあともうひとつだけすまさなくてはならない仕事があった。

ドアが鋭くノックされて、ハリーは飛び上がりそうになった。椅子からゆっくりと立ち上がり、ドアに近づいていった。もう後には引けない。深呼吸して心構えをすると、ドアを開けた。街灯の光が歩道に立っている訪問者に黄色い光を投げかけている。彼の顔は陰になっていたが、それは問題ではなかった。どこにいても彼のことならわかっただろう。三つ子の魂百までというように、この男も歳月がたってもまったく変わっていなかった。

「話したいって何をだ？」

「オフィスに入ってすわってくれ」ハリーは答えた。

「こんなことをしている時間はないんだ。要点を言ってくれ」男は吐き捨てるように言った。

ハリーは答えずに背中を向けオフィスに入っていった。どっしりしたオークのデスクとふたつの大きなファイルキャビネットが占領し、金属製のグースネックランプが書類の山と注文票をこうこうと照らしだしている。小さなスペースに潤滑油のにおいが濃く漂っていた。

ハリーは大きく息を吸った。決心をしたので、何歳も若返った気がする。肩から重荷が取り除かれたせいだ。彼は客に向き直った。

「もう秘密にしておけないんだ」

「どういう意味だ？」男はハリーのあとから狭いオフィスに入ってきた。

「聞いただろう。これ以上胸にしまっておけないんだ。このことで、おれの人生はだいなしになった。しゃべったら、たくさんの人たちを傷つけるだろう、とりわけおまえを。だけど、もう耐えられない」

訪問者は無言で立っていた。じわじわ怒りがわきあがってきたようで、彼の額の血管が脈打ちはじめた。「何を考えているんだ?」押し殺した声で言った。「自分がどうなるかわからないのか?」

「もうどうでもいいんだ。言っただろう——決心したんだよ。ただ、おまえに警告しておくのがフェアだと思っただけだ」ハリーはため息をついて顔をそむけた。もう言えることはなかった。最善を尽くしたのだ。彼は疲れていた。とても疲れていた。でも、こういう成り行きになって心からほっとしていた。デスクに手を伸ばして鍵をとりあげようとした。その一撃はすばやかった。ほとんど感じる暇もないほどに。ハリーは床に倒れる前に息絶えていた。

アーニー・ヒックスは通りが揺れないように街灯にしがみついた。通りはコンクリートの川がうねっているみたいに感じられた。自分がどこにいるのかはっきりわからなかった。どこか緑地の近くだ。飲みすぎたことはわかっていたが、気にしなかった。今日は誕生日だ。八月九日。だから祝う権利がある。生まれてから何年たったのかは考えたくなかったが、まだこの世にいた。それだけでも、多くの仲間たちには望めなかったことだ。死んだ友人たちがこう言っているところを想像すると笑いがこみあげてくる。「アーニー、てめえがまだぶらぶらしてるなんて信じられねえよ。絶対に最初にあの世行きになると思ってたからな」

アーニーは街灯から離れるとブロードウェイをよたよたと渡った。縁石でつまずき、緑地の芝生にうつぶせに倒れた。片方の肘をついて体を起こすと、仰向けになり、またウイスキーのボトルからひと口あおる。シャツに酒が少しこぼれた。咳きこみながら体を起こしてすわり、ありったけの声で調子っぱずれに歌いだした。

「彼女は手押し車を押していったあ〜……広い通りも狭い通りも〜……」

そこで中断した。残りの歌詞が思い出せない。ま、いいか、そのうち浮かぶだろう。もうひと口あおった。最後のひと口だ。ボトルをじっと見つめた。空だ。独立戦争の兵士の彫像めがけて投げつけると、台座に命中した。静かな夜にボトルは大きな音を立てて割れた。

「……水を噴いてるトリ貝とムール貝、どれもイキがいいよ、新鮮だよおおお〜」

緑地の反対側の角を一台の車が曲がりこんできた。パトカーだ。アーニーにはお見通しだった。自分を探しているのだ。あいつらはちょっとしたお楽しみですら許してくれないんだ、この特別な夜にすら。でも、今年はそうはいかねえ。つかまって、閉じこめられたりするもんか。ひでえ二日酔いで目覚めてみたら、留置場の硬い木のベンチに寝ているなんざもうごめんだ。絶対にそうならないぞ、今年こそ。今年は特別なんだ。七十の大台に乗るんだから。スノーフレークの警察署長ネイト・エジャートンをだしぬいて、ちょいと楽しんでやるぜ。

クツクツ笑い、しゃっくりしながら這っていき、彫像の陰に隠れた。ネイトは彼を見つけようとしてパトカーの窓から目を凝らしている。アーニーはゆっくりとひざまずくと、花崗岩の台座からそっとのぞいてみた。ネイトのパトカーは進んでいく。行ってしまったのを確かめると、アーニーはまたもや歌を歌いながら緑地の反対側へよろよろと歩きはじめた。

「イキがいいよ、新鮮だよおおお〜、水を噴いてるトリ貝とムール貝……」

ウォーター通りをおぼつかない足どりで渡り、建設現場までたどり着いた。ここに何か建てているようだったが、それが何だったのかは思い出せなかった。そのことで村じゅうがいきりたっていた。金網のフェンスにガシャンとぶつかったので、膝をつき、フェンスが支柱からはずれている隙間からもぐりこんでいった。土が掘り起こされた敷地をできるだけまっすぐ立って横切っていったが、世界はぐるぐる回っていた。土を掘り起こす巨大な機械が闇の中にそびえている。油断している人間を貪《むさぼ》り食おうと待ちかまえている先史時代の獣のようだ。足がぬかるみにとられた。バランスを失い、地面のくぼみに背中から落ちた。体を起こそうとしたが、とても疲れていたし、土はとてもやわらかだった。このまま横になって、少し休憩するのもいいかもしれない。

5

スノーフレーク警察の署長、ネイト・エジャートンはサイレンを鳴らしながら縁石に車を停めた。ふだんならそんな必要はないのだが、今はデモ隊が増えてきて、フェンスをはさんで怒鳴りあっている人々もいた。一人の男はドラムをたたき、残りの抗議者たちはシュプレヒコールを何度も何度もあげている。「洗車場——目障りだ」多くの人々がこう書いてある大きなプラカードを掲げていた。「出ていけ——あんたの車はよそで洗え」

数人が破れたフェンスの隙間からもぐりこんでいき、プラカードで作業員たちを邪魔しようとしていた。ジャック・ジェイミソンとバリー・サンダーズは作業員が開口部に配置される前にフェンスをくぐり抜けることに成功していた。その作業員は大きなハンマーを手に立ちはだかり、くぐり抜けようとする連中を威嚇している。

リチャード・ローランドが建設現場のトレイラーのドアを勢いよく閉めて、ぬかるんだ現場を歩いてきた。高そうなあつらえのスーツを着て、ピカピカに磨かれた靴をはいている。停止していたブルドーザーのところまで来ると、運転手に叫び、土を掘り返す作業を開始するように命じた。作業員は首を振り、両腕でバツをこしらえてローランドの命令を無視した。

一般人が現場内にいるのに機械を動かしたくなかったのだ。

デモ隊の中の女性が開発業者に向かって叫んだ。「村から出ていきな。さもないと後悔するよ！　スノーフレークに来たことを悔やむだろうね！」

ローランドは振り向いて彼女をじろっと見ると、泥とぬかるみの中をそろそろとフェンスの方に進んでいった。彼は両手で金網をつかんで叫んだ。その声はあたりに響き渡った。

「それは脅迫か？　あんたはわたしを脅しているのか？」唾が顎に垂れた。

女はフェンスからぱっと離れた。「あんたは狂犬だよ。わかってる？」軽蔑のこもった叫び声をあげた。数人の抗議者がそのやりとりを聞きつけ、その言葉を繰り返しはじめた。

「狂犬……狂犬」他の人々もフェンスにじりじり近づいてきて、ローランドに怒鳴ったりわめいたりしはじめた。

ネイト・エジャートンがパトカーから降りて、フェンス際の抗議者たちに近づいていった。

「さあ、みんな」彼は怒鳴った。「ちょっとさがってくれ。あんたたちはデモをする権利がある。しかし、敷地内に侵入したり、邪魔をしたりする権利はない」デモ隊は署長にブーイングをした。

建設計画にただ一人反対票を投じた村議会議員のエドワード・エンブリーが叫んだ。

「ネイト、あんたはどっちの味方なんだ？」

「わたしは法と秩序の味方だよ、エド。この議案が議会で承認された以上、わたしにはどうすることもできない。ただし、わたしは誰も怪我をしないように見張るつもりだ」

「ぼくたちは引き揚げませんよ、ネイト。毎日ここに通うつもりです」

ロッド・ティボルトが怒鳴り、開発業者をにらみつけた。ロッドはリンカーン・フォールズの若い弁護士で、自分が提出した工事の差止命令の申し立てが裁判所に受理されなかったのでいらだっていた。

ドラムとシュプレヒコールが止んだ。人々はエドワードとネイトのあいだのやりとりに耳を澄ました。そのとき押し殺した叫び声が工事現場からあがり、人々は動揺した様子の作業員のほうに注意を向けた。ブルドーザーの隣に立っていた作業員は、こわばった表情を浮かべて数メートル先の何かを指さしている。デモ隊はフェンスに近づいた。土の中に古着の山がころがっている。見守っていると、服は動き、人間の形になった。アーニー・ヒックスが体を起こし、よろけながら立ち上がろうとした。

ネイトがうんざりしたような声をもらした。

「アーニー。まったくもう……ゆうべ、おまえを探したんだぞ。うるさく騒いで、村の人間の半分を起こしたからな」

アーニーはふらついていたが、やっとまっすぐ立ち、ネイトとデモ隊に向かってにやっとした。

「そこから出てこい、アーニー。怪我をするところだったぞ」ネイトはフェンスの通り道を探した。

「出ていくよ、ネイト。そう怒りなさんな。ゆうべはおれのほうが上手だったたな、だろ？」

アーニーは笑いながら片手を上げた。その手は何か長くて黒いものをつかんでいた。

ネイトは目を細めて凝視した。「おまえ、何を持っているんだ？」

困惑してアーニーは手の中の物体を見た。

ネイトの顔が蒼白になった。「くそ、アーニー。そいつは骨だ！」

デモ隊の中の女性が叫んだ。「人間のものなの？」


ドアの上のベルがチリンと鳴り、スタッフのメグが〈スプーンフル〉に入ってきた。

「ハイ、ラッキー。遅れてごめんなさい。ママがデモ行進をしていたのでちょっと見物してきたかったの」

「向こうはどんな様子？」

「すごくうるさかったわ。みんな怒っていたし。でも、いちばん腹を立てていたのは、あのむかつく開発業者ですね」

ジェニーがランチのお客から注文をとりながらちらっと顔を上げ、片手を上げて挨拶した。メグはバッグをカウンターの下に押しこむとエプロンをつけた。眼鏡をポケットにしまうと、忍び足で歩いていき厨房のハッチからのぞいた。

「ハイ、セージ」メグは期待をこめて呼びかけた。メグはこの数カ月セージに熱をあげていたが、報われていなかった。メグのほうがセージよりも十歳下ということもあったが、セージはソフィーとつきあっているのだ。

ラッキーは中学からハイスクール時代にドクター・イライアスに夢中だったことを思い出して、微笑んだ。当時、彼が自分に興味を持ってくれるとはまったく期待していなかった。でも驚くことにラッキーが大学を出て数年たった今、二人のあいだの年の差はさほど大きく感じられなくなりデートするようになった。数カ月もすると二人は村ではカップルとみなされるようになり、ラッキーはあくまで心の中だけだったが、お互いに「好き」なのだとようやく認めることができた。学生時代の夢が現実の恋愛になったのだ。でも、いまだにイライアスが店に入ってくると膝に力が入らなくなる。彼女にはメグを批判する資格はなさそうだ。

「ハイ、メグ」セージは返事をした。メグはその先の言葉を待っていたが、それきりセージが何も言わなかったので、ため息をつくと眼鏡をかけ直してカウンターの後ろでナプキンやカトラリーを整理しはじめた。

ジェニーが注文票を厨房のハッチに留めると、セージはすばやくそれをとった。ジェニーはラッキーに言った。

「暇でしょうがないってことはないけど、この時間帯にしてはお客さまがとても少ないですね」

「みんな建設現場のデモで忙しいのよ」

「ランチタイムが過ぎて一段落したら、教会のソフィーのところに行って、手伝いが必要かどうか見てきましょうか？」

「あら、そうしてくれる？　助かるわ。あなたが休憩できるように、わたしもあとで行くわね」

この夏、ソフィーが手伝ってくれるのでとても助かっていた。ラッキーは賃金を払うと言った。たいした金額ではないが、当然もらう権利があると。ソフィーはお金をもらうわけにはいかないと言い張って、それを断った。夏のあいだソフィーにはパートの仕事が入っていたから、どっちみち雇用関係を結ぶわけにはいかなかったのだ。ソフィーは可能なときはいつでも手伝うつもりだった、とりわけセージがらみなら。でも、なにより〈スプーンフル〉でみんなと過ごしているのが楽しいのだった。

ベルがまた鳴り、ラッキーは顔を上げた。マージョリーとセシリーだった。〈オフ・ブロードウェイ〉という婦人服店を経営している姉妹だ。セシリーは手を振り、いつものカウンターのスツールに向かった。「まあ、今日は静かね」セシリーは社交的で活気にあふれていて、黒い髪を少年のように短くカットしている。姉のマージョリーの方は正反対で、控えめで冷静で、ブロンドの髪を常に完璧に整えている。彼女はセシリーのあとから優雅に席についた。

「みんなどこにいるの？」マージョリーがたずねた。「デモに参加しているのかしら？」

「そうなんです」ラッキーは答えた。「ジャックもハンク、バリー、ホレスといっしょに行きました。一日じゅう向こうで過ごすつもりみたいです」

「あの工事を中止させることができたらたらすばらしいわね。もっとも、あまり期待は抱いていないけど」マージョリーが言った。

セシリーは唇を突きだして首を振った。「楽観的になってよ、お願い。たまには」

「あら、どういう意味？　わたしはいつだって楽観的よ」

セシリーは意味ありげな視線をラッキーに向けると黙りこんだ。

「いつものでよろしいですか？」ラッキーは姉妹にたずねると、二人ともうなずいた。ラッキーは手早く二枚の皿に姉妹の好物のクロワッサンとジャムを盛りつけ、ハーブティーを二杯用意した。二人の前に皿を置いたとき、オフィスで電話が鳴っているのが聞こえた。

「すぐに戻るわ」ジェニーに告げると、廊下を急いだ。三度目のコールで受話器をつかんだ。

「そちらにジャックはいる？」エリザベス・ダヴ、両親の昔からの親友だった。

「いいえ。デモに参加しています」

「あら」

ラッキーはエリザベスが自分を愛していて気にかけていることを知っていた。ラッキーの母が亡くなってからは、本当に母のような存在だった。しかし、心配対象のリストにジャックまで含まれているのは妙だった。しかも、スノーフレーク村の村長に選ばれてから、公務がぎっしり詰まっているというのに。

「どうして？　何かあったんですか？」

「たった今電話があったの。けんか騒ぎが二件起きて、ネイトが逮捕をするらしいって。しかも、人骨が発見されたのよ。たいしたニュースでしょ？」

「人骨ですって？」ラッキーは叫んだ。「現地に行って、ジャックがトラブルに巻きこまれていないか確認してきたほうがいいですね」

「わたしも向かうところなの。じゃ、向こうで会いましょう」エリザベスはそれ以上言わずに電話を切った。

ラッキーはエプロンをはずし、ドアのわきのフックにかけた。セージ、ジェニー、メグで店はしばらく大丈夫だろう。メグが来たから、ジェニーはキャッシュレジスターを担当できるし、メグ一人でも数人のお客さまをさばけるはずだ。ラッキーが休憩をとるなら、今がいちばんよさそうだった。スカートのくずを払い、店内に戻るとジェニーをわきに呼んだ。

「ちょっとお店を任せてもいいかしら？　緑地に行って、ジャックが大丈夫か確かめてきたいの」

「いいですよ、ご心配なく。わたしたちだけで大丈夫です」ジェニーは心配そうな顔になった。「向こうで何かあったんですか？」

ラッキーは近くにすわっているお客たちに聞かれたくなかったので、彼女に顔を寄せてささやいた。

「エリザベスが電話してきたの。人骨が発見されたんですって」

「ええ？」ジェニーは大きく息を吸いこんだ。

「しいっ」ラッキーは店内を見回し、誰も聞いていないことを確かめた。もっとも何が起きたにしろ、じきにみんなに知れ渡ることになるだろう。「できるだけ早く戻るわ」

彼女は表のドアから飛びだしていき、メイン通りの角で緑地を突っ切って建設現場をめざした。人混みをかきわけてできるだけ前に出ると、つま先立ちになってジャックの姿を見つけようとした。数人が声をかけてきたが、返事をする余裕はなかった。さらに人混みをかきわけると、フェンスの前に出た。祖父はバリー・サンダーズといっしょに敷地内にいて、ネイトとしゃべっているところだった。ジャックが怪我をしたり逮捕されたりしていなかったので安堵のため息がもれた。ハンク・ノースクロスと数人の男たちもいっしょに地面の浅い穴を見下ろしている。ラッキーの隣で若い男女がフェンスからのぞいていた。大学生のようで、あきらかに夏の観光客だった。

ラッキーは肩をたたかれ、振り向くとホレスがいた。「ホレス、何の騒ぎなんですか?」

「どうやらアーニー・ヒックスがそこで夜明かししたらしいんだ。ジャックが言うには、ぐでんぐでんに酔っ払っていて、今もまだその状態みたいだね」ホレスはネイトと他の男性たちが調べている地面のくぼみを指さした。「アーニーは目が覚めたら、手に大腿骨らしきものを握りしめていたんだよ」

ラッキーは目をみはった。「人間の大腿骨?」

ホレスはうなずいた。「まだはっきりわかっていないんじゃないかと思うが、みんなショックを受けているよ。それはまちがいない。わたしももっとよく見せてもらおうと思ってね」

ホレスは離れていき、人波をていねいにかきわけてフェンスがゆるんでいる場所まで行った。慎重にかがみこみ、穴からもぐりこんでいく。ラッキーはホレスが現場にいるグループに近づいていくのを眺めていた。

そのとき女性の声がした。エリザベスだった。群衆のはずれに立っている。ラッキーが振り返ると、ボブにした銀髪が見えた。「みなさん、お願いです。フェンスから離れて、警察に仕事をさせてあげてください」

数人が叫んだ。「何が起きているんだ？　何が見つかったんだ？」

エリザベスは答えた。「まだはっきりわかっていません。でも、判明しだい、みなさんにもお知らせします。今はこういう状況なので、全員が家に帰ったほうがいいと思います。ここは捜査されることになります。事件が解決するまで建設現場を閉鎖するように、ネイトに頼んであります」

「永久に閉鎖されないのは残念だよ」憤慨した男が叫んだ。群衆は発見されたものに興味を失い、エリザベスのほうにじりじり近づいてきて、彼女を取り囲んだ。

一人の女性が大声で言った。「あなた、この件では何かするべきだったのよ！」

「わたしの力ではどうしようもなかったんです。そのことはご存じでしょう？　村議会の投票で決められたんです。わたしは賛成しませんでしたが、わたし一人で決められることじゃなかった。議員たちと話していただかないと」

「話したわ。でも、耳を貸そうとしなかった」別の女性が叫んだ。

「じゃあ、残念ですけど、わたしにはどうすることもできないわ。でも、ここの作業は、現場を調べ終わるまでストップすることになります」エリザベスの言葉にも、デモ隊の怒りはおさまりそうになかった。それどころか、ますます怒りを募らせているようだ。ラッキーはエリザベスの表情から、群衆のエネルギーに不安になってきているのを察した。ラッキーは押し寄せてくる人々に倒されまいとしてフェンスにしがみついていたが、フェンスから離れると人混みをかきわけて進んでいき、エリザベスの隣に立った。

ラッキーは叫んだ。「みなさん、さがってください。家に帰ってください」ラッキーはエリザベスに近づこうとする人々をブロックし、守ろうとするように年上の女性の肩に腕を回した。ラッキーをにらみつける人もいたが、彼らはさがりはじめた。

「ありがとう、ラッキー」エリザベスはほっとしたように息を吐くと、ささやいた。「この件で、みんなとても腹を立てているのはわかっている。わたしだって同じよ。ほんと、別の場所に建ててくれたらよかったのに。だけど、わたしには何もできなかったの」

長身でほっそりした銀髪の男性が人混みをかきわけて二人のところにやってきた。暑さのためにサンダルにバミューダショーツという格好にもかかわらず、威厳のある雰囲気を漂わせていた。片目にアイパッチのような白い斑点がある黒と茶色の犬の首輪につけた引き綱をしっかり握りしめている。彼はデモ隊に向かって叫んだ。

「村長のことを責めないでください。彼女の言うとおりなんですから。わたしがこの不愉快な計画に賛成票を投じるのを拒否したのは、みなさんご存じですね。しかし、わたしは数で負けた。それも知っていますね」

「知ってるよ、エド」がっちりした男が叫んだ。「それに、議会の残りの連中がどこに住んでいるかも知っている。もしかしたら全員を訪問するべきかもしれないな。言っとくが、連中の誰にも次回の選挙では投票しないよ」数人の声が賛成と叫んだ。

長身の男性はエドワード・エンブリーだとラッキーは気づいた。今や洗車場の建設計画を阻止しようとした地元の英雄だった。彼はラッキーとエリザベスにいたずらっぽい笑みを向けた。「あのフェンスを通り抜けたらどうなると思う？　少なくとも、あそこならみんなに取り囲まれたりしないからね」

「いい考えね。やってみましょう」エリザベスは答えた。「あら、ごめんなさい。ラッキー、こちらはエドワード・エンブリー、うちの村の議会の一員よ。エド、ラッキー・ジェイミソンは〈スプーンフル〉を経営しているの」

ラッキーは片手を差しのべた。「お会いできてとてもうれしいです」

「こちらこそ」エドワードは差しだされた手を握った。「それからこちらはキケロ。彼はあなたが好きなようだ」

ラッキーは手を伸ばしてキケロの頭をなでてやった。犬は尻尾をちぎれんばかりに振っている。「珍しい名前ですね」ラッキーがエドワードを見上げると、キケロは彼女の手をペロペロなめた。

「こいつはとても雄弁なので、キケロという名前はぴったりだと思うよ」エドワードの顔はやつれて見えたが、エリザベスを見るときは目が輝くことにラッキーは気づいた。

ネイトの助手、ブラッドリー・モフィットがフェンスの開口部を警備していた。彼は村長と村議会議員を通すためにフェンスをひっぱった。ブラッドリーは警察署での地位をとても誇りにしていて、ときどき鼻持ちならないほど横柄になることがある。ラッキーは自分だけ通されないかもしれないと不安になったが、エリザベスに続いて現場に足を踏み入れてもブラッドリーは何も言わなかった。

名前が呼ばれるのを聞いて振り向くと、ロウィーナ・ナッシュがフェンスの開口部のところに立って手を振っている。自分も建設現場に入れてもらいたがっているのだ。ラッキーはため息をついた。ロウィーナはいちばん会いたくないときに現れる特技の持ち主だった。蠱《こ》惑《わく》的にブラッドリーに微笑みかけながら片手を彼の腕にかけ、あきらかに中に入れてくれとせがんでいる。ブラッドリーは百七十センチしかない背をピンと伸ばし、できるだけ威圧的に見えるように努力していた。ラッキーはやりとりを見守った。ブラッドリーに勝ち目はないだろう。ロウィーナはさらに笑みを大きくし、最後にブラッドリーの腕をなでると開口部からそそくさと入ってきた。ブラッドリーは紳士的に彼女のためにフェンスを押さえてやっている。ロウィーナは息を切らしてラッキーたちのところにやってきた。

「ごいっしょしてもいいですか？」

エリザベスは振り向いた。「ロウィーナ、あなたはここに来てはだめよ」

「でも、このことを《ガゼット》に書きたいんです。ニュースですから！」

「それはあまりいい考えとは言えないわね。もっと情報を手に入れるまで少し待ってもらえない？」

「でも、この事件を無視するわけにはいきません。読者の興味をそそるニュースですよ。情報を教えてくだされば、あくまで事実だけを書くと約束します。どうですか？」ロウィーナは機嫌をとるように笑いかけた。

ラッキーはエリザベスの表情から、さまざまな気持ちのあいだで揺れているのがわかった。ロウィーナは斬新な記事をものにできるかもしれないという期待で我を忘れていたが、エリザベスはロウィーナの言葉を完全に信じていいものか迷っているようだった。

エリザベスは肩をすくめた。「いいわ。ネイトがあなたを追い払わない限り。ただし覚えておいて、これは捜査なのよ。ネイトかわたしが許可を与えるまで、一切情報を表に出さないという約束をちゃんと守ってね」

「約束します」ロウィーナは殊勝にうなずいた。

「ではけっこうよ。ついてきて。何が起きているか見に行きましょう」

ロウィーナはおとなしくエリザベス、エドワード・エンブリー、ラッキーのあとについてくぼみの周囲に集まっているグループの方に歩きだした。

地面にひざまずいたネイトは、両手の土をそっとはたき落とした。

「誰かきれいなブラシを持っていないか？」

彼は顔を上げずにたずねた。作業員の一人が走っていき、ブラシを手にすぐに戻ってきた。ネイトはそれをつかみ、そっと土を払うと、罵《ののし》りながら立ち上がった。その形は見間違えようがなかった。長い木の根が突き出ている穴だけになった片目が、地面からこちらを見上げている。頭蓋骨が掘り出されたのだった。

6

「エリザベス」ネイトは村長にうなずきかけた。「応援を頼むつもりだ。ここに何が埋まっているのかはっきりしないからな。骨の色から判断して、これはかなり古いものにちがいないと思う」ネイトはロウィーナに気づき、眉をひそめた。今すぐ出ていけと命令しそうに見えた。

エリザベスがネイトの表情に気づいた。「わたしがロウィーナに許可を与えたの。あなたかわたしがＯＫを出さない限り、何も記事にしないと約束したから」

ネイトは肩をすくめた。「それならけっこう」彼は帽子を脱ぎ、頭をかいた。「イライアスを待っているんだ。もうすぐ到着するはずだが」

遠くで車のドアがバタンと閉まる音がして、開発業者のリチャード・ローランドが今では泥まみれになった高級な靴で建設現場のトレイラーから出てきてネイトにずかずか近づいてきた。「そのろくでもないものをさっさと運びだしてほしい」

彼は高圧的な態度をとろうとしたが、ピカピカに磨かれた靴が泥にはまりこんだ。足をとられてよろけたが、すぐさま体勢を立て直した。

しますよ」

「落ち着いてください、ミスター・ローランド」ネイトは応じた。「調べたらすぐに運びだ

「それでは困る」彼は怒りをたぎらせていた。「ここには作業員がいるんだ。日程が押して

いるし、予定どおりに完成させなくてはならない。いつまた作業が再開できるのか知りたい。

それから、あんた！」彼は村議会議員のエドワード・エンブリーを指さした。彼は建設現場

に入ってからひとことも発していなかった。「わたしの敷地内で何をしているんだ？」

エドワードの表情が険しくなった。「わたしがなぜここにいるか、よく知っているはずだ。

この村であんたの姿を二度と見ないですむように手を打つつもりだ」

「わたしを脅しているのか？」リチャード・ローランドは顎《あご》を突きだした。その声は甲高く

なっていた。

「好きなように解釈すればいい」エドワードは落ち着き払って答えた。その声に何か感じと

ったのか、ローランドは思わず一歩さがった。

ホレスが咳払いして、ローランドに話しかけた。

「失礼だが、あなたは理解していないようですな。これから検死官が骨を調べなくてはなら

ないのです。そして、もしこれがとても古いものだったら、考古学者も調べなくてはならな

いでしょう。もしかしたら、この敷地は古い埋葬場所なのかもしれない。この骨がネイティ

ブアメリカンのものだと判明したら、事態はまったくちがったものになり非常に困ったこと

になる。ネイティブアメリカンの墓地保護および送還法によって守られているからです。と

なると、少なくとも誰かが歴史保存協会のヴァーモント支部に連絡をとる必要がありますね」

リチャードはホレスを無視した。「あんた！」リチャードはネイトに指を突きつけた。「わたしは質問をしたんだぞ！」

ネイトは深呼吸をして、怒りをこらえようとした。それから振り向いて、リチャードに容赦のない厳しい視線を向けた。「そちらのスケジュールはわれわれとは関係がない。わたしの現在の関心はこの人間の骨を処理することだから、即刻トレイラーに戻るよう提案する。作業が再開できるようになったら知らせよう。わかったかね？」

「くそくらえだ。この土地はわたしが所有しているんだから、わたしに権限があるはずだ。あれはすぐにここから運びだし、このプロジェクトを進めるつもりだ」

ネイトは目を細くした。リチャード・ローランドは地雷を踏んだようだ。

「ミスター・ローランド、これだけは理解していただきたいのだが、どんな種類のものであれ、埋葬場所を掘り返すことは州法に違反する。個人的にその土地を所有しているかどうかは関係がない。われわれがさらに詳しい調査をするまで、プロジェクトは中止だと考えていただいてけっこうだ」

「そんな真似はさせないぞ！」

「申し上げたとおりだ、ミスター・ローランド」

「弁護士から連絡をする」

「そうすればいい。電話をかけるんだね。弁護士たちもまったく同じことを言うにちがいない」ネイトはローランドの怒りをまったく意に介さずに、地面の骨の方に向き直った。

ロウィーナは愚かにもリチャード・ローランドが引き揚げる前に彼の前に進みでた。「失礼ですが、《ガゼット》のインタビューに二、三分お時間をいただけませんか？　もちろんご都合のいいときでかまいません」ロウィーナは大きな微笑を浮かべた。たった今二人の男たちのあいだで激高したやりとりがあったことなど、まったく気にしていないようだった。

リチャードは長いあいだロウィーナを見つめてから、ひとことも発さずにきびすを返してトレイラーに戻っていった。またもや体面が傷つけられたのだ。

ホレスはイライアスがフェンスをくぐり抜けてくるのを見つけ、手を振った。

「こっちだ、イライアス」

重い黒い鞄を手にして、イライアスは急いで小さなグループと合流した。ドクター・イライアス・スコットは〈スノーフレーク・クリニック〉の院長であるだけではなく、郡の検死官でもあった。

「できるだけ急いで来たんです、ネイト。今朝は大入り満員で」

彼はラッキーの前を通りすぎながら、手を伸ばしてすばやく彼女の手を握った。ラッキーはお返しににっこりした。それから部分的に掘り出された頭蓋骨にかがみこみ、そっと口笛を吹いた。小さくて薄い黒い物体がそよ風で持ち上げられた。イライアスは鞄からピンセットをとりだし、元の位置に戻した。誰も口をきかなかった。イライアスは遺骨をじっと見つめたまま何も言わなかった。

しびれを切らしてネイトが沈黙を破った。「どう思う、イライアス？　こいつはどのぐらい地面に埋もれていたのかな？」

イライアスは立ち上がると服をはたいた。「これはとても古いものですよ、ネイト。骨組織の穴と変色を見てください。表面はかなりはがれ落ち、摩耗《まもう》している。下顎は頭蓋骨からはずれてしまったにちがいありません。当然すべて腐敗しているが、その下に小さな破片があるかもしれませんね」

「この遺骨がネイティブアメリカンかどうかについてはわかるかい？」

「それを決定するには頭蓋を計測する必要があります。結論に飛びつきたくありませんが、頭蓋と眼窩の形状からして、この頭蓋骨は白人種だとオフレコなら言えるでしょう」

「どのぐらいここにあったかわかるか？」

イライアスは振り向いてにっこりした。「ああ、ものすごく昔からでしょうね。骨には石化が起きているし、掘っていったらもっと木の根が発見されるでしょう。ここに完全な遺骨があるかどうかもわかりません。当然、この土地はすでに荒らされているでしょうから。骨が土に固着してしまっていると、判断がとてもむずかしくなるでしょう。コンクリートから骨をはずすみたいなものなんです。骨の一部は動物に持ち去られているでしょうね。大学に連絡する必要がありますよ。これは法人類学者の仕事です」イライアスは鞄のサイドポケットにピンセットを戻した。「わたしではもうお役に立てそうにありませんが、必要であればクリニックにいますので」

ラッキーはあまり認めたくなかったが、イライアスが近くにいるといつも胸がときめいた。恋に落ちてしまったの？　たぶん、彼に夢中なんだわ。できたら彼も同じぐらい深い気持ちだといいのだけれど。イライアスといっしょにフェンスの開口部のところまで行った。「ここは昔の埋葬場所だと思う？」

彼は首を振った。「はっきりとはわからないな。それは法人類学者が決めることだ。でも、ぼくの予想ではノーだ。棺の残骸はどこにもなかった。もっとも彼が屍衣をまとっていたとしても、その素材は完全に腐敗してしまっただろう。戦争の犠牲者だとしたら、急いで埋葬されたにちがいない。専門家がどういう意見を言うか興味しんしんだな」

イライアスに腕をそっと触れられると、ラッキーの全身に電流が走った。

「今夜電話するね」彼は背を向けるとウォーター通りを渡り緑地を突っ切ってクリニックに戻っていった。ラッキーは彼がブロードウェイに着くまで見送ってから、建設現場のグループのところに戻った。

ホレスはこの発見に有頂天になっていた。「やっぱりそうか。すぐわかりましたよ。ベニントンに知り合いが何人かいる。電話をしてみよう。すぐにここに来てもらえると思いますよ」

「あなたはうってつけの人間ですよ」ネイトが答えた。「さてそろそろ昼過ぎだ。ここにテントを立てなくてはならないな」骨の山を指さしながら言った。「今夜は雨にならないと思うが、誰かにつつき回されたくないからね」

「何人かでチームを組んだらどうですか？　わたし。それにジャックは？」ホレスはジャックを問いかけるように見た。

ジャックはうなずいた。「ハンクとバリーも時間を多少割いてくれるだろう、どうだね？」

「だったら四時間交代にできる。ここでキャンプして、誰もここに立ち入らないように見張れますよ」ホレスが提案した。

「それはいい。うちの助手もシフトに加えよう。彼と相談して決めてください」

ラッキーが申し出た。「お店の女の子にサンドウィッチのバスケットを運ばせます。それに飲み物と。ジャック、運ぶのを手伝ってもらえる？」祖父のジャックは「おじいさん」ではなく、名前で呼んでくれと主張して譲らなかった。老人だと思われる呼び方には我慢ならなかったのだ。彼は永遠に年をとるつもりはなく、常に「ジャック」と呼ばれたがった。

「いいとも。さて、今は五点鐘ぐらいかな」

バリーがにやっとした。「何のことやら……」

「二時半っていう意味よ」小さな頃からラッキーはジャックに海軍式の時間の呼び方を教えこまれてきた。今では祖父と話しているときはそれが自然に口をついてでた。

ジャックはバリーの言葉を無視した。「バリー、ホレスが大学に電話しているあいだに最初の当番を担当してもらえないか？　わしは食べ物と折りたたみ椅子を持って戻ってくるよ」バリーはうなずき、ころがっていたベニヤ板の上に居心地悪そうにすわった。

ネイトが言った。「ブラッドリーを署に行かせて、テントとして使えるものを運んでこさせる。もしかしたら作業員が防水シートを持っているかもしれないな。どうにかしますよ」

全員がフェンスをくぐり抜けてウォーター通りの歩道に立ったときには、デモ隊もほぼ解散していた。ラッキーはエドワード・エンブリーが開発業者とやりあったあとで姿を消してしまったことに気づいた。ブラッドリーはすでに署に向かっていたので、ラッキーとエリザベスがバリーを残して最後に建設現場を出た。バリーは足を組んですでに見張りを始めていた。

ジャックは歩道で二人を待っていた。彼はエリザベスにうなずきかけると、ラッキーの方を向いた。「〈スプーンフル〉に戻って、サンドウィッチを用意してくるよ」

「すぐあとから追いかけるわ、ジャック。お店の方はセージと女の子たちが問題なくやっていると思うけど、わたしたちがどうしちゃったのか心配しているでしょうね」

ジャックは急いで立ち去り、ラッキーはエリザベスとゆっくり緑地を歩いていった。村長に選ばれてから、エリザベスのスケジュールは過密状態だったので、彼女とたわいないおしゃべりをする時間はほとんどとれなかった。ラッキーはこの年上の女性に小さい頃から叔母さんのようになついていたが、母が亡くなったので、いまやエリザベスとの関係はいっそう深くなっていた。エリザベスは一度も結婚しなかったので子どももいない。だからラッキーのことを自分ではついに持てなかった娘のように思ってくれていた。とりわけラッキーの両親が亡くなってからは。

「わたしには絶対に理解できないでしょうね」エリザベスがにっこりした。

「何のこと？」ラッキーはたずねた。

「時間を鐘で表現すること」

「ああ――実はとても簡単なことなんです。いいですか、一日が六つに区分けされていて、それぞれに八つの時間枠があって……」

「もうけっこう！」エリザベスは耳をふさいだ。「とうてい理解できそうにないわ。説明してもむだよ」彼女は笑いだした。

「ただし、鐘以外で数える時間はジャックに言わないようにしてくださいね」ラッキーはエリザベスと腕を組んで歩き続けた。「エドワード・エンブリーって、とても感じのいい人ですね」ラッキーはエリザベスの反応をじっと見守った。「あなたに少し気があるんじゃないかしら」

エリザベスは首を振った。「昔はね、たぶん」

「昔？」ラッキーは相手のプライベートに踏みこんでしまった気がした。「ごめんなさい。詮索《せんさく》するつもりはなかったんです」

エリザベスは微笑んだ。「かまわないのよ」ラッキーの心配そうな表情を目にした。「いえ、気にしないで。詮索されたとは思ってないし。それに、秘密でも何でもないの。昔のこと……」エリザベスは言葉を切り、しばらく黙りこんでいた。「ずいぶん前になるわ……ああ」笑い声をあげた。「今から二十年以上前よ。うまくいったかもしれないけど、結局だめだったの。エドワードはとても悲しい人生を送ってきたのよ。昔、お子さんを亡くし、そのすぐあとで奥さままで亡くした。恋愛はうまくいかなかったけど、いい友人同士よ。今じゃ彼は村の仕事にすべての時間を注いでいるわ」

ラッキーはまだフェンスの中にいるグループを見た。バリーと二人の作業員が板とビニールシートで実用一点張りのテントを立てている。フェンスのそばで何かが動いた。足を止めてよく見ようとした。

エリザベスも振り返った。「何なの?」

「あの……誰かがいたの、フェンスの向こう側に。作業員たちが立っているあたり。見えます?」ラッキーはうずくまった人影を指さした。建設現場のはずれでだぶだぶのコートにくるまった姿。

「ああ……妙ね」エリザベスはラッキーの視線をたどった。「あれはマギーよ。マギー・ハーキンズ。また村にやってくることがあるとは思わなかった。気の毒な人。本当に妙ね……これだけ歳月がたったあとで、こんなふうに一堂に会するなんて……」

「彼女とは会ったことがないわ。何者なんですか?」

「身の毛もよだつような人間よ。本来なら入院させるべきなの」

ラッキーはそのとげとげしい声に思わず飛び上がった。コーデリア・ランクが目の前に立ちはだかっていた。染みひとつない白いスカートにリネンのネイビー色のジャケット。二色の靴とバッグは服と完璧にコーディネイトされている。

「あら、コーデリア。お願いだから、多少は同情してあげて」エリザベスがたしなめた。

「同情？」コーデリアの声が甲高くなった。「この村に同情心があるなら、彼女はとっくに病院に入れられて治療をほどこされているはずよ。それが人間的な行動ってものでしょ——何をしているか知らないけど、あんなふうに道路や村をしじゅううろつき回っているのを放置しておくなんて。自分の面倒だって見られないのよ。あの服装を見てごらんなさい」

「少し声を落としてちょうだい。彼女に聞こえたら困るわ」

「誰かが彼女の面倒を見なくてはならないのよ。あの人はまともじゃないもの」

「どういう根拠があって、そんなことを提案するの？ あなたの厳しい水準には達していないかもしれないけど、誰にも迷惑をかけていないわ。自分の家も収入もある。率直に言わせてもらうけど、コーデリア、マギー・ハーキンズがみすぼらしい格好で村をうろついていたとしても、あなたが口を出すことではないわ」

「ああいう人間は」とコーデリアは唇をゆがめた。「この村の評判を傷つけるわ。ご存じでしょうけど、わたしの先祖はヴァーモント州の民兵隊の一員だったから、再現劇はわたしとメンバーにとって重要なお祝いなの。〈アメリカ《D》革命《A》の娘《R》たち〉から数人を招待しているのよ。マギーの行動は悪い印象を与えるわ」

「あなたのご先祖のことはよく知ってるわ、コーデリア。あなたがマギーを気に入らないことは残念だけど、ＤＡＲが彼女を気に入ろうが気に入るまいが、スノーフレークの住人だし法は何ひとつ犯していない。静かに過ごせるように放っておいてあげるべきだわ」

険悪な目でにらみつけられても、エリザベスは自分の言葉が相手にしっかり伝わるように冷静で理性的な態度をくずさなかった。コーデリアは頬を紅潮させ、エリザベスに非難されたと感じたのか見るからに憤慨していた。それからぷいと背中を向けると、緑地のはずれにある白い尖塔のある教会に向かってしゃれた靴で歩きだした。

「やれやれ」エリザベスはコーデリアがたっぷり五十メートル離れると、つぶやいた。「あの人ときたら」彼女は頭を振った。

「〈アメリカ革命の娘たち〉って何なんですか？」

エリザベスはうめいた。「コーデリア・クーパー・ランクはＤＡＲの一員で、折にふれてそれを持ちだすの。どうしてそれがそんなに重要なのか、わたしにはさっぱりわからない。この村の人の半数はそのぐらいまでさかのぼれる先祖がいるけど、だから何なの？　だいたい、重要なのは二十一世紀で自分がどう行動するかでしょ。それにあの人は少し礼儀を学んだほうがいいわね。夫のノーマンはとても裕福な旧家の出なのよ」

「ああ、ご主人のことは知っています。〈スプーンフル〉の大家なんですよ。それにしても、あなたはよくこなせますね」ラッキーは感嘆していた。「政治、予算、村議会、有権者、それに変わり者たちを相手にしている。感心しちゃうわ」

「そんなことないのよ。長いこと生きてきたから、一キロ先からでも芝生の肥料を嗅ぎつけられるってだけ。それに、もうこの年だし……」

「あら全然、年じゃないわ」

「あと二年で六十歳だから、好きなことを言って、港湾労働者みたいなしゃべり方をする権利を獲得したわ。海軍の古い罵り言葉をいくつかジャックから教えてもらってもいいわね。二点鐘とか三点鐘とかの表現はできないかもしれないけど」

ラッキーはふきだした。「休憩をとったら？　うちの店に来てください。ほっぺたが落ちそうなセロリと新タマネギのスープをセージが冷製で出しているの。暑い日にはぴったりですよ」

「いいわね、そうしましょう。ありがとう、ラッキー。だけど、そのあとでオフィスに戻らないと。ＤＡＲの特命係、コーデリア・クーパー・ランクがわたしをさらにいたぶるために伝言を残しているに決まっているから」

7

ラッキーとエリザベスが着いたときには〈スプーンフル〉はお客でごった返していて騒々しいほどだった。店内には午後の日差しが射しこんでいたが、天井のファンが冷たい空気を循環させていた。店じゅうにスープとパンのいい香りが漂い、ジャックの大好きなクラリネットソロのＣＤがバックグラウンドミュージックとして流れていて、皿やトレイのカチャカチャいうせわしない音を和らげている。デモ隊の人々が大挙して〈スプーンフル〉に押しかけていた。死体が発見されたことで一時的とはいえ建設が中止になったので、みんな興奮している。ラッキーが小耳にはさんだ会話からすると、リチャード・ローランドの建設計画に横槍を入れる次の計画を練っているようだった。

　ラッキーはエリザベスのために静かなテーブルがないかと店内を見回した。エリザベスが彼女の腕にそっと触れた。「カウンターでけっこうよ。どっちみちゆっくりしていられないから。あなたはこれだけのお客さんをさばくので忙しいでしょ。あとで話しましょう」

　ラッキーは廊下を急いで歩いていき、棚からエプロンをとると、カウンターの中に入ってメグと交代した。ジェニーとメグは二人ともハイスクールを卒業したばかりだった。ジェニ

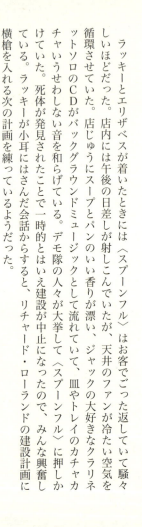

ーはほっそりしていて背が高く、猛烈にエネルギッシュだ。てきぱきと動き回って皿を片づけ、テーブルをセットし、注文をとった。メグの動作はもっとのんびりしていて落ち着いていたが、まちがいはめったにしなかった。

今日のお勧めスープはアスパラガスのクリームスープとセロリと新タマネギの冷製スープだった。夏期にサンドウィッチに加えてサラダをメニューに加えるというラッキーの提案に、セージがいい考えだと同意してくれたので、ブルーチーズを散らしたクルミとリンゴのサラダ、ピーナッツドレッシングの焼き野菜サラダ、ヴィネグレットドレッシングの薄切りビーフサラダも出していた。エリザベスはセロリと新タマネギの冷製スープに、フェタチーズをのせて焼いたパリッとしたフラットブレッド（平らで丸いパン）を注文した。ランチを食べ終えるや、エリザベスはラッキーの方に投げキッスをしてオフィスに戻っていった。それから二時間が飛ぶように過ぎ、混雑が一段落すると、ラッキーはアイスティーを注いでテーブルの男性たちに加わった。

「あいつはおれたちの仲間かと思ってたよ」バリーがぶつくさ言っている。ナプキンを顎の下にはさんでいたが、それを引き抜いて口をふいた。チェックのシャツのボタンはまだしっかり留まっていた。

ハンクは鼻眼鏡越しにテーブルを見回した。「もちろん、あいつはおれたちの仲間さ。はっきり同意してくれたんだ。どうしてそうじゃないみたいに言うんだ？」

「だって、今日来なかっただろ」バリーは首を振った。「みんなをまとめたのはハリーなのに、初日の今日にたった数分でも時間を割けなかったのか？　それに前回のミーティングのとき、あいつはなんだか……何て言ったらいいか……自分の殻に閉じこもってたから、もしかしたら思い直したのかもしれないな」

「うーん」ハンクが顎をこすった。「彼は無口だからね。だけど、おれたちに賛成してくれていることはまちがいないよ。たぶん店の仕事で手が離せなかったんだよ。誰かが牽引してくれとか言ってきたんだろう」

バリーは不服そうだった。「はっきりわからないけど、そんな理由じゃないと思うよ」

ジャックが口を開いた。「ハリーの心配はしなさんな。次は姿を見せるだろう。そうそうハリーと言えば、わしの車をとりに行かないと。オイル交換のために預けたんだが、明日は店の買い物にリンカーン・フォールズまで行かなくてはならんのだ」

ドアの上のベルがチリンと鳴って、ロッド・ティボルトが入ってきた。デモが中止されたあと建設現場でネイトの助手、ブラッドリーとしゃべっているのにラッキーは気づいたが、それっきり姿を見ていなかった。彼はみんなの方に笑顔を見せると、仲間に入ろうと大きなテーブルに近づいてきた。ロッドの髪は人参のような赤で、顔はそばかすだらけだ。ロースクールを卒業して、すでに弁護士として数年働いている年齢だとはとうてい信じられないほど若く見える。彼は額の汗をぬぐった。

「ここは涼しくて快適ですね。お仲間に入れていただいてもいいですか？」

「いいとも、ロッド。すわりな」バリーが自分の椅子をラッキーの方に詰めて弁護士のために場所を作った。「今日はおれたちといっしょに参加してくれてありがとうな」

ロッドは別のテーブルから椅子をとってきた。「まったく驚きましたよね」ロッドは笑った。「よりによって今日、こういうことが起きるなんて」彼は頭を振った。

「よかったのは、おかげでローランドの計画を妨害できたってことだ」

ロッドはうなずいた。「しかも、訴えると息巻いていたが、この状況だとまちがいなく弁護士料も跳ね上がるでしょうね。すご腕の弁護士はまず雇えない」

「そうか、でも、法律はおれたちを守ってくれなかったからなあ」ハンクが嘆いた。

ロッドが申し訳なさそうな顔になったので、ハンクはあわててとりなした。

「あんたが悪いんじゃないよ、ロッド。あんたはいい仕事をしてくれた。ただ、あの男はくそったれの村議会を味方につけたんだ」

「それにたぶん判事もですよ、ぼくの知る限りでは」ロッドは言った。「ただしエドワード・エンブリーは別です――彼はローランドにとって手強い相手ですよ」

ラッキーが立ち上がって皿を集めはじめた。「冷たいものでもいかが、ロッド？　アイスティーは？」

「うれしいね。ありがとう、ラッキー」

ラッキーはカウンターに戻っていき、汚れた皿とグラス類をプラスチックの容器に入れた。入り口ドアが開いたので顔を上げると、イライアスが立っていた。彼はにっこりするとカウンターに近づいてきた。

「おなかがぺこぺこでしょう。ランチもとってないんじゃない？」

「大当たり。大変な日だったよ！」イライアスはため息をついてカウンターのスツールにぐったりと腰をおろした。

「何にしましょうか？」

「きみとちょっと過ごすこと」イライアスは微笑んだ。

ラッキーは顔を赤らめた。「しいっ。聞き耳を立てている人がいっぱいいるわ」とはいえ、つい大きな笑みがこぼれた。

「お行儀よくするよ、約束する。料理はお任せにするよ」

「ちょっと待ってね」ラッキーはふたつのトールグラスに氷を入れアイスティーを注ぎ、くし形のレモンを添えた。ひとつはイライアスに渡し、もうひとつはテーブルのロッドのところに運んでいった。厨房に入っていくとセージは野菜を刻んでいるところだった。

「やあ、ラッキー、何かほしいものでも？」

「わたしがやるわ」

セージが名前で呼んでくれるようになったのでうれしかった。彼女がマディソンから故郷に帰ってきてレストランを継いだばかりの頃、セージは距離を置き、堅苦しく「ボス」と呼んでいたのだ。今後も自分を雇ってくれるか不安だったせいなのか、数歳とはいえ年下の人間に命令されることが腹立たしかったせいなのか、その理由はとうとうわからなかった。ともあれ、この前の冬にラッキーが奮闘したおかげで彼は留置場から出ることができ、それ以来、二人は信頼関係で結ばれていた。

ラッキーはイライアスに大盛りのセロリと新タマネギの冷製スープと、茶色のライ麦パンにはさんだクリームチーズと赤タマネギとクレソンのサンドウィッチを運んでいった。イライアスはいつも超多忙でぎっしり予定が入っていた。クリニックには助手と看護師、事務員、二人の受付係がいたが、彼は村でただ一人の医師だったし、患者が病院に入院するたびにリンカーン・フォールズまで付き添わなくてはならなかった。過密スケジュールはかなり負担になっているにちがいない。週に二度はいっしょに過ごし、ほぼ毎日顔を合わせていたが、イライアスが働きすぎで休暇が必要なことはラッキーにもよくわかっていた。

「今週はいっしょに夕食をとろう。週にひと晩は休みにしようと決めているんだ。病院に行って残業するのはなし、論文も読まない、何もしない。ただし料理はするよ」

「それはすてきね。そうそう、新しいお医者さんは見つかりそう？」ラッキーはかすかな罪悪感というか責任を感じていた。パートナーの妻が殺人犯だとわかったので、イライアスはクリニックのパートナーだった医師を失ったからだ。彼女のせいで、イライアスはクリニックのパートナーだった医師を失ったからだ。彼は村を離れざるをえなかったのだ。この前の冬のできごとはいまだに悪夢に出てきた。

イライアスは彼女を見上げた。「そんなふうに思わないで。きみが責任を感じているのは知っているけど、きみのせいじゃないんだから」

「わかってるわ」彼女は言った。「でも、もし……」

「もし、何だい？　なるようにしかならなかったんだよ。真実はいずれ明るみに出るものだ。

それにもっといい結末があったかな？　セージが一生、刑務所で過ごす方がよかった？」

ラッキーはハッチを振り返って、厨房で忙しく働いているセージのほうをちらっと見た。

「そんなの絶対だめ」彼女は言葉に力をこめた。

イライアスはカウンター越しに手を伸ばして、ラッキーの手をぎゅっと握りしめた。

「まともな人間を殺人に駆り立てるには、とてつもない苦しみがあったんだと思う。だけど、きみは何ひとつ悪いことをしていないんだ。それを忘れないで」

ラッキーはイライアスの目をのぞきこむと、心がとろけそうになった。彼女はやっと笑顔を見せた。

「その方がいいよ」彼は言った。ラッキーは手を伸ばして、彼の顎のくぼみにそっと触れた。

「熱々カップルを邪魔したくないんだけど」とバリーが言いながらカウンターにやってきて、イライアスの隣のスツールにすわった。ラッキーは真っ赤になって、あわてて手をひっこめた。「ひとつ教えてほしいんだ、イライアス。ものすごく古いものなのに、どうしてあの骨は今まで保存されていたんだい？」

イライアスは口元をふくと、バリーの方を向いた。「土壌のpH値と深い関係があるんです。一般的に土壌は中性かアルカリ性寄りなので骨は保存されます。正しいpHバランスが保たれれば、骨は何百年も、もしかしたらそれ以上保存されることが可能なんです。一方で、土壌の状態は保存とそれほど関係がないと主張する科学者もいます。湿地遺体のことは聞いたことがありますよね、もちろん？」

「ああ、あるよ。まったくすごいもんだな」

「ああした遺体はおもに北ヨーロッパの酸性の水苔湿原に埋まっているんです。皮膚はすっかり茶色に変色しているが、保存されている。顔立ちですらはっきりわかります。強酸性、低温、酸素がないことのせいでそういうことが起きるんです。ただし、そういうタイプの土壌だと骨の保存状態は悪い。泥炭に含まれる酸のせいで骨組織のリン酸カルシウムを溶かしてしまうからです。かたや皮膚や内臓はそのまま保存されるのです。法人類学者はあの土壌のpH値を測りたがるにちがいありません。さっきも言ったように、pH値は無関係だと主張する専門家がいる一方で、それに信頼を置いている人々もいるんです」

「何百年ものあいだ緑地近くの地面の下に埋まっていたとは、気の毒なやつだ。大学の連中がどう言うか早く聞きたいものだよ」

「遺骨全体が掘り出されるといいんですけどね。この人物が男性か女性か、死亡したときの年齢はすぐにわかるはずです。それ以外の分析には少し時間がかかるでしょうね」

バリーが大きなテーブルに戻っていくと、ラッキーは皿を片づけた。イライアスは目を上げて、彼女の手をぎゅっと握りしめた。「ごめん。急がなくちゃ」

ラッキーは彼がもう帰ってしまうので、がっかりしながらうなずいたが、少なくとも今週いっしょにディナーをとる約束はできた。

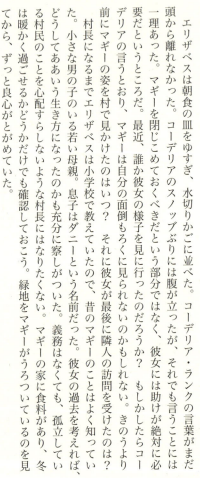

8

エリザベスは朝食の皿をゆすぎ、水切りかごに並べた。コーデリア・ランクの言葉がまだ頭から離れなかった。コーデリアのスノッブぶりには腹が立ったが、それでも言うことには一理あった。マギーを閉じこめておくべきだという部分ではなく、彼女には助けが絶対に必要だというところだ。最近、誰か彼女の様子を見に行ったのだろうか？　もしかしたらコーデリアの言うとおり、マギーは自分の面倒もろくに見られないのかもしれない。きのうより前にマギーの姿を村で見かけたのはいつ？　それに彼女が最後に隣人の訪問を受けたのは？

村長になるまでエリザベスは小学校で教えていたので、昔のマギーのことはよく知っていた。小さな男の子のいる若い母親。息子はダニーという名前だった。彼女の過去を考えれば、どうしてああいう生き方になったのかも充分に察しがついた。義務はなくても、孤立している村民のことを心配すらしないような村長にはなりたくない。マギーの家に食料があり、冬は暖かく過ごせるかどうかだけでも確認しておこう。緑地をマギーがうろついているのを見てから、ずっと良心がとがめていた。

コーヒーを飲み干すとカップを洗い、きちんと食器の水切りかごに入れた。エリザベスがそろそろ出かけるとわかって、猫のチャーリーが脚に体をすりつけてきた。手を伸ばして頭をかいてやった。お返しに喉をゴロゴロ鳴らしている。一日分のチャーリーの食べ物と水があるのを確認してから、猫ドアを閉めた。夏の暑さの中を出歩かないように安全に家に閉じこめておくためだ。

「ごめんね、チャーリー。今日は暑すぎるわ。今夜外に出してあげるからね」

チャーリーは年をとってきたので、しじゅう外をうろつき回りたがることもなくなってきた。それにこの大きな二階建ての家なら、留守のあいだチャーリーは好きなだけ走り回ったり探検したりできる。バッグと車のキーを手にすると、エリザベスは玄関ドアに鍵をかけ車に乗りこんだ。マギーの様子をちょっと見に行ってもそれほど時間のロスにはならないだろう。反対方向にほんの数キロ車を走らせるだけだ。それからオフィスに向かえばいい。たいして時間はとられないわ、とエリザベスは思った。

アール・ウィルソン牧師は祈禱《きとう》書を手に穴の端近くに立ち、集まった人々を見回した。ウインソープがすべての手配をしたのだった。そして今、大学の考古学科のダニエル・アーノルド主任教授が残りの骨が発見されたという知らせを受けて、朝早く現場に到着した。教授は作業着に身を固め、シャベル、こて、ブラシを用意した三人の大学院生をひき連れていた。彼らは板とプラスチックでこしらえた覆いを手早く撤去し、さっそく作業にとりかかろうと、まだ土に埋まっている遺骨をうっとりと見つめている。

ウィルソン牧師が言いだしたのだ。誰であろうと埋葬したり掘り出したりするのは来世のために祈りを捧げてからにするべきだ、しかもこの人物はもともときちんと埋葬されていなかったようなので、あの世に送りだすためにりっぱな言葉が必要だと。この儀式にぜひとも参列してほしいと、牧師は忠実な教区民や〈スプーンフル〉の常連に声をかけた。ラッキーは用事があっていけないジャックの代わりに参列することにした。遺骨の発見に好奇心をかきたてられたソフィーもいっしょに行くことになった。

ラッキーとソフィー、それにハンクとバリーとホレスは儀式が始まるのを待っていた。教授と三人の教え子たち、それにネイト・エジャートンと教会の信徒たちは墓のすぐそばに立った。さらに、儀式を見物しようと、ウォーター通り沿いのフェンスには好奇心に駆られた数人の人々が貼りついている。全員がうやうやしい沈黙を守っていた。

ウィルソン牧師が体の前で手を組んで立ち、語りはじめた。

「死を前にしても、わたしたちは生の歌を歌い続けなくてはなりません。死を受け入れ、自分の重荷を背負い、他人の重荷を軽くすることができるように、そこから進んでいかなくてはならないのです」

牧師の話が終わると、小さな人の輪に沈黙が広がった。これから同胞の一人が掘り出されようとしているのだ。大学院生たちがそっと土をブラシで払い、それぞれの破片の周囲に土で基礎をていねいに作っていくのを全員が見守った。時間のかかる遅々として進まない根気のいる作業になりそうだ。

ネイト・エジャートンは数分ほど作業を眺めてから、フェンスの外で待っていたブラッドリーに合図をした。二人は金網フェンスを切ってまくりあげ、あとで遺骨の撤去が楽にできるようにした。ネイトは歩道に戻っていき、ブラッドリーは野次馬が近づかないように開口部のわきに立って見張った。

作業をじっと眺めていたホレスが現場に近づいていった。何かに目を引かれたのだ。

「あれは何だ？」

土に少し埋まっている黒いカーブしたものを指さす。髪の毛を後ろにまとめて野球帽をかぶった女子大生が顔を上げた。

「わかりません」その物体の形がもっとはっきりわかるように、彼女は慎重に土を払った。ホレスの方を向いた。「どうやらこれは……火薬入れみたいですね」

「では何か彫られているかもしれない――もしかしたら名前も。だとしたら……わたしはこの人物が『彼』だと推測しているんだが……この男が何者だったかも突き止められるかもしれないぞ」アーノルド教授はそう言って、ホレスに大きな笑みを浮かべた。

「そうですね」ホレスはうなずいた。「火薬入れだとしたら、そこに名前を彫るのは一般的でしたから。ときには手工芸品のように自分の家の絵まで彫りつけた。可能性はあまりないが、もしかしたら近くで武器も発見されるかもしれない。実にわくわくしますな！」ホレスはラッキーとソフィーの方を向いた。「つまりね、独立戦争のあいだ、誰もがライフルや他の銃を持てるとは限らなかったので、小さな村では男たちやときには女たちですら攻撃の際に使えるようにふだんから武器を備蓄していた。しかし、たいていの男たちは自分専用の火薬入れを携帯していたんだ」

　作業が進んでいき、それ以上見つかるものがなさそうに思えると、見物人はじょじょに減って仕事や家に戻っていった。のろのろと退屈な作業が続いているあいだは、見物人の興味を引くようなことはあまりなかった。ネイトはブラッドリーを見張り役から解放し、署に戻らせた。そして自分も挨拶してからパトカーで走り去った。ハンクとバリーがフェンスのそばでぐずぐずしているうちに、とうとう見物人は全員引き揚げてしまった。

　バリーは見物人が帰っていくのを眺めた。「そういやハリーを見なかったな。おまえはどうだ？」

　ハンクは首を振った。「見なかった」

「言ってるだろ、あいつのふるまいはおかしいって」

　ハンクは答えた。「ハリーはいるべきところにいるんだよ。修理工場に。仕事をしてるのさ」

「今日来なかった人間といえば、うれしいことにローランドも姿を見せなかったな」バリーが言った。

「来るわけないだろう？　あいつはこの村のことなんてこれっぽっちも気にかけていないのに。気にしていたら、村のど真ん中にコンクリートのみっともない施設なんて建設しないよ」

ラッキーは腕時計をのぞいた。そろそろ店に戻らなくてはならない。帰りかけたときに、通りの向こうで人影が見えた。祖父のジャックが緑地にいて、こちらによろよろと近づいてくる。顔は蒼白であきらかに動揺しているようだ。ラッキーが声をかけようとしたとき、ジャックは膝からくずおれ、芝生の上に倒れこんだ。

9

ラッキーはフェンスをくぐり抜けると、通りを渡ってジャックのそばに走っていった。心臓が喉までせりあがっていた。具合が悪いのだろうか、それとも戦時中のフラッシュバック？　ソフィーも走ってきてラッキーに追いついた。二人でジャックのところに駆け寄ると、ラッキーは祖父の腕をそっととり、立ち上がらせた。

「怪我をした？」ジャックは首を振った。しゃべろうとして口を開けたが、言葉が出てこないようで、困り果てたようにラッキーを見た。

ラッキーはジャックの両手を自分の手で包みこんだ。「深呼吸して。何があったのか話して」

ラッキーとソフィーはジャックをゆっくりと近くのベンチに連れていった。ソフィーはジャックの隣にすわって彼の手を握り、ラッキーは祖父の顔がもっとよく見えるように芝生に膝をついた。ジャックは苦しそうに唾を呑みこんでから、腕を上げ、スプルース通りの方を指し示した。

ソフィーは問いかけるようにラッキーを見た。友人の無言の質問に応えてラッキーは言っ

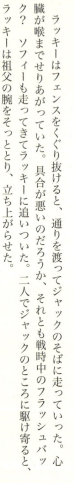

た。

「ハリーの修理工場に車をとりに行ったの」ラッキーはジャックの方を向いた。「向こうで何かあったの？」

ジャックが両手に顔をうずめると、頬に血の跡がついた。「ハリーが死んだ」

恐ろしいことが起きたらしいと気づき、ハンクとバリーが通りの向こうから走ってきた。

「ジャック、何があったんだ？」ハンクがたずねながら片手をジャックの肩に置いた。

ラッキーは二人を見上げて低い声で言った。

「『ハリーが死んだ』って言っているんです。ネイトを見つけて、すぐにハリーのところに行くように頼んでもらえませんか？」

ハンクとバリーはネイトが魔法のように現れるのではないかと期待するように、通りの向こうに視線を向けた。ハンクはポケットをたたいた。「携帯を持ってこなかった」

バリーがポケットから携帯電話をとりだした。「おれが警察署に電話しよう。ブラッドリーのほうがおれたちよりも早くネイトに連絡がつけられるだろう」

ジャックの呼吸はじょじょにおさまってきていつもどおりになった。ラッキーは用心深く祖父を眺めた。「クリニックで診てもらう？」

「いや」ジャックはうなるように言った。「わしはもう大丈夫だ、たぶん。ただのショックだ……血が。〈スプーンフル〉に戻りたい」いくつか特定のものがジャックの発作の引き金になることをラッキーは知っていた。とりわけ血だ。血は、太平洋で鮫に襲われた仲間たちを救おうとした悪夢のようなできごとを思い出させるのだ。健康状態が改善されてきてフラッシュバックが起きる回数も深刻さも減ってきていたが、過去が心に入りこんでこないようにするのはとてもむずかしかった。

ラッキーはソフィーの視線をとらえた。「たまたまソフィーがそっちの方に行くから、お店までいっしょに行ってくれるわ」ソフィーはわかったとうなずいた。

ジャックはソフィーの手を握りしめた。少し落ち着きを取り戻したようだった。

「面倒をかけたくないんだ」

「全然そんなことないわ、ジャック」ソフィーは言った。「どっちみち、お店に戻らなくちゃならないの。車が停めてあるから」

ジャックはラッキーを見た。「すまんな。役立たずの老いぼれで」

「ああ、ジャックったら」ラッキーは祖父をぎゅっとハグした。「そんなこと言わないで。老いぼれなわけないでしょ。謝ることなんてなんにもないわ」

ジャックは立ち上がり深呼吸すると、ゆっくりと緑地を歩きだした。ラッキーはソフィーに近づいてささやいた。

「ハリーが事故にあったかもしれないの。あなたがジャックと〈スプーンフル〉に戻ってくれるなら、わたしは様子を見に行ってくる」

ハリーが怪我をして助けを求められない状態なら、ネイトに連絡がいくまで待っていたくなかった。ネイトがすぐ現場に来られるかわからないのだ。ジャックは血を見て、おおげさに反応しただけで、ハリーには救急車が必要かもしれない。だとしたらクリニックのイライアスに連絡すれば手配してくれるだろう。

ソフィーはジャックに追いつこうと急いで立ち去った。ラッキーは二人が通りを渡りブロードウェイの角を曲がるまで見送っていた。それからネイトに連絡をつけようとして広場のベンチにすわっているハンクとバリーを置いて、急いで緑地を横切りスプルース通りに曲がった。三ブロックを走って、修理工場の前で立ち止まった。

修理工場のドアは閉まっていた。日曜以外に閉まっていることはなかった。ハリーがいるときは常に開いていた。ラッキーは横のドアを試した。鍵がかかっている。ハリーは中にいるのだろうか？　意識を失っている？　ドアをガンガンたたいた。怪我をしているなら、叫び返してくれるはずだ。ちょっと待ってから木のドアに耳を押しつけたが、何も聞こえなかった。いらいらして路地を進むと、以前はパン屋だった古い煉瓦の建物の側に出た。通り側の窓がひとつ大きく開いている。中をのぞきこんだが、外のほうが明るすぎて何も見分けられない。ジャックも同じように考えて、この窓からもぐりこんだのだろうか？

ラッキーは窓枠によじ上ると、六十センチほど下のコンクリート床に飛び下りた。もう一度叫んだ。応えはない。高いほこりだらけの窓からわずかに光が入ってくる薄暗い室内に、じょじょに目が慣れていった。かろうじて床にころがっているホースが見分けられたのでつまずかないようにしながら、修理工場を横切っていった。だだっ広い空間は完全に静まり返っていた。店の表側に移動しようと、ハリーがいつも仕事をしているオフィスのドアを押し開けたとたん、ぞっとする悪臭が襲いかかってきた。片足が何かやわらかいものに触れる。見下ろしたとたん息が止まった。ハリーが横向きに倒れ、生気のない目が椅子の脚に向けられていた。頭蓋の一部がへこみ、頭の周囲に広がる血だまりが凝固しかけている。

ラッキーは悲鳴をあげないように口を覆ったが、喉の奥から低いグルグルという音がもれた。ジャックの言うとおりだ。ハリーは死んでいた。耳の奥でごうごうと音を立てて血が流れていく。部屋がくるくる回っている。怒鳴り声が聞こえた。ネイトだ。ドアを開けたままオフィスから出ると、どうにかネイトに叫び返した。

「ここです、ネイト。窓をよじ上って入ったの」

ネイトが窓枠を乗り越えながら、なにやらぶつぶつ言っているのが聞こえた。彼の重い靴がコンクリートの床に降り立った。「オフィスの中よ」声が震えた。

ネイトはラッキーのわきを通り過ぎ、そっとドアを開けた。彼は長いあいだハリー・ホッジズの死体を見つめていた。敷居をまたいで戻ってくると、ラッキーをしげしげと眺める。

「ジャックが最初に見つけたのか?」

ラッキーは声が出そうになかったのでただうなずいた。「車をとりに来たんです。最初は口がきけなかった。ハリーが死んだと言っただけで。でも、実はハリーは怪我をしただけで助けが必要だといけないと思って来てみたんです」

「わたしにまず連絡するべきだった」

「したかったけど携帯を持ってなくて。バリーがあなたに連絡をとるって約束してくれました」

「ああ、たしかに。スノーフレークでまたもやこういうことが起きるとはな——殺人が」

「まちがいないんですか？　昇降機の下で怪我をしたとかじゃないんですか？」

「その可能性はあるかもしれない。でも、あの頭の傷でオフィスまで歩いてこられたとは思えないな。わたしは専門家じゃないが、絶対に無理だと思う。まさにこの場所で、誰かに頭を殴られたんだよ。だが、わたしの話を聞いてくれ、お嬢さん。きみをこの事件に巻きこみたくないんだ、以前のときみたいに。この事件からはできるだけ遠ざかっていてほしい。わかったね？」

ラッキーは息をのんだ。「かまいませんよ。これはあなたの仕事ですから」

「わかってくれてうれしいよ」ネイトは嫌みたっぷりに応じた。「さて、家か店まで送っていこうか？」

「いいえ、大丈夫です。今はハリーのために何もできることはない」ジャックの様子を見に〈スプーンフル〉に戻ります。ソフィーが付き添って送っていったので。もともとウィルソン牧師の儀式にちょっと顔を出してから、仕事に戻るつもりでした」

ネイトは携帯電話をとりだした。「まずイライアスに電話したほうがいいな。本当に一人で大丈夫だね？」

ラッキーはうなずいた。ネイトは通りに出るドアのところまで送っていくと、ポケットから白いハンカチーフをとりだしてそれで鍵をつまんでドアを開け、彼女のために支えた。ラツキーはつんのめるようにして暑い夏の日差しの中に出たが、一瞬、そのまばゆさに目がくらんで何も見えなくなった。ハリーのことはすぐに村じゅうに広まるだろう——またもやこの村で殺人事件が起きたのだ。

10

　エリザベスは踏んだとたんに腐りかけた木が割れるのではないかと不安になりながら、マギーの家の階段を慎重に上っていった。ぐらつく手すりにしっかりつかまっていた。一、二枚の板はすでに踏み抜かれ、ぎざぎざの端っこだけが側桁《がわげた》に釘で留められている。この家は今すぐ修繕する必要があった。下見板のペンキはすっかりはげてしまい。茶色と灰色の層が露出している。記憶にある何年も前の陽気なコテージとは大違いだった。長いあいだ、この家に関心を払ったり手入れをしたりする人間が誰もいなかったのだろう。

　エリザベスが教職にあったとき、彼女もマギーもまだ若く、ここは白い鎧戸《よろいど》のついた黄色の家だった。現在は鎧戸のいくつかははずれていた。窓の外の植木箱はまだついていたが、雨風にさらされて白いペンキははげ落ちている。植物らしきものはとっくの昔になくなったようだ。エリザベスはそう考えたくなかったが、コーデリアは正しかったのかもしれない。マギーに一人暮らしをさせるべきではないのかもしれない。

　玄関の前で大きく息を吸った。中がどうなっているのか怯えながらノックをした。ドアが自然と開く。鍵がかかっていなかったのだ。エリザベスは静かに立ったまま、コテージの玄

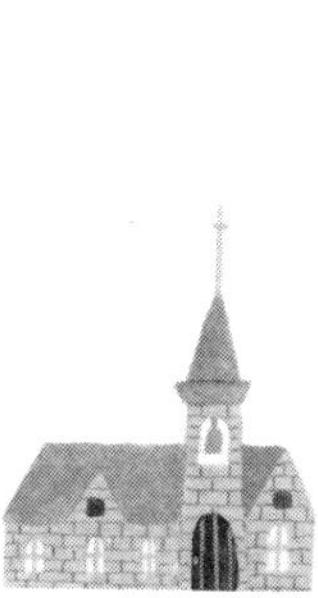

関ホールをのぞきこんだ。勝手に入ることをためらって、マギーの名前を呼んだ。返事はない。

もう一度呼びかけた。「マギー？　いるの？」

玄関から中に入っていった。きちんとドア枠に固定されていないのか、ドアはわずかにかしいでいる。長い冬のあいだきちんとドアは閉まっていたのだろうか。それに暖房設備は？　アーチ形の廊下から小さな客間をのぞいてみる。床はむきだしだった。ソファは壁際に押しつけられ、クッションのひとつからは数本のばねが飛びだしている。部屋にある家具はそれだけだった。書棚も小さなサイドテーブルもない。意外にもほこりはたまっていなかった。どの表面もきれいだ。右手の階段は二階に通じていて、小さな寝室が三つあることをエリザベスは知っていた。手すりの下の横木は大部分がなくなっている。冬に暖かく過ごすためにマギーは家じゅうの材木を燃やしているのかしら？　その考えに背筋が寒くなった。ボイラーのために誰かが石油を配達しているかどうか確認しなくては。ゆっくりとリビングに入っていき、もう一度名前を呼んだ。

「マギー？　エリザベスよ。ちょっと通りかかったので寄ってみたの」返事を待った。静寂が広がっていたが、家は無人には感じられなかった。誰かが息を潜めて見張っているような気がする。「マギー、いるの？」とうとうエリザベスは震える声を聞きつけた。それは玄関ホールから聞こえてきた。

エリザベスはホールに戻っていき、階段の下にとりつけられた地下室のドアに近づいていった。ドアを開ける。マギーは下にいるの？　階段の下でざわざわした音がした。湿ったカビ臭い空気が立ち上ってくる。「マギー、地下室にいるの？　どこなの？」

「助けて」その声は弱々しかった。

エリザベスはぞっとした。あの気の毒な女性は階段から落ちたのだ。

「今行くわ」ひび割れた木の手すりをつかみ、狭い階段を慎重に下りていった。蜘蛛の巣が頬をこする。階段の吹き抜けは暗かったが、地下室の壁の高い位置にある開口部からかすかに光が入ってきた。「マギー、どこにいるの？　何も見えないわ。明かりのスイッチがないの？」

それっきり物音は何も聞こえなかった。エリザベスは手すりにつかまりながら、残りの階段をとても用心しながら下りていった。下には明かりのスイッチがあるはずだ。壁を手探りしながら、照明をつける垂れたひもがあるかもしれないと手を伸ばしてみた。立ち止まってしばらくじっとしていると、目がじょじょに暗闇に慣れてきた。細い日の光が地下室の奥に見える。裏庭に通じる出口だろう。その隣に粗末な作業台の輪郭が見てとれた。

「マギー、お願い。どこにいるの？」

最後の段を下りて床に立った。頬のあたりで空気の動く気配がした。誰かがすぐそばにいる。エリザベスはさっと振り向いた。とたんに布がぎゅっと顔に押しつけられ、息をしようともがいた。恐怖で心臓が早鐘のように打っている。自分をきつくとらえている手から逃れようとして腕を振り回した。頭がぼうっとしてきて体に力が入らなくなりくずおれると、ついに意識を失った。

ハリーの死のニュースはスノーフレークじゅうに野火のように広まった。ハリーとデモ隊に関係している人ばかりではなく、〈スプーンフル〉の常連や心配した住民たちも思いを共有しようとして店にぞくぞくと集まってきた。デモの怒りや興奮とは打って変わり、人々はショックのあまり呆然として無口で、ハリー・ホッジズを傷つけようとする人間がいることに困惑していた。

バリーとハンクは二人ともとても動揺し、村の人々が入れかわり立ちかわり出入りするあいだ、一日じゅう店にいすわっていた。ジャックもときどき二人に加わったが、ラッキー、ジェニー、メグはお客をさばくので忙しかった。ラッキーの見たところ、夏の訪問客は村で起きていることに関心がなさそうだった。経験から、この騒ぎも長くは続かないだろう。

とうとうふだんよりも一時間早く〈スプーンフル〉を閉め、ジェニーとメグを家に帰すことにした。ハンクとバリーはまだテーブルに残っていた。ジャックはさっきよりも元気が出てきたようだったが、家に早めに帰る理由を与え、ショッキングな一日を過ごしたあとはゆっくり休んでもらうのがいいだろう。彼女はCDの山からハープのインスツルメンタルを選び、プレイヤーに入れた。これならみんなの心が安らぐはず。

表側のドアで大きなノックが聞こえ全員が振り向いた。ネイト・エジャートンが店の外に立っていた。ラッキーが彼のために鍵を開けると、ひとことも言わずに男たちといっしょにテーブルについた。何も訊かずに、ラッキーはレモンを浮かべたアイスティーをネイトのところに運んでいった。

彼は顔を上げた。「わたしの心を読んでくれたようだね。ありがとう」

テーブルの全員がハリーの死について説明してくれるのではないかと期待しながら、ネイトに視線を向けた。ネイトは首を振った。「みんなに話せるようなことはあまりないんだ。実を言うと、こちらからいくつか質問をしたくて来たんだよ」

「さて、ジャック」ネイトは小さなノートをポケットからとりだした。

「こんな目にあうことになって気の毒でしたね」ネイトはジャックにはいつもとてもやさしかった。昔からこの年上の男性を尊敬しているのだ。「わたしの助けになりそうな細かい事実があれば聞かせてもらいたいんだ」

「たいして話すことはないな」ジャックは肩をすくめた。「わしは車が直っているか見に行った――それがだいたい一点鐘だった」

ネイトはノートの上でペンを止め、ラッキーの方を見た。

「八時半っていう意味です」ラッキーが教えた。

「店は鍵がかかっていたので妙だと思った。ハリーは早くから仕事を始めるからね。オフィスにいるんじゃないかと思って、ドアをドンドンたたいた。だが、誰も出てこなかった。そこで路地を歩いていった。車をとって、ハリーにメモを残しておこうと思ったんだ。もしかしたらちょっと出ているだけかもしれんしな。支払いはあとでも気にしないと思った」

「あの裏の窓には鍵がかかっていた？」

「閉まっていたが、鍵はかかっていなかった。あんなふうに中に入りたくなかったんだがね、窓から。しかし、リンカーン・フォールズに行くのに車が必要だった。〈スプーンフル〉で必要なものを買ってこなくちゃならなかったんだ」ジャックは額をこすり、わななきながら息を吐いた。「車はもうできてるとハリーは言っていた。キーをとってきて出発し、あとで彼のところに寄って支払いをすればいいと思った」

「いつ彼と話したんですか？」

「ああ、たしか……デモの前日だったはずだ」

「それは何時だった？」

「四点鐘ぐらいだったな」

ネイトはため息をついてテーブル越しにまたラッキーの方を見た。

「二時です」彼女は教えた。

「他に何か気づきませんでしたか？　奇妙なこととか、いつもとちがうところとか？」

ジャックはのろのろと首を振った。「あったとしても、覚えとらんな。目に入ったのは血だけだった。わしは……知っとるだろう……いろいろ甦《よみがえ》ってくるんだ」ネイトは同情をこめてうなずいた。「また発作が起きそうだと感じたが、はっきりものが考えられなかった……わしは……そのときに体に血がついてしまった」ジャックは目を閉じた。「最悪だったよ」

ラッキーが口をはさんだ。「ネイト、事件はいつ起きたかわかりますか?」

ネイトはかぶりを振った。「はっきりしていない。イライアスは一日以上前に亡くなったと考えている。むずかしいんだ。外は暑かったが、店の中はかなり涼しかったのでね。リンカーン・フォールズの鑑識員たちが今作業をしているところだ。現場を調べてから、検死に回すことになっている。そうすればもっと詳しくわかるだろう」

「申し訳ない気持ちでいっぱいだよ」バリーが口を開いた。「姿を見せなかったので、おれはハリーのことを非難したんだ。デモに怖じ気づいたんだろうって。そのあいだじゅうあいつは……」バリーは最後まで言えなくなり言葉を切った。

ハンクが手を伸ばしてバリーの肩を慰めるようにたたいた。「わかるわけないものな? 知らなかったんだから」ハンクはネイトを見た。「それにしてもどうしてもっと早く発見されなかったんだろう。ガイ・ベセットはどこにいたんだ? 今朝、仕事に来なかったのかい?」

「ガイとはもう話をしたよ。大きな仕事をふたつ終えたところで、ハリーが今週はもう一人で大丈夫だと言ったそうだ。ガイは再現劇のリハーサルと本番のために休みをもらいたがっていたんだ。すっかりうちひしがれているよ。彼と話す機会があったら、自分を責めないように言ってやってほしい。自分が休みをもらわなかったら、ハリーはまだ生きていたと思っているようなんだ」

「あんたはどう考えているんだ、ネイト?」ハンクがたずねた。

ネイトはちょっと黙りこんでから、宙に視線を向けた。「やっぱり同じ結果だったんじゃないかな。店には鍵がかけられていた。ハリーのデスクのスタンドはまだついていた。何があったにしろ夜に事件は起きたように見えるから、ガイはとっくに仕事をひけていただろう。だけど、おそらくガイが生きているハリーを最後に見た人間だ……われわれの知る限りではね。それがおとといの夜だった。きのうから留守番電話に伝言がいくつか残されていた。ハリーがまだ生きていたら、ボタンを押して伝言を聞いたはずだと思う。たとえすぐに返事をしなかったとしても」

「じゃあ、夜に誰かが店を訪ねてきたと考えているんだな？　たぶんハリーの知り合いが」ジャックがたずねた。

「そう思えるね」

「金はなくなっていたのか？　強盗だと思っているのかい？」バリーが言った。

「いや。大金が残されていた」ネイトは肩をすくめた。「だけど、あんたにもたずねなくてはならない。あんたは最後にいつハリーと会った？」

バリーは顎をこすりながら考えこんだ。「デモの前日だったと思うな。というか、会ったわけじゃないんだ。電話で話をした。さらに数人がデモに参加すると約束してくれたんで、その名前を伝えたんだよ。あいつは元気そうだった」

「こんなふうに殺される理由について、誰か心当たりがないか？」

ジャックは大きなため息をついた。「ハリーは……なあ、あんたもハリーがどういう人間かは知ってるだろ。本人を知らなければ、愛想のないやつだと思うかもしれん。自分自身のことや感じていることについて口にするような男じゃなかったんだ。まさに一匹狼だな。だが、彼を傷つけたがる人間がいるとはわしには信じられんよ」

「ハリーを表現するなら、寡黙というほうが当たっているんじゃないかな」ハンクが口を出した。「とてもまっすぐで勤勉だった。でもジャックの言うとおりだよ。ハリーは自分のことは一切話さなかった」

ジャックが体を震わせた。「作業中の車は他にあったのかね？」

「あんたの車とノーマン・ランクのしゃれた車だけだ。どっちもすでに整備はすんでいたよ。それで、ガイが休みをとることに反対しなかったんだそうだ。暇な時期だったしな」

ラッキーはテーブルに椅子を近づけた。「デモの前日にハリーを見かけたんです。ウィルソン牧師と教会で話をしていました。ソフィーと翌日の準備をするために教会に行ったときのことです」

「ウィルソン牧師だって？」

ラッキーはうなずいた。みんながいるテーブルで立ち聞きした会話をしゃべりたくなかった。あとでネイトに伝えよう。ネイトなら牧師さんからもっと詳しく聞けるにちがいない。

ネイトはアイスティーを飲み干した。「家に帰る前に牧師のところに寄って話を聞いてこよう。では、またあとで。わたしが知っておいたほうがいいことを思いついたら、いつでも連絡してくれ」

「そうするよ、ネイト」ジャックは言った。

ネイトは椅子を押しやって立ち上がった。「アイスティーをごちそうさま」ラッキーはドアまで署長を送っていき、鍵をかけた。

全員が黙りこんだ。ハンクがとうとう椅子から立ち上がった。「そろそろ帰るよ、ジャック。今はおれたちにできることもなさそうだ。本当にショックだった。こんなことがスノーフレークで起きたのは初めてだよ。おれの覚えている限りでは。まあ、あの冬のスキー客の事件はあったが、それとはちがう」

「みんなショックを受けているにちがいない。ハリーは地元の人間だからな」ジャックが同意した。

二人が帰ってしまうと、ラッキーは店内を歩き回ってひとつを残してすべての照明を消し、ジャックのすわっているテーブルに戻ってきた。「そろそろ帰りましょう」

ジャックは窓越しに暗くなりかけている通りに目をやった。

「そう急ぎなさんな。大切なお客さんがやってきたよ」

ラッキーは振り向いて外を見た。イライアスが歩いてくるのを見つけると笑顔になり、飛んでいって彼のためにドアを開けた。イライアスはすばやく彼女の頬にキスすると店に入ってきてジャックのテーブルに近づいていった。ラッキーは厨房に行き、彼のためにサンドウィッチをこしらえた。クリニックでたくさんの患者を診察したのに加え、昼間も夜もハリーの死のことでかなり時間をとられたにちがいない。トマト、スプラウト、アボカド、角切りのチキン、刻んだクルミをはさんだ大きなトルティーヤと、セージ特製のアスパラガス入りのポテトサラダを添えて運んでいった。

イライアスは疲れてきっているようで、目の下に隈ができていた。

「ありがとう」彼は言いながらラッキーの手をぎゅっと握った。「気分はどうですか、ジャック？」イライアスは慎重にジャックを観察した。

「大丈夫だ。うん、とてもよくなったよ。ただ、つらかった――ああいうハリーを見つけたのは」

イライアスは同情をこめてうなずいた。「昔からの知り合いだったのですか？」

「そう言えると思うよ。彼が商売を始めてからだから……なんと、二十五年近いな」

「彼は何歳だったの？」ラッキーが質問した。

「はっきりとは知らない。修理工場を開いたときはとても若かった。だから四十六か四十七か……」ジャックは言いさした。

「本当に？　もっと年をとって見えたわ」

「ハリーは生真面目な人間だったからね。しかしこんな目にあうとは……もしかしたら結局のところ彼という人間をまったく知らなかったんじゃないかと気づかされたよ。わしの知る限り、彼は誰とも親しくなかった。一度も結婚しなかったし、子どももいなかった。考えてみたら孤独だったんだろうが、そうは見えなかったな。むしろ、誰ともつきあいたくないように見えた」

イライアスは同情をこめてうなずくと、トルティーヤにかぶりついた。トマトが一切れテーブルクロスにこぼれ落ちた。

「失礼。丸一日、食べ物を口にしなかったみたいにがつがつ食べてるね。考えてみたら、実際そうかもしれない」

「全員が疲れとるよ」ジャックが答えた。「イライアスが来てくれたから、わしはそろそろ帰るとしよう。三点鐘を過ぎたところだ」

「車で送っていきましょうか?」

「いやけっこう」ジャックは首を振った。「美しい夜だから、歩きたいんだ」

ラッキーは祖父の手をぎゅっと握った。「本当に大丈夫?」

「もちろん。おまえたちは残って夜を楽しみなさい。朝にわしが甲板を掃除するから」ジャックはかがみこんで、ラッキーの頭のてっぺんにキスをした。祖父はいつも店の掃除のことを甲板の掃除と言った。「じゃ、また明日」

「おやすみなさい、ジャック」ラッキーは祖父が表側のドアから出ていくのを見守った。

イライアスは残りの食べ物をあっという間に平らげた。「戸締まりを手伝うよ」

「たいしてすることもないわ。実は少し前にもう店じまいしたの」ラッキーはテーブルを片づけながら言った。「ひっきりなしにお客さまが来たわ。みんなショックを受けていた。本当に悲しいことね」皿のトレイをカウンターに運んでいった。「あとはゴミを出せばいいだけよ。明日の朝に食洗機を回すことにするわ」

イライアスはラッキーが最後のランプとウィンドウの青と黄色のネオンサインを消すのを

待っていた。ラッキーがオフィスにバッグをとりに行っているあいだにイライアスはゴミ袋をふたつ持ち上げ、先に立って廊下を歩いていった。ラッキーが外に出てドアに鍵をかけ、大型ゴミ容器の蓋を開けると、イライアスがそこにゴミ袋を放りこんだ。腕を組んでブロードウェイに通じる短い路地を歩きはじめた。物陰まで来るとイライアスはラッキーをそっと引き寄せ、やさしくキスした。薄手の夏のドレス越しに彼の体の温もりが感じられる。

「今夜、ぼくの家に来られる？」

ラッキーはしぶしぶ体を離すと、大きくため息をついた。

「ぜひそうしたいところだけど、どういうわけかとても疲れているの。それはあなたも同じでしょ。目を見ればわかるわ」

「たしかに、きみの言うとおりだ。でも、家まで送っていくよ。ハリーに何があったのかわかるまでは、きみから目を離したくないんだ」

11

エリザベスが最初に感じたのは湿っぽくてカビ臭い土のにおいだった。頭がずきずきして、口の中が干上がっている。首がとてもこわばっていて、ほとんど頭を回すことができない。目を大きく見開いたが、まったく光が見えなかった。夜にちがいない。すわっている椅子の後ろで手首が縛られている。腕の感覚がほとんどなくなっていた。ひもは細くてつるつるしているので電気コードか電話コードだろう。木製の椅子に体重をかけると、椅子は今にも壊れそうにギイッときしみ、ぐらついた。足首もコードできつく縛られている。地下室にいるのだ。マギーの家の地下室に。大きな不安で胸がしめつけられた。何が起きたのだろう？オフィスに行く途中でマギーの農場に立ち寄り、用心しながら木の階段を下りていったことは覚えていた。ツンとするにおいがする布を顔にきつく押し当てられ、必死に抵抗したがやがて全身から力が抜けてしまったのだ。それが最後に覚えていることだった。どのぐらいのあいだ意識を失っていたのだろう？　ここに来たのは朝だった。数時間、それとも一日？パニックになりかけた。

マギーの名前を呼んだときか細い声が返事をしたが、あれは本当にマギーだったのだろう

か？　マギーが怪我をしたのではないか、地下室の階段をころげ落ちて動けなくなっているのではないかと心配だった。記憶をたどってみる。あのときはマギーが返事をしたにちがいないと思ったが、おそらくちがったのだろう。何年もマギーとは話していなかった。誰かがここにいて、マギーのふりをしたのでは？　誰かがマギーに危害を加えた？　この農場が人里離れていることは考えたくなかった。マギーが厄介なことになっていても、誰もわからないだろう。誰も彼女の様子を見に来ないだろう。マギーがこんな真似をするはずがない。マギーが自分をひどい目にあわせる理由はまったく思いつかなかった。

目の奥が耐えがたいほど疼《うず》いている。五感を研ぎ澄ませておかなくてはならない。大きく息を吸った。椅子が大きな音を立ててきしむ。椅子が壊れて泥だらけで蜘蛛のいる床に倒れこむことになりませんように。誰かが頭上を歩いているらしく、家の梁《はり》がミシミシいった。足音だ！　エリザベスは叫ぼうとしたが、しゃがれた声しか出なかった。唇をなめ、もう一度試してみた。

「マギー……」

喉から出た声は弱々しかった。マギーが頭上にいたとしても、こんなか細い声では聞こえないだろう。エリザベスはすすり泣きをこらえた。ここに一人で来るなんて本当に馬鹿だった。おまけに、誰にもその計画を伝えておかなかったなんて。もちろんオフィスに現れなければ、誰かが心配するだろう――秘書かラッキーか、誰かが騒ぎはじめるだろう。彼女の車はマギーの家の正面に停めてあったが、未舗装の長い私道があるので家は道路からかなりひっこんでいて見えない。わたしがいないことに誰かが気づくのに、どのぐらいかかるだろう？　こみあげる不安を落ち着かせようとして大きく息を吸い、もう一度叫んだ。今度はもう少し大きな声が出せた。

「マギー！」

そして耳を澄ませた。足音が立ち止まったが、誰も返事をしなかった。

エリザベスは努めて深く呼吸をするようにした。恐怖をなだめるにはそれしか方法がなさそうだ。感覚を正常に保っておくことが不可欠だった。何が起きているかを理解し脱出するためには、ありったけの知恵を絞らなくては。朝仕事に出かけるときにはとても清潔だった服は汚れて皺くちゃになっている。ああ、遠回りしようなんて思わなければよかった。こんなに何年もたってからマギーの様子を見にこようと思ったのはどうしてだったのだろう？　コーデリアだ！　コーデリア・ランクの言葉にうしろめたくなり、この人里離れた家までやってきたのだ。

マギーを説得できるはずだ。マギーの動機さえ理解できれば、話しかけて、自由にしてくれるように説き伏せることができるだろう。どんな妄想に駆られて、マギーはわたしを襲って地下室に閉じこめたの？　それとも、あの布を顔に押しつけたのは本当にマギーだったの？　あんなやせた姿であれほどの力があるとは思えない。頭をつかんで顔に布を押しつけた手は大きくて力があった。それに他にもある。においよ……アフターシェーブローション？　マギー以外の何者かが、地下室の階段を下りてくるわたしを待ちかまえていたにちがいない。マギーの身に何かあったのかしら？　何者かに傷つけられた？　それともマギーはわたしに対する怒りをずっと胸に秘めていたの？　長いあいだ連絡もとらず、元気でやっているかも気にしてくれなかったことに対する怒り？　マギーが社会とのつながりを完全に断ってしまったのなら、当たり前の人間関係も失ってしまっただろう。気が触れてしまったのかしら？

エリザベスは歯を食いしばって不安のあまり叫びだしたい気持ちをこらえた。自分の居場所はわかっていたが、誰が自分をとらえたのかも、その理由もわからなかった。記憶をできるだけたどってみた。何年も前、エリザベスはマギーが息子を失ったときに毎日のように何時間も彼女に付き添っていた。たしかに時がたつにつれ、人は離れていき、つながりも失われていくものだ。しかし、村の誰よりもエリザベスはマギーと親しくしていた。マギーが自分に敵意を抱いているとはどうしても想像できなかった。

階段の上のドアが大きくギイッと鳴った。それから足音。つまずいたりころげ落ちたりしないように慎重に下りてくる足音が聞こえてきた。エリザベスが耳を澄ましていると、ついに小部屋のドアが開いた。マギーが木製のトレイを手にして戸口に立っていた。光が彼女の背後から射している。ドアのすぐ内側のほこりだらけの床にそっとトレイを置いた。温かい野菜の香りが部屋にあふれた。エリザベスのおなかが大きく鳴った。最後に食事をしたのはいつだっただろう？　猛烈におなかがすいていた。マギーはエリザベスが縛られている椅子に近づいてきた。手を伸ばして天井からぶらさがっているひもを引っ張った。頭上から弱々しい光が入ってきた。陰鬱さを追い払うにはほど遠かったが。マギーは背中を向け、エリザベスを見ないようにしてドアを閉めかけた。エリザベスは手首をよじりコードを引っ張って、両手を自由にしようとした。まさか、おいしそうな食べ物をこんなにすぐそばに置いて、このまま椅子にくくりつけておくつもりじゃないでしょう？

「マギー、お願い。ひもを解いて」エリザベスはかすれた声で訴えた。喉が干上がって思うように声が出なかった。

マギーは立ち止まったが何も言わずドアを閉めた。彼女が階段を上っていく足音が聞こえた。エリザベスはすすり泣きがもれそうになり、必死に涙を抑えつけた。縛られ、怯えていて、無力だった。コードを引っ張ると、痛いほど肌に食いこんでくる。ずっと引っ張っていたら、結び目がゆるんで少なくとも両手だけでも自由になるかもしれない。エリザベスは歯を食いしばって痛みをこらえた。

足音が戻ってきた。ドアが勢いよく開き、マギーは片手に水差しを持ち、もう一方の手には大きな包みを抱えていた。寝袋だ。マギーは水差しを床に置くと、壁際に寝袋を広げた。それから色あせたサンドレスのポケットに手を入れ、鋭いナイフをとりだした。ナイフを手にゆっくりとエリザベスに近づいてくる。エリザベスは息を止めた。まさか刺すつもりじゃないわよね？　それに、もしわたしを殺すつもりなら、食べ物と水と寝袋なんて持ってこないでしょ？

エリザベスはかろうじて言葉を発した。「マギー、どうか口をきいて。どうしてこんな真似をしているの?」

マギーは首を片側にかしげ、はっとするほど青い瞳でエリザベスの目をじっと見つめた。息子のダニーが車で事故を起こして亡くなったとき、その青い目からは涙がとめどなく流れていたのだ。見つめているうちに、目の奥で何かが変化した。物憂げな表情が浮かび、さっきまであった輝きを覆い隠した。マギーは彼女の方に歩いてくると、椅子の後ろに立った。エリザベスはマギーが包丁を突き立てるつもりかもしれないと怯えながら、息を詰めた。冷たい刃が手首に当たるのが感じられ、一瞬で、手首を結んでいたコードのいましめが切られた。


エリザベスはほっと息を吐き、頭を向けてマギーを見ようとした。「逃がしてくれるの?」期待をこめてたずねた。

マギーは無言でエリザベスを見つめた。彼女はまだしゃべることができるんだろうか?何十年も誰ともしゃべっていなかったのかしら? エリザベスは建設現場でマギーを見かけたときのことを思い返した。遠目だが、何かひとりごとを言っているように見えた。たぶん、そういう状態なのだろう。彼女の話す能力は退化してしまったのだ。


マギーはドアの方に歩いていくと振り返った。怯えた動物のように見えた。

「あんたはここにいなくちゃいけないの。そうすれば、彼に痛い目にあわされなくてすむ」

彼女は早口でつぶやいた。

エリザベスは言葉が出てこなくて目をみはった。それから、どうにかかすれた声を出した。

「誰なの？　誰があなたを痛い目にあわせるの？」

ドアが閉まった。マギーが地下室の階段を上っていくらしく板のきしむ音が再び聞こえた。

「マギー！」必死になって呼びかけた。階段のてっぺんでドアがバタンと閉まった。エリザベスはがっくりとうなだれ、声を殺してすすり泣いた。

12

その朝、ラッキーがエリザベスに電話をするのはこれで二度目だった。番号は暗記していたので、すばやくボタンをたたいた。すでにメッセージをひとつ残しているのに、エリザベスはまだ電話を返してこない。もしかしたらふだんよりも早くオフィスに出勤したのだろうか？　もう少したったらオフィスに電話してみよう。今はただエリザベスの声を聞きたかった。村の誰もがそうだろうけれど、ラッキーもきのうハリーの死体が発見されたことで頭がいっぱいだった。エリザベスの考えを知りたかった。そもそもまだエリザベスから電話がないことのほうが意外だ。呼び出し音が四回鳴るのを辛抱強く待った。とうとうカチッといって留守番電話に切り替わり、録音メッセージが流れた。ラッキーはもうひとつメッセージを残し、あとでオフィスの方に連絡すると伝えた。

再現劇のリハーサルの前に手早く食事をとろうとする人々で、〈スプーンフル〉はにぎやかだった。ハンク、バリー、ホレスはすでに役の衣装を着て同じテーブルについている。多くの男女が衣装に着替えおわっていた。ハンクはさまざまな色合いの茶色のリネンの上下に、バターナッツ・カボチャ色のベストを着て、垂れ下がった大きなつばのついた帽子をかぶっ

ている。バリーはネイティブアメリカンの役だったので、幸いにも突きでたおなかをすっぽり隠してくれる長いチュニック姿だった。顔には出陣の化粧をほどこし、頭には三つ編みのウィッグをかぶりバンダナと羽根をあしらっている。ジャックは再現劇の小道具の手伝いをしていて、役にはついていなかった。ホレスはドイツ傭兵のヘッセン人役なので、白い乗馬ズボンと金ボタンが並ぶ長いブルーのコートに真鍮《しんちゅう》の記章のついた小さな帽子といういでたち。実に堂々たる様子だった。

「ホレス、その衣装、とても見事ですね。でも、ヘッセン人って、あのおかしな円錐形の高い帽子をかぶっているんだと思いましたけど？」

「ああ、それをかぶっている人もいた。しかし、ほとんどのヘッセン人は三角帽かこういう小さな帽子をかぶっていたんだ。高くてとがった帽子は手榴弾を投げ、マスケット銃を肩にかけるのに邪魔にならないように発明されたんだが、敵を威嚇する効果もあった。ほとんどの戦いは銃剣による接近戦だったから、戦わないうちに反乱軍の兵士は帽子に怯えて逃げだしたのかもしれない。そういう戦いではあっという間に勝利をおさめられただろう」

「まあ、そうなんですね。ともかく、とてもお似合いですし、ありがたいことにそんなに怖くないわ」

ラッキーはそう言ってカウンターに戻っていった。ホレスはお辞儀をして、照れたように微笑んだ。

バリーはライ麦パンにはさんだクリームチーズと赤タマネギのサンドウィッチを平らげた。

「今日はどうにかがんばって、気分をあげるようにするしかなさそうだな。実を言うと、あまりお祭り気分じゃないんだが」

「おれもそうだよ」ハンクがため息をついた。「今となっては気の毒なハリーのために何もしてやれないしな」

店の入り口のベルが鳴ると、ハンクが手を上げてロッド・ティボルトの視線をとらえた。若い弁護士は手を振り返してごたまぜの一団に加わった。「すばらしい衣装ですね、みなさん」

「あんたは参加しないのか、ロッド？」

「できないんです」彼は首を振った。「今、山のように案件を抱えているので、リンカーン・フォールズに戻らなくちゃならないんですよ。今週はずっと法廷に出ていました。ここに残って、ドレスリハーサルを観たかったんですが」

「じゃあ、十六日に来ればいい――その日が本番だから。それは見逃したくないだろう」

「裁判があるけど、どうにかがんばってみます。スノーフレークに来たのはネイトが何か質問があるとかで……あの件で」男たちは悲しげにうなずいた。

メグがテーブルに近づいてきてロッドの注文をとった。彼はメグに向かって笑いかけた。

「ヴィネグレットドレッシングの焼き野菜のサラダをお願いします」メグは注文をメモすると、ハッチのところに戻り注文票を留めた。

マージョリーとセシリーがドタバタと入ってきて店内を眺めた。カウンターの席はすべてふさがっていた。セシリーはテーブルの男たちに手を振ると、内気な姉を押すようにして彼らの方にやってきた。

「まあ、みなさんの衣装すごいわね。本番が楽しみだわ」セシリーが楽しげに言った。

ホレスが立ち上がってセシリーに椅子を譲り、別のテーブルからマージョリーのために椅子を運んできた。

「ありがとう、ホレス」マージョリーがお礼を言った。「あなたって本当に紳士らしいのね、ヘッセン人だとしても」

ホレスはにっこりした。「お店に行く途中ですか？」

「ええ。お茶とクロワッサンをいただこうと思って寄ったの。この夏はずっととても忙しくて。毎年、観光客が増えている気がするわ」彼女はみんなの方に体を近づけた。「ハリーの事件について何かわかった？」

バリーは首を振った。「いいや。きのうネイトがここに来て、いつ彼と最後に会ったのかを全員に訊いていったよ」

「本当に恐ろしいことよね」セシリーがナプキンを広げて膝にかけながら言った。「言葉もないわ。強盗にちがいないわよ。よそ者がたくさん村に来ているから」

「ネイトはそう考えていないようだよ。多額の現金がそのまま残されていたそうだ」

「本当に？」マージョリーの眉がつりあがった。「だったら個人的な恨みにちがいないわ。理由は想像もつかないけど。みんなハリーとはうまくやっていたでしょ。彼が亡くなってしまって、これからどうしたらいいのかしら？　工場は売られてしまうの？」

「誰も知らないんじゃないかな」バリーがコーヒーを飲みながら言った。「ハリーは近親者がいなかったからな。彼のことは好きだったが、彼といちばん親しい友人は誰だったのかとたずねられたら答えられない」

「ぼくは彼のことはまったく知らなかったんです。デモと訴訟の件で連絡をとっただけで」ロッドが口をはさんだ。「村に親しい人が一人ぐらいいたはずですよ。なにしろ、ずっとここで暮らしていたんですから」ロッドはそう言ってテーブルを見回した。その言葉の重要性に気づき、全員が呆然としてロッドを見返した。

「それってひどい話よね」マージョリーが言った。「実を言うとハリーの私生活についてはあまり考えたことがなかったわ。でも生まれたときからずっとスノーフレークで暮らしているのに、誰とも親しくなかったんだとしたら、信じられないような話よ。男性方はわたしよりも彼をよく知っていたんでしょう？」

メグがロッドの注文の品と、姉妹たちにはバターを塗ったクロワッサンにジャムを添えたものとポット入りの紅茶を運んできた。

バリーが腕時計を見た。「話の途中で悪いが、もう行かないと。時間だ」男たちはテーブルから立ち上がった。戦いの準備をしている本物の兵士だとしても、その表情はこれ以上ないほど深刻だった。

ジャックがカウンターのラッキーに声をかけた。「あとで戻ってくるよ、ラッキー、六点鐘ぐらいには」

ラッキーは祖父に手を振った。ジャックは三時に戻ってくると言っているのだ。

「じゃあ、またあとで」

男たちのあとでドアが閉まるとベルがチリンと鳴った。ラッキーはカウンターを離れて大きなガラス窓に歩み寄ると、緑地に向かう男たちを見送った。数人の夏の観光客たちが立ち止まって衣装をつけた男たちを指さしている。年配の夫婦が三人に写真を撮らせてくれと頼んだ。ハンクとバリーはホレスをはさんでポーズをとり、ジャックはカメラに入らないように脇にどいた。ラッキーは微笑んだ。再現劇は毎年楽しみだった。村じゅうの人々のお楽しみだっただけではなく、観光客も呼び寄せ、店は繁盛した。入り口のベルがチリンと鳴ったので振り返った。ブロードウェイの緑地の方角に目を向けていたので、イライアスがクリニックの方から近づいてくるのに気づかなかった。

「やあ、ラッキー」彼は窓辺にいるラッキーのすぐそばに立った。「何かおもしろいものでも見えるのかい？」

彼女は笑い声をあげた。「ただ、ハンクとバリーとホレスが観光客たちのために大げさな演技をしているのを眺めていたの。とても堂々としていたわ」

イライアスは彼女のあとからカウンターにやってくると、空いたばかりのスツールに腰をおろした。

「今日は昼休みを一時間とろうって決心したんだ。軽く食べてから、いっしょにリハーサルを見に行くっていうのはどう？」

「いいわね。あと少ししたら休憩できると思うわ。何を食べたい？」

「うーん。アスパラガスのクリームスープ、マッシュルームとフェタチーズのトルティーヤ、それにアイスティーにするよ」

「すぐに用意するわ」

ラッキーがハッチに注文票を留めると、すぐにセージがとっていった。ラッキーはひとつほっとしていることがあった。イライアスがそばにいたり二人の関係について訊かれたりしても、もう顔が赤くならなくなったことだ。まあ、たまには赤くなることもあるけれど。ラッキーはまだ中学、ハイスクール時代から彼に夢中だったが、その思いは胸に秘めてきた。でも、今はもう彼に強烈に惹かれている気持ちを隠すのはむずかしかった。

どうにかランチの混雑が一段落してきたようだ。ラッキーはそっと廊下に出ていき、クロゼットのドアの内側につけたフックにエプロンをかけた。髪からゴムをはずして、すばやくブラッシングし、口紅を軽く塗り直す。ずっとおてんばだったラッキーは、ほとんどの若い女性にとっては当たり前のことをこれまでないがしろにしてきた。口紅を塗ったり、少しアイシャドーや頬紅をつけたり。ファッションやメイクにはまったく興味がないが、みんなが——エリザベス、ソフィー、ジャックまでもが、もう少し外見に気を配るようにと注意する。

店に戻ると、イライアスはもう勘定をすませていた。お客は数人しか残っていない。キャッシュレジスターのところに行きジェニーに一時間ぐらいで戻ると伝えて、イライアスといっしょにブロードウェイに向かった。

緑地は人であふれていたが、指示に従って移動しているところだった。まだ全員が衣装をつけていなかったが、参加者たちはグループ分けされ、イギリス軍兵士、ヘッセン人、王党派の植民地の人間とネイティブアメリカンは一カ所に集められていた。かたや民兵隊を組織する村人たちはもうひとつのグループを作っている。コーデリア・ランクがメガホンを使って移動について指示を叫び、緑地に移動しようとする出演者を制止していた。迫ってくるイギリス軍に民兵隊兵士たちが攻撃を仕掛けるときの合図についても、彼女は念を押した。

愛国者の日として祝われているマサチューセッツ州のレキシントン・コンコードの戦いほどヴァーモント州の戦いは有名ではなかったが、生粋のヴァーモント人は先祖がアメリカ誕生に果たした役割を決して忘れなかった。実際の戦いはベニントンから十キロほど離れた当時のニューヨーク植民地、現在のニューヨーク州で起きたのだが、いまだにベニントンの戦いはヴァーモント人がおおいに誇りにしているできごとだった。

ラッキーはつま先立ちになり、ハンクとバリーを見つけた。バリーはネイティブアメリカンのあいだに立ち、ハンクは緑地の反対側で民兵隊を演じているグループといっしょにいた。人混みに押されて祖父の姿は見つけることができなかった。多くの出演者たちはコーデリアの指示を無視して、混乱状態で歩き回っている。女性たちも参加していて、大半はライフルに弾をこめ直し弾薬を渡す役をしていた。実弾はもちろん、空砲でも弾の入った武器は安全のために禁止になっていて、音響効果係のボランティアが銃声の効果音を出すことになっている。もう一人のボランティアはスモークマシンを作動させる予定だった。

ラッキーはソフィーの頭のてっぺんを見つけたので、人をかきわけてそちらに向かった。

「あら、ラッキー。こんにちは、イライアス」

「ソフィー、やあ、会えてよかった。夏は休みなのかい？」イライアスがたずねた。

「パートでやってるわ。リゾートの水泳教室で教えているんだけど、スケジュールはがら空きなの。フリーの時間を楽しんでいるところ」彼女はリハーサルの方に目を戻した。「こんな暑い日に厚手の衣装を着なくちゃならなくて、みんな、お気の毒ね」地元の出演者たちを眺めながら言った。

「ラッキー！」名前が呼ばれたので目をやると、ロウィーナのストロベリーブロンドの頭が人混みの中を近づいてくるのが見えた。

「あなたに用があるみたい」ソフィーが声をひそめて言った。「彼女も自分がどんなに嫌われ者か自覚するべきよ」

ラッキーはソフィーの気持ちには同情したが、その反感のせいでひと悶着《もんちゃく》起きませんようにと祈った。ソフィーは大家族で育ったせいで、ティーンエイジャーの頃、おしゃれな服やアクセサリーを買うお金がなくてつらい思いをした。かたやロウィーナは小さな派閥のリーダーで、あまり幸運な家庭環境ではない生徒たちを見下していた。ラッキーは学校ではいつもソフィーの味方をしたが、ロウィーナのさげすみの矛先は必ずソフィーに向けられた。ロウィーナが近づいてくると、ソフィーは手首の時計を見るふりをした。

「あら、お会いできてよかったわ。大変！　こんな時間」ロウィーナがラッキーとイライアスのところにたどり着いたとき、ソフィーは人混みをかきわけながら消えていた。

「ああ、ラッキー、会えて本当によかったわ」ロウィーナの顔はまだらに赤くなっている。今にも泣きそうだ。

「何があったの？」

「あの開発業者のローランドのせいよ。建設現場のトレイラーに入っていくのを見かけたの。それで、ちょっと話を聞かせてもらえるかも、って思った。このあいだは完全に無視されたから。それで、フェンスの開口部からもぐりこんでいったら、インタビューを受けることを承知してくれた。それで編集長の狙いを説明したの――『地元の少年が大人になって成功した』みたいな感じにしたいって。だって、リチャード・ローランドはとても成功したから、この村を丸ごと買収することだってできるわけでしょ。だけど、その話を出すと貝みたいに口を閉ざしちゃったのよ。おまけに昔の写真を載せたいって口にしたとたん、一刻も早くわたしを追い払おうとしたの。すっかり不機嫌になって、作業員の一人にわたしを放りだせって命令したのよ！」ロウィーナはすすり泣きをこらえた。「想像できる？　これからどうしたらいいのか。この記事をものにしようと必死に取り組んできたのに。発見された遺骨については ほとんど何も書けない――ともかく今はまだ。それにハリーのことはネイトが書くのを許可してくれないの」

「残念ね、ロウィーナ。もっといいネタが見つかるわよ」

ラッキーはガイ・ベセットが歩き回っている人々を見回しているのに気づいた。ガイは数人を押しのけてこちらにやってきた。意外ではなかった。ガイはロウィーナに自分の存在に気づいてもらいたくて、しじゅう彼女のそばに現れたからだ。彼は粗い手織りのズボンとコートを着て、つばの垂れた大きな帽子をかぶっていた。

「ハイ、ロウィーナ」

ロウィーナは彼の挨拶にも気づかない様子で、横柄にちらっと目を向けただけだった。ガイがロウィーナに夢中になっていることは傍目にも痛々しかった。ロウィーナのほうは彼に気づかないか興味がないかだった。ガイはがっかりした顔になり、ラッキーはとても居心地が悪くなった。

「ガイ、ハリーのことは心からお気の毒に思ってるわ。あなたは大丈夫？」

「おれは大丈夫だ。ありがとう、ラッキー。ただ、これからどうしたらいいか途方に暮れているよ。最悪の気分だ。ハリーはいつもよくしてくれたし、車のことは全部ハリーから教わった。おれはこれまでこの仕事しかしたことがないんだよ」

ラッキーは同情をこめてうなずいた。ロウィーナは目をぐるっと回し、邪魔が入ったことでいらだっているようだった。彼女はラッキーに向かって言った。

「村と学校の古い写真はまだ手元にあるから、村の建築物について何か書けるかもしれないわね」

イライアスは建設現場の方に顎をしゃくった。「通りの向かいに例の施設が建てられないように祈ろう」

「同感だわ」ロウィーナの顔が紅潮した。「次のデモには絶対に参加するつもりよ。礼儀正しく振る舞ったのに、あいつったら、わたしを放りだすんですもの！　なんて嫌なやつなの」とまくしたてた。「じゃあ、またね、ラッキー、イライアス」彼女は人混みに消えていった。ガイは何度か人の頭越しにのぞいたり方向転換したりしてから、ようやくロウィーナのあとを追いかけはじめた。

「これだけの人たちが一堂に会している様子にはいつも圧倒されるわ。コーデリアのお手柄ね。彼女は片っ端から村の人たちを動員したみたい」

イライアスはラッキーの肩に腕を回した。ラッキーは彼にキスしたいという気持ちを抑えつけた。村じゅうの人たちの前よ、とんでもないわ。そんなことができるほどラッキーは大胆ではなかった。

「コーデリアはこのために生きているんだ。祝うことのできるような有名な戦いがこの近所で起きてよかったよ。さもなければ彼女はＤＡＲのＤＣ支所を再編成したり、海軍長官にもっと効率的に海軍省を運営する方法を進言したりしたにちがいない」

ラッキーはまたもや名前が呼ばれるのを聞いた。村議会議員のエドワード・エンブリーが見物人のあいだから姿を見せた。散歩ひもにつながれたキケロが忠実にエドワードの隣にすわり、期待をこめて尻尾を振っている。

「ラッキー！　きみに会えてよかった。デモの日よりも、今日の方がずっと楽しそうだな」

「こんにちは」ラッキーは笑みを返した。「エドワード、イライアスはご存じかしら……」

　エドワードは笑った。

「もちろんだ。知らない人はいないよ。元気かい、イライアス？　クリニックの仕事は少しは休みをとれるのかな？」

「どうにか。患者の数は増えるばかりですが、少しは休むようにしています」

「再現劇のリハーサルのボランティアはされていないんですか？」ラッキーはエドワードにたずねた。

「ああ、勘弁してくれ。この催しは大好きだが、撃たれたふりをして芝生の上をころげ回るには年をとりすぎているよ。ちょっと見物して、エリザベスと話せるかと思って顔を出しただけなんだ。彼女を見かけたかい？」

「いいえ。わたしも彼女がいないかと探しているんですけど」

「さっきオフィスに行ったが会えなかった。行き違いになったにちがいない」エドワードは手を伸ばしてキケロの頭をなでた。改めてラッキーはエドワードのエリザベスに対する愛情と関心を感じとった。「さてと、お二人に会えてよかったが、そろそろ失礼しないと。今日の午後も山のような苦情の手紙を読まなくてはならないんだ」

「洗車場建設についてですか？」

「大部分はね。それに他の件もいくつか――ではまた。楽しい午後を過ごしてくれたまえ」

彼は残念そうにつけ加えた。「エリザベスに会ったら、わたしが探していたと伝えてくれないかな」そう言うと人混みをかきわけて去っていき、そのあとをキケロがおとなしくついていった。

ラッキーはここに来てからずっと、エリザベスの姿がないかと人混みに目を凝らしていた。かすかな不安がこみあげてきた。イライアスは彼女を見た。

「どうかしたのかい？」

すばやく笑顔をこしらえる。「別に」

「何かあるはずだよ」イライアスは彼女の肩をつかみ自分の方に向かせた。「さあ、白状するんだ」

「ずっとエリザベスと連絡をとろうとしているんだけど、電話を返してくれないのよ。絶対にハリーのことは耳にしているはずなのに」申し訳なさそうに笑った。「実は、ここで彼女が見つかるかもしれないと期待していたの」

「この時間ならオフィスにいるんじゃないかな。そっちには電話してみた？」

ラッキーはイライアスが彼女の不安を笑い飛ばさなかったので胸をなでおろした。

「さっき電話したときは早すぎたのね。でも、あなたの言うとおりだわ。わたしったら馬鹿みたい。ただ……」

イライアスは辛抱強くラッキーが先を続けるのを待っていた。

「ただ、きのうから何か胸騒ぎがするの。はっきり説明できないんだけど。馬鹿げてるのはわかってるけど……」ラッキーは言葉を切った。

「馬鹿げてなんかいないよ。自分を少し大目に見てやったほうがいい。たぶん、軽い心的外傷後ストレス障害《PTSD》を発症しているんだよ。そのことを心に留めておいたほうがいいんじゃないかな」ラッキーはつい数カ月前の両親の死に言及されて体をこわばらせた。イライアスはたちまちその変化を感じとった。

「ごめん。そんなつもりじゃ……」

「ううん、あなたの言うとおりだわ」ラッキーは目を閉じ、大きく息を吸った。「そのとおりよ。自分ではちゃんと対処していると思っていたけど、実際には無理していたのかもしれない。あの恐怖を心の奥に押しこんでいただけなのよ。ときどき病的なほど怖くなるの……これからも自分の人生から大切な人があっさり消えてしまうんじゃないかって」

「きみのようなショックを受けたあとでは、よくある反応だよ」

「何カ月もたっているのに」

「関係ないよ。時間がかかるんだ。それに多くの人がそういうことを経験しているんだから自分を責めないで。きみが自分の感情と上手に向き合っていないと言おうとしたんじゃないよ……それどころか、とてもうまくやっていると思う。でも、この世でもっとも親密な人の死と向き合うことは……」イライアスは言葉を探した。「口では言えないぐらいつらいにちがいない」

「みんな、時間がたてば楽になるって言うんだけど」ラッキーは自信なさそうに言った。

「きっとそうなるよ」イライアスは彼女をさらに引き寄せた。「だけど今は——ハリーに何があったにしろ、村じゅうの人が不安に感じていると思う」

13

椅子に縛りつけていたコードをマギーに切ってもらえたことに感謝しながら、エリザベスは手首をマッサージした。コードですりむけたところが、まだ赤いミミズ腫れになっている。それでも今は腕を伸ばすことができた。肩が緊張と恐怖のせいでがちがちに凝っている。大きく息を吸いこんで、頭痛がおさまるのを願いながら首の後ろをこすった。

ゆうべは足首の細いコードを解くために永遠とも思える時間がかかった。指の神経が今もまだピリピリしている。やっと立ち上がって食べ物のトレイに手を伸ばそうとしたとたんに右足がよろけてしまった。床にころがったものの、どうにか体を起こすことができ、ようやく食べ物のトレイをつかむと壁にもたれてすわり膝にトレイをのせたのだった。

マギーは野菜をたっぷり運んできてくれた——さつまいも、スイスチャード、カブ。夏のあいだ自分で野菜を育てているにちがいない。マギーの行動は常軌を逸していたので、ふと食べ物に毒が仕込まれているかもしれないと心配になった。慎重にさつまいもの小さなかけらをすくって味わってみたが、温かくておいしかった。この食べ物を食べて最善を祈るしかなさそうだ。力を蓄えるにはそれしか方法がない。

自分が閉じこめられている部屋を見回した。コンクリートの床には染みだらけの汚れたカーペットの端切れが敷かれている。壁ははるか昔には緑色のペンキが塗られていた人造壁材でできていた。破れてカビの生えたロックンロールのポスターがまだ貼ってある。いくつかの名前はエリザベスも知っていた――二十年以上前によく知られていたグループだ。ダニーが十代のとき使っていた部屋なのだろうか？　家具はほとんどなかった。彼女がすわっている椅子、マギーが置いていった寝袋と床を覆っている染みだらけのカーペット、それだけだ。天井近くの狭い窓からほこりっぽい光が部屋にわずかに射しこんでいた。家の外側から窓に板が打ちつけられていたが、数センチの隙間が空いている。今は朝にちがいないとエリザベスは思った。あの窓に手が届けば、逃げだすことができるのに。

爆発しそうになっている恐怖を鎮めようとして深呼吸した。こんな仕打ちを受けるような何をしたというのだろう？　元教師として、ずっと慎重な生活を送ってきた。こういうことがわたしのような人間に起きるなんて考えられない。無謀な真似をしたことはこれまで一度もなかった。でも、スノーフレーク村の村長の自分はここに、地下室に、役立たずの動物のように閉じこめられている。食べ物もなくひとりぼっちでいるチャーリーのことを思った。あの子の水がなくなったら？　誰かチャーリーを世話してくれるかしら？　わたしがいないことに気づく人がいるだろうか？　もちろんラッキーならわたしがいないことに気づくだろう。それにジャックと近所の人たち。村役場の人たち、秘書のジェシー、それにエドワード。彼らはわたしの身に何かがあったと気づくだろう。みんなで探すだろう。でも、どこを探したらいいのかわかるかしら？　行き先を誰にも言ってこなかったのだ。なんて馬鹿だったの。ああ、馬鹿だった。エリザベスはまたすすり泣きをこらえた。マギー・ハーキンズの家のことなんて、誰も思いつかないにちがいない。

さらに不可解なのは、マギーが「そうすれば、彼に痛い目にあわされなくてすむ」と言った意味だ。誰のことを指していたのだろう？　誰かに強要されているのか、それともたんに幻覚を見ているのか？　マギーがわたしを閉じこめたがる論理的な理由はまったく思い当たらない。昔ダニーがクラスにいたとき母子にいつも親切にしてあげていた。ダニーは女手ひとつで育てるには厄介な子で、しばしば学校で問題を起こす中心人物だった。でもわたしは警察に通報したことは一度もなかったわ。どういう騒ぎを起こそうと、ダニーはまっすぐな心を持っていると信じていたから。いたずらかもしれないけれど、邪悪ではないと。

今日はもっと食べ物を持ってきてくれるかしら。マギーがドアを開けたら、彼女を力ずくで押さえつけ、ドアから飛びだせるかもしれない。人を傷つけるのはいやだが、食べ物といっしょに武器として使える本物のフォークを残していってくれるかもしれない。人間はなんとか生き延びて自由になるためなら、どんな手段でも講じようとするものよ、とエリザベスは思った。

14

ラッキーは受話器を置くと顔を上げた。ジャックがオフィスの戸口に立っていた。

「何があったんだい？」

「エリザベスの番号にまたかけてみたの。今日オフィスにかけたら誰も出なかったし、家にかけても誰も出ないのよ」

「夜に外出しているのかもしれない。中年の人間にもつきあいってものがあるんだよ、わかるだろ」

　ラッキーは不安を抑えこんでにっこりしようと努力した。「デモの翌日からエリザベスの姿を見かけていないの――つまり。きのうからよ。ハリーのことは聞いているはずなのに、どうして電話してこないのかわけがわからないわ」

「おまえは少し気分転換が必要なんじゃないかね。通りの先でアイスクリームをおごってあげようか？」

「ダブルにしてくれるならいいわよ」

　ラッキーの記憶だと、昔からアイスクリーム屋に連れていっておごってくれるのは決まって祖父だった。両親はいつもレストランの仕事で忙しかったのだ。まざまざと記憶が甦った。子どものとき自分の手が大きなざらざらした手に包まれていたこと、ダブルのチョコレートアイスクリームの冷たい甘さ。「照明を消してくるわ」

ラッキーは廊下から店内に入っていき、ひとつ、またひとつと照明を消していった。視界の隅で何かが動いた。通りの向かいに暗い人影がひとつ。ラッキーは窓に近づいていき、目の上に手をかざして外を見つめた。「ジャック？」

「すぐ行くよ」ジャックは彼女のあとから店内に入ってきた。

「ここに来て」ラッキーはささやいた。ジャックは窓に近づいてきて、暗い部屋の中でラッキーの隣に立った。「通りの向こうを見て。誰かがうろついてゴミ箱を漁っているわ。このあいだ建設現場で見かけた女性かもしれない。あの人は何者なの？」

ジャックは最後の照明を消すと向かいの歩道に目をやった。「これで彼女が見える。あれはマギー・ハーキンズだ」

「あら、やっぱり。このあいだエリザベスも彼女の名前を口にしていた。お金がなくて食べ物が買えないの？」

「そういうわけじゃないよ。家もあるし、夫の年金なんかもある。お金とは関係がないんじゃないかな」

「何か他に問題を抱えているの？」みすぼらしい女性が次のゴミ箱を漁り丸めた新聞紙を脇にはさみこむのを眺めながら、ラッキーはたずねた。まるでひとりごとを言っているみたいに彼女の唇は動いている。

「そうかもしれんな。何年も前に未亡人になり、さらにたった一人の子どもを失ったんだ——男の子だ。ええと、かれこれ二十五年前になるかな、おそらく。それで不安定になってしまったんだろう。悲しみを乗り越えられなかったとは哀れな話だ」

「彼女には助けが必要だと思う？」

「助けは受け入れないんじゃないかと思うよ……」ジャックは薄暗い歩道にいる人影をじっと見つめた。「ふだん彼女は村にやってこないんだ。わしの覚えている限りでは。いつも近所の人間が買い物をしてやっていた。建設現場で見かけたと言ってたね？」困惑したように眉をひそめながらジャックはラッキーの顔を見た。

「デモに参加していたわけじゃないけど、そのあとで金網フェンスのあたりをうろついていたの。エリザベスは彼女が誰なのか知っていたわ」

「エリザベスは昔から彼女のことも息子のことも知っているんだ。ダニーは教師をしていたときの教え子だった」ジャックはため息をついた。「実に悲しいね。とても孤独なんだろう、あの女性は」

ラッキーはウィンドウのブルーと黄色のネオンを消した。

「美しい夜だわ。散歩をしながらアイスクリームを買いに行きましょう」

「約束どおりダブルでな」

ジャックは正面ドアから出ると鍵をかけ、ラッキーは祖父と腕を組むとブロードウェイに向かって歩きだした。外の空気は湿っぽく、いい香りが漂っていた。街灯の周囲の光の輪の中で蛾が飛び回っている。ラッキーが肩越しに振り返ったときには、物陰の人物は消え去っていた。

15

スカートの裾を膝のあいだにはさみこむと、ラッキーは芝生にひざまずきバスケットからガーデニング用シャベルをとりだした。まだ早朝だったが、早くも暑くなりそうな気配が漂っていた。空気は動かず鳥も黙りこんでいて、ただ静寂が広がっている。ラッキーは刈った芝生のにおいを吸いこんだ。手の中の土くれは温かくいい香りがした。

シャベルの鋭い刃を使って、墓石の下にきれいな溝を掘り、雑草をつかんで抜くと土くれを振り落とした。望みどおりの溝ができると、肥料の混じった鉢植え用の土を加え、小さなプラスチックの鉢から鮮やかな紫色のフロックスを慎重にとりだし、やわらかな土に植えていった。これを植えるには少し季節が遅かったが、丈夫な多年草なので秋になっても咲き続けるはずだ。運がよければ、春になったら一回り大きくなり、また花をつけるだろう。花の周囲の土をそっと押し固め、じょうろでたっぷり水をまいた。仕上がりに満足すると、額の汗をふき、近くの水道でガーデニング用品を洗い、抜いた雑草を緑色の容器に捨てた。手袋を脱ぎ、それをシャベルといっしょにバスケットにしまう。

立ち上がって、自分の仕事ぶりを眺めた。太陽が移動して、今は両親の墓石にまともに当

たっている。数メートル先にあるカエデの木まで歩いていくと日陰になった地面にすわって、でこぼこの幹に背中を預けた。空気がひどく湿っぽく、はるかかなたでゴロゴロいう音がしているので雷雨になるかもしれない。だったらいいのに。雷雨はひんやりした空気を運んできてくれる。一瞬目を閉じ、父と母のことを思い浮かべた。ここに来るときにいつもしているように、そして自分の部屋で夜にしじゅうしているように、心の中で祈りを捧げた。もはや両親に危害が加えられることはなかったが、二人とジャックのために祈った。

ラッキーは週に一度は墓地に立ち寄るようにしていた。両親と一方通行の会話をして、自分の暮らしについて、ジャックについて、〈スプーンフル〉について、そして深まっていくイライアスとの関係について報告した。両親のことを考えるこの訪問は楽しみだった。心の目で両親の姿を思い浮かべ、頭の中の自分のおしゃべりにどう反応するかを想像した。レストランの喧噪から逃れ、静かにすわって物思いにふけることができるのはうれしいひとときだった。両親がここにいないことはまちがいない。しかし、まだ話しかけることはできたし、その話が二人に聞こえているふりをすることはできた。死者たちは三途の川の向こうにいてずっと待っているが、現世にいる人間にはそれが見えないだけなのだろうか？　死者の魂がどこにいようと、お墓で見つけられるとは思えなかったが、ラッキーは両親を思い出すために、そして彼らが永遠の眠りについている場所をきちんと手入れしておくためにできるだけ努力していた。でも自分のときは火葬を選び、冬の晴れた寒い日に山のてっぺんから灰をまいてほしかった。

首の付け根がチクチクしてきたのでぎくりとした。誰かに見られている。たちまち警戒した。ゆっくりと頭を回してあたりを見回す。誰もいない。ただの想像だろうか？　墓石の裏側ややぶに隠れて誰かが見張っているのだろうか？　ラッキーは物思いを破られたので立ち上がった。墓地を見渡し、目を凝らした。数メートルほど先で何かが動くのが見えた。朝のこんな早い時間に墓地にいる人間が他にもいるのだろうか？　管理人ですらまだやってこないはずだ。そもそも管理人が見張っている理由がない。ラッキーは身じろぎもせずに目を凝らした。とうとう数メートル先の大木の陰に誰かがたたずんでいるのを見つけた。目を細くして、太陽の光と影に目を慣らそうとした。その小柄な姿は大きなコートにくるまれている。マギー・ハーキンズだ。デモのときに見かけ、ゆうべも〈スプーンフル〉の向かいでゴミ箱を漁っているのを見かけた。ラッキーはカエデの木陰から出ていき、マギーの方に近づきながら「こんにちは」と声をかけた。

人影は凍りついた。ラッキーの方をうかがっている。ラッキーが数メートル進むと、女性は道路に通じる出口の方へすばやく向かおうとした。ラッキーは追いかけようとして、相手を脅かしてしまったことに気づいた。「逃げないで……お願い。驚かせるつもりはなかったのよ」

マギーはよろよろと走りはじめたので、ラッキーは立ち止まり、彼女の姿が消えてしまうまで見送っていた。ずいぶん変わった人ね。彼女にもぎくりとさせられたけど、それ以上に彼女を怖がらせてしまったみたい。ラッキーはため息をつき背中を向け、木陰とガーデニング用具のところに戻っていった。小道近くの芝生に埋められた大理石の墓石を見下ろした。ひとつの苗字が目を引いた。ハーキンズ。立ち止まってまじまじと見つめた。ふたつの墓石――ロバートとダニエルという名前に続けて刻まれていた。出生と死亡の年からすると、彼らは異なる世代に属しているようだ。ロバートは四十一歳で亡くなっていた。マギーのご主人？　ダニエル・ハーキンズは亡くなったとき二十歳《はたち》だった。彼はマギー・ハーキンズが失った息子――ジャックが話してくれた息子だ。

緑地でエリザベスが口にした言葉が思い出された。マギーについて「気の毒な人」と言ったのだった。たしかに気の毒な人だ。夫を何年も前に亡くし、さらに女手ひとつで成人するまで苦労して育てた息子まで失うなんて胸が引き裂かれたにちがいない。ラッキーは両親の突然の死に打ちのめされていたが、少なくとも二人のほうが彼らより長生きできた。マギー・ハーキンズは二十歳になったばかりの息子を失ってしまったのだ。

エリザベスはマギーに同情を感じていたが、他の人々はぼろを着た年老いた女性としてしか見ていなかった。エリザベス。どうして電話を返してこないのだろう？　何かが起きたのかもしれないという考えを押しやった。誰だって電話を返すのを忘れることはある。ラッキーは腕時計を見た。急がなくてはならない。さもないと〈スプーンフル〉の開店に間に合わない。バスケットをつかむと、村に通じる道を歩きはじめた。マギー・ハーキンズの姿はもうどこにも見えなかった。

エリザベスは壁に寄りかかり脚を伸ばした。足首がまだちょっと痛かったが、ひりひりする痛みは薄らいでいる。一日じゅう考えるしかやることがなかった。だから、さんざん考え、さらにまた考えた。身を投げ出して泣かないようにするには、ありったけの勇気が必要だった。絶対にマギーはわたしを解放してくれるだろう。だけど、いったいどうしてわたしを地下室に閉じこめたの？　つじつまがあわなかった。マギーが言ったのは「そうすれば、彼に痛い目にあわされなくてすむ」ということだけ。この謎の「彼」って誰なの？　それともこの「彼」はマギーの想像の産物？　マギーはずっと社会と関わらずに暮らしてきたんじゃないの？　頭がおかしくなってしまったのかしら？　コーデリア・ランクの言葉に憤慨したときのことを思い出して顔をしかめた。でも、コーデリアは正しかったのだ。おそらくマギーは施設に入れるべきだったのだろう。現在は正常な判断ができない状態にちがいない。

手首と足首のいましめがなくなると、痛みは軽減してきた。全身の感覚も戻ってきた。閉じこめられている小さな部屋も調べることができた。頑丈な松材でできた小さなドアはクロゼットぐらいの大きさのトイレに通じていた。頭をかがめて小さなトイレに入った。ほこりっぽい地下室の窓から射しこむ光も、ここまでは届いていない。エリザベスはトイレのタンクのてっぺんを手探りして持ち上げた。指が水に触れるまでそろそろと手を入れていった。タンクは満杯だった。そのことには希望が持てた。このトイレは家の給水設備とつながっているのだ。ちっぽけな陶器の洗面台はひび割れ、錆《さび》と水垢で染みになっている。蛇口は水垢と錆がこびりつき、あまり力を入れたら壊れてしまいそうに見えた。蛇口に手を伸ばして回そうとした。びくともしない。顔に冷たい水をかけたかった。外の気温は三十五度を超えているにちがいないが、地下室は湿っぽくて涼しかった。それでも、皮膚はほてって汗ばんでいた。トイレタンクの水で額を冷やすことには怖気をふるった。いつトイレが最後に掃除されたかは見当もつかない。シャワーを浴びられるなら何だって差しだすだろう。それに、この部屋から逃げだせるなら何だって差しだすだろう。蛇口にかがみこんで回そうとして力をこめた。金属がわずかに動いたので、どうにか回りそうだ。寝袋の隣の床から靴をとってきた。がっちりしたローヒールがついた靴。それをハンマー代わりに使って、蛇口を動かそうとその側面をたたいた。部屋に金属的な音が響いた。壁を探ると、むきだしの配水管に手が触れた。配水管は天井の穴に通じている。靴のヒールでもう一度蛇口をたたくと、ようやく蛇口が少し回るギギッという音がした。錆びの入った水がポタポタと洗面台に滴り、配水管の中の空気がうめくような音を立てた。エリザベスは蛇口を回るだけ回した。わずかな光を少しでもとりこもうと、松材のドアをできるだけ開く。透明になったことが見てとれるまで水を流し続けた。さらに一分してもう大丈夫と判断すると、冷たい水を顔にかけた。

洗面台の上の壁にかけられた割れた鏡に自分の姿がちらっと映った。ひどいありさまだった。目の下には黒い隈、髪の毛はくしゃくしゃでもつれている。髪に水をつけて、ほぼふだんどおりに見えるまでなでつけた。マギーはエリザベスのバッグと腕時計を持っていってしまったので、髪の毛をとかすこともできず、時間もわからない。服にはほこりの筋目がつき、家を出る朝にていねいにアイロンをかけた白いブラウスは皺くちゃで汚れている。少なくともマギーはまた蒸した野菜を出してくれ、きのうはトマトもくれた。食べ物はシンプルだったが、新鮮で健康的だった——せめてもの救いだ。もっともマギーがわたしを解放するつもりがないなら、食べ物が健康的であろうとなかろうとちがいがあるかしら？　マギーの意図がどうであれ、飢えや渇きによって時間をかけて殺すつもりはなさそうだった。だけど、あぁ、なぜマギーはこんなことをしたのだろう？

16

お昼前後のお客が引けてしまうと、ラッキーはカウンターをふき、皿を入れた容器を厨房に運んでいって食洗機に入れた。セージはスツールにすわってノートになにやら書いている。ラッキーはアイスコーヒーをトールグラスに注ぎ、調理台の前にすわった。

彼は顔を上げてにやっとした。「新作を創ろうと思ってね。斬新なスープのアイディアがひとつ浮かんで——昔食べたものなんですが、何が入っていたか思い出そうとしているところです。ベースはピーナッツバターですよ」

「本当に？」ラッキーは眉をつりあげた。「がんばって。あなたが創りたいものなら、わたしは何でもかまわないわ」

セージは調理台越しにラッキーを見た。「大丈夫ですか？」彼の顔は心配そうだった。

「もちろん。元気よ」

「あまり元気そうに見えないけど。二日ぐらい寝てないみたいに見える」ラッキーは返事をしなかった。「何かで悩んでいますね」それは質問ではなく意見だった。

ラッキーはうなずいた。「ふたつも悪い夢を見たの。何度も目が覚めたし、そのせいでも

の話を聞こうとした。

「夢のことを話してください」セージはペンをノートにはさむと、全身を耳にしてラッキー

う眠れなくなったわ」

「馬鹿げた夢なの。わたしはアパートにいて、誰かがドアをノックする。それが誰なのかわからないけど、恐怖がこみあげてくる。次に男が、顔は見えないんだけど、リビングにいて、母がわたしを待っていると言うの。『お母さんに会いに行ったらどうだい?』って。『だけど、母は亡くなったわ』とわたしは答える。すると彼は『いや、死んでいないよ。すぐそこにいる』と言う。そしてこれまで気づかなかった壁のドアを開けるので、怖いけどドアを抜けて彼のあとをついていく。するとを母が椅子にすわっているの。だけど、夢の中でそれが本当は母じゃないとわかっている。母とそっくりなんだけど、何も感じないから母のはずがないと考えるの。父はどこにいるのかってその男にたずねると、見知らぬ男は『お父さんも来るところだ』って言う。わたしは『これは母じゃないわ』って叫びだす。そこで目が覚めるのよ」ラッキーは言葉を切り、深呼吸した。「夢の中でも自分は夢を見ているんだってわかっているの。でも、心のどこかで本当は目が覚めていて、両親のことを忘れてしまったのかもしれないって怯えているのよ」

「かわいそうに、ラッキー。そんな夢を見て気の毒だよ。あなたの人生がせっかくいい方向に向かいかけているときに」

セージはハンサムだった。その外見のせいで、彼のうわべの下にあるものを見抜けない

人々から過剰な関心を向けられて迷惑をこうむることがたびたびあった。子ども時代の虐待と大人になってからの不当な仕打ちを乗り越えてきた彼は、とても繊細な人間だった。ソフィーとの交際はいいことだとラッキーは思っていた。ソフィーはときどきちょっと気の強い面を見せたが、最近はとても穏やかになっていたし、また迫害されるかもしれないというセージの不安と恐怖はソフィーと過ごすうちにほぼ消えてしまったようだ。

「わたし、エリザベスのことも気になっているの。混んでくる前にオフィスにもう一度電話してみるわ」ラッキーは厨房を出て廊下を進み、オフィスに入ってドアを閉めた。暗記している番号にかけた。エリザベスの秘書のジェシーが最初のコールで出た。

「ジェシー、ラッキー・ジェイミソンです。手が離せるようだったら、エリザベスとちょっと話をしたいんですけど」

「ラッキー？」ジェシーは叫んだ。「電話くださってよかったわ」ジェシーの声は甲高くなった。「エリザベスは今ここにいないし、きのうもその前の日もオフィスに来なかったんです。実はどこにいるかわからないのよ」

「なんですって？」ラッキーは吐き気がこみあげてきた。「何も連絡がないんですか？」

「ええ。それでとても困ったことになっているんです。わたし、会議中だって取り繕っていたんです。今日は一日か二日村を出ているって言うつもりだった。エリザベスはじきに電話をしてくるはずだと思って。他にどうしたらいいかわからなくて。最初はわたしのミスだと思ったんです。彼女の予定を忘れてしまったんだって、一日休みをとるとか、どこかに行くとか。でも必死に考えてみたし、スケジュール帳もすべて調べてみたけど、記憶ちがいじゃなかったんです。彼女がそういう予定を言ったら覚えていたはずです」

「ジェシー、わたしも彼女のことを心配していたんです。きのう二度、いいえ三度家に電話したけど、出なかった。メッセージを残したけど電話も返してこなかった。それでここの電話にもかけたけど、誰も出なくて。ハリーにああいうことがあったから、当然彼女から連絡があると思っていたんですけど」

「ハリーの件は本当にぞっとしたわ。わたし、すっかり怖じ気づいてしまって。あなたは昼休みに電話をくださったにちがいないわ。ごめんなさい、出られなくて。ただ、どうしたらいいかわからなくて困っているの」ジェシーはパニックを起こしかけているようだった。

「すぐにネイト・エジャートンに電話してください。まったくエリザベスらしくないことだわ。たぶん車で事故にあったのよ」ラッキーは身震いした。凍りついた路肩で亡くなった両親の姿、つぶれた車が目の前をよぎった。「今すぐ彼女の家に行ってみます。もしかしたら家で怪我をしていて電話に出られないのかもしれない」

ラッキーは深呼吸して、こみあげてくる不安を鎮めようとした。エリザベスは一人暮らしだった。五十代後半でとても健康だけど、やはり事故にあう可能性はある。エプロンをはずすとバッグをとり、厨房に戻っていった。

セージが顔を上げた。「どうしたんです？」あきらかに動揺が顔に表れていたのだ。

「エリザベスのこと。秘書が言うには二日間オフィスに姿を見せていないんですって。わたしはこれから自宅に行ってみるわ――怪我をして電話に出られないのかもしれない」

「それは心配だな。ぼくもいっしょに行きましょうか？　今はレンジに何もかけていないし、ジェニーとメグだけで店はやれるでしょう」

「ありがとう、でも大丈夫。彼女の家は近いし、一人で平気よ。だけど、ジャックには知らせておいてもらえる？」

「わかりました」セージは厨房のドアまで来て、ラッキーが急いで廊下を歩き裏口から出ていくのを見送った。「何かわかったら電話してください」ラッキーの背中に叫んだ。

ラッキーは片手をあげて応じると急いで車に乗りこんだ。エリザベスの家は村の北はずれだった。歩いてもすぐだったが、車のほうが速い。きのうエリザベスの様子を見に行かなかったことで、自分を蹴飛ばしたかった。最初から直感を信じるべきだったのだ。


数分後、ラッキーは小さなヴィクトリア様式の装飾がほどこされた家の前に車を停め、エンジンを切った。エリザベスの家は白く、黒い飾り枠と鎧戸がついている。ここに来るたびに、ラッキーは人形の家を連想した。表側に広いポーチがある。錬鉄のフェンスで囲まれた中庭にはアジサイとピンクのバラが咲き乱れ、野生のバラの蔦《つた》がポーチの手すりに巻きついて柱の上へと伸びている。ラッキーは門を押し開けて玄関に近づいていった。スイングベンチがポーチの天井にとりつけたチェーンからぶらさがっている。花模様のクッションの上に、郵便受けには大きくて入らない二冊の雑誌とチラシが置かれていた。ドアベルを鳴らして室内で響く音に耳を澄ます。家には誰もいないようだ。もう一度鳴らし、エリザベスの名前を呼びかけたが応えはなかった。ひざまずいて真鍮の郵便受けを押し開けた。冷たい空気が感じられた。郵便配達人が郵便受けから押しこんでいった封筒がふたつ床に落ちているのが見えた。エリザベスが家にいるなら、床やポーチのベンチに郵便物を放置したままにしないだろう。

郵便受けから見える玄関ホールを観察した。何もかもきちんとしているようだった。オレンジを思わせる何かのにおいが漂ってくる。オレンジオイルの香りだ。エリザベスは最近家具を磨いたのだろうか？　オレンジのにおいに混じって、発酵したパン生地のにおいもする。家というのは住人によって創りだされる独特のにおいがするものだ――料理のにおい、掃除用洗剤、古い本、ベビーパウダー、犬のえさ。たんににおいを嗅いだだけで住人について多くのことがわかると、ラッキーは前々から思っていた。もう一度呼びかけたが、家には誰もいないという結論を出した。

ポーチの階段を下りると、敷石をたどって私道に出た。車はなくなっていた。エリザベスは冬の寒い日々だけガレージを使って、夏のあいだは車を外の私道に停めている。どこに行ったにしろ、車で出かけたのだ。ラッキーは私道を歩いていきガレージの横の窓からのぞいた。ここにも車はない。

キッチンのドアから小さなニャーという声が聞こえた。裏階段を上がってキッチンのドアまで行った。チャーリーだった。猫ドアは閉まっている。中に閉じこめられ、おそらくえさももらっていないのだろう。エリザベスの姿が目撃されてから、何日たっているのだろう？三日？

「ちょっと待って、チャーリー」ラッキーはドア越しにささやいた。急いでガレージに行くと、木製のドアを開けた。ガレージもきちんと整理されていた。戸棚にガーデニング用品がぶらさげられ、小さな掃除道具が隅の作業台の上方に並べられている。ラッキーは戸棚を開け、左側の奥を手探りした。エリザベスがそこに家の鍵を隠しているのを知っていた。キッチンのドアに戻ると鍵を開けた。チャーリーがラッキーの脚に突進してきた。バッグを放りだしてひざまずき、猫を抱きしめた。チャーリーは膝に上ってくると、誰かが家に帰ってきたことに喜んでニャーニャー鳴きながら喉を鳴らした。

「ああ、かわいそうなチャーリー。気の毒に。おなかがぺこぺこでしょ」

エリザベスの猫は穏やかな気性で、前足の大きな灰色の縞のトラ猫だった。エリザベスは彼を猛烈にかわいがっていた。

「もう大丈夫よ、チャーリー」ラッキーは猫に話しかけながら冷蔵庫を開けると、ほとんど手つかずの缶をひっぱりだした。きれいな皿にウェットフードを大盛りにした。幸い、大ぶりのボウルにまだドライフードが入っていたが、念のためもう少しドライフードを足し、新しい水をくんでぬるくならないように角氷をひとつ浮かべてやった。

家は高い天井とひさしがあって猛暑の日でも室温を快適に保つことができたので、チャーリーは暑さでぐったりすることもなかった。エリザベスはオフィスに出勤する昼間はいつもチャーリーを家に閉じこめていき、自分が家にいるときだけ自由に出入りさせていた。夜はチャーリーがアライグマに襲われたりしないように猫ドアを閉めた。仕事に行っているあいだも、エリザベスはチャーリーのことを気にしていた。絶対に何日も家に放置していったりしないだろう。ラッキーでも隣人でも、誰かにチャーリーの面倒を見てえさをあげてくれるように頼んだはずだ。

チャーリーはかがみこんで、ぺちゃぺちゃと大きな音を立ててボウルのえさを食べていた。ラッキーは床からバッグを拾い上げると、キッチンの椅子に置いた。たぶんここにある何かがエリザベスの居所の手がかりになるかもしれない。玄関ホールに出ていき、ドアを開けた。雑誌とチラシと中の床に落ちていた二通の請求書をとり、廊下のライブラリーテーブルに置いた。小さな客間を抜けてダイニングに入っていき、廊下の戸棚を調べてから階段を上って二階に行った。エリザベスの家は温かい雰囲気が魅力的で、すべてがきちんと片付いていた。ほこりはまったく積もっていなかった。ベッドにはエリザベスが手作りしたかぎ針編みのカバー。ベッドの足側にチャーリーの灰色の毛がついているのは、ここがお気に入りの昼寝の場所なのだろう。

エリザベスは二階の寝室を仕事場兼ゲストルームとして使っていた。何ひとつ変わったところはなく、きちんとしていた。寝椅子の上にはクッションが完璧な位置に置かれている。ラッキーはデスクの上のカレンダーを見た。今日、きのう、おとといの予定は何も入っていない。留守番電話のランプが点滅している。ラッキーはボタンをたたき、どんどん心配そうになっていくジェシーと自分自身のいくつかのメッセージ、それから最後に婦人服の店〈オフ・ブロードウェイ〉を経営しているマージョリーからの注文の品が届いたというメッセージを聞いた。

ラッキーはデスクの椅子にすわりこんであたりを見回した。ここでは何も恐ろしいことは起きていなかった。すべてがちゃんとしていた。まるでついさっき仕事に行く身支度をして、ベッドを整え、朝食の皿を洗ってオフィスに出かけたばかりのようだ。ただし、オフィスにはたどり着かなかったのだ。

彼女はどこにいるのだろう？

ラッキーは警察署のネイトに電話をした。二度鳴ってブラッドリーが出た。

「スノーフレーク警察署、モフィット署長代理です」

「ブラッドリー、ラッキー・ジェイミソンよ。ネイトとすぐに話さなくてはならないの。重要な用件で」

受話器からふうっと息を吐く音がかすかに聞こえてきた。まるでブラッドリーが彼女の電話をいらだたしく思っているかのように。

「とても重要なことなの」

「少々お待ちください」ブラッドリーは尊大な口調で言った。ラッキーは舌をかんだ。いつか警察署に乗りこんでいってブラッドリーをこらしめてやりたかった。ネイトに逮捕されるだろうが、正当防衛だし、その証明だってできる。首を絞められたブラッドリーがスノーフレーク署で手足をばたつかせているところを想像していると、ネイトの声が聞こえた。

「エジャートン署長です」

ラッキーは白昼夢から覚めた。「ネイト、ラッキーです。今、エリザベス・ダヴの家にいるんです。何かがとてもおかしいんです」ラッキーはできるだけ冷静な声を出そうとした。ネイトは感情的すぎる態度にあまり好意的ではなかったからだ。

「たった今、エリザベスのオフィスのジェシーから電話をもらったところだ。きみがわたしに電話をするように言ったのかい?」

「ええ。とても心配なんです」

「たんにどこかに出かけたのではなく、行方不明だと考える理由は何だね?」

「この三日間姿を見ていないんです。オフィスにも行っていないし、秘書もどこにいるかわからないと言っています。車もないし、面倒を見る人がいないまま猫を置いていきました」

ネイトはうーんとうなった。「一日、二日、村を離れているだけかもしれないぞ」

「秘書にも言わずに? 誰にも猫の世話を頼まずに? まるで彼女らしくないし、ネイト、あなたもそれはご存じでしょう。もしも交通事故にあっていたらどうします?」

ネイトはちょっと黙りこんだ。ラッキーの両親が交通事故にあったことを知っていたからだ。彼の声は少しやさしくなった。「わかった。きみの言うとおりだ。まるでエリザベスらしくない。じゃあ、こうしよう。わたしはこれから彼女のオフィスに行く。車についても問い合わせてみよう。しかし、事故にあったとは思えないんだ。あったとしたら、スノーフレークで登録されている車について照会があったはずだ。年式とかナンバーについては知っているかい？」

「ちょっと待ってください。ここに彼女のファイルがあります。紺色のトヨタのセダンだってことは知ってます。たぶん六年ぐらい前のものです」ラッキーはファイルキャビネットのいちばん上の引き出しを開けてフォルダーを探した。エリザベスがどういうふうにファイルをしているのかよくわからなかった。「切らないで、ネイト。ちょっと時間をください」彼女はデスクに受話器を置くと、キャビネットの二番目の引き出しを開けた。探していたものが見つかった。膝にファイルをのせて開いた。数ページが床に滑り落ちかけたのでつかんだ。募る恐怖を抑えつけようとしているので、両手がかすかに震えている。「ここにあるわ――ナンバープレートが自動車保険証に書いてあります。５０１２９３です。ネイト、わたし心配でたまらなくて」

「わかってるよ。でも、もしかしたらちゃんと説明がつくのかもしれない。とりあえず、わたしはリンカーン・フォールズの病院に電話し、向こうの警察にナンバーを問い合わせてみよう。それからブラッドリーに近辺をパトロールさせて、彼女の車を探させるよ」

「他にできることはないんですか？」

「ラッキー……いいかい……軽く見ているわけではないが、目下、殺人事件を捜査中なんだ。きみの言うとおりで、エリザベスに何かが起きたかもしれないと思えたら州警察に出動してもらうよ。それまでいくつかのことを試してみるから二時間だけくれないか、いいね？　それからパニックを起こさないように」

「わかりました。ありがとう、ネイト」ラッキーは深く息を吸って受話器を置いた。ちっとも気持ちは軽くならなかった。床に落ちた書類をとりあげ、フォルダーに戻し、きちんとファイルキャビネットにしまった。最後にもう一度見回してから階下に下りていった。いつもエリザベスがやっているように、表側の部屋の照明にタイマーが設定されているかどうか確認した。

チャーリーはゴロゴロ喉を鳴らしながらラッキーの脚に体をこすりつけている。抱き上げるとキッチンに連れていった。ボウルは空になっていた。あとでおなかがすくといけないので、ウェットフードをもう少しボウルに入れてやった。チャーリーは食べ物の追加には興味を示さなかったが、皿の隣にすわってニャーニャー鳴いていた。おやつがほしいのだとラッキーは気づいた。えさをあげたあとで、エリザベスはいつもおやつをあげていた。キッチンの引き出しにおやつの袋を見つけて、ふたつとりだした。チャーリーはあっという間に平らげてしまった。キッチンカウンターにあるラジオをつけて、イージーリスニングの局を選びボリュームを絞った。これでチャーリーも寂しさがまぎれるかもしれない。キッチンを見回した。洗ったばかりのボウルとカップが水切りかごに入っている。エリザベスがどこに行ったのかについて手がかりがここにあるとしても、ラッキーには発見できなかった。

「明日の朝、また様子を見に来るわね」彼女はかがんでチャーリーの頭をなでた。「エリザベス、どこにいるの？」

ラッキーはそっとひとりごちながら、ドアから出ていった。

17

「彼女が親しい人はいた？　電話できそうな親戚とかは？」ソフィーがもう一杯ワインを注ごうとして手を伸ばしながらたずねた。彼女はラッキーのアパートのリビングの床に置かれた大きなクッションに脚を組んですわっていた。

「お代わりは？」彼女はボトルをラッキーのグラスに向けながらたずねた。

ラッキーは首を振って断った。ソフィーはそれを無視して、グラスをまた満たした。

「飲んで。今は他にできることはないわ。リラックスしないとだめよ」

三十分前に思いがけずソフィーがワインを手にしてラッキーのアパートを訪ねてきた。ラッキーがエリザベスのことを居ても立ってもいられないほど心配していると思って、やってきたにちがいなかった。今夜セージは忙しいのでガールズナイトもすてきだと思ってちょっと寄ったの、とソフィーは説明した。

「リラックス？　どうやってリラックスできるの？　あまりにも奇妙よ、ソフィー。人は忽然と消えるものじゃないわ……ちがう？」

「できることはすべてやったわ。ネイトに知らせたし、あとは彼に任せましょう。そうだ

──明日、わたしもあなたといっしょに彼女の家に行くわ。あらゆるところを探してみましょう。わたしは近所の人を訪ねて、何かを見ていないか訊いてみる。ネイトと連絡を絶やさずにいて、彼のほうはどうなっているのか状況を教えてもらえばいいわ。誰かが何かを知っているはずよ。何かを見ているはずよ」

「近所の人と話してみるのはいい考えね。もしかしたらエリザベスが出かけるところを見ているかもしれない。誰かといっしょだったらそれに気づいたかもしれないわね。それからさっきの質問だけど、ノーよ。家族はみんな亡くなってる。兄弟姉妹はいない。誰一人。わたしの母と父といちばん親しかったの……それにわたしとジャックと。だから彼女の身に何かあったにちがいないと思うのよ。少なくともわたしかジャックに何も言わずにどこかに出かけることなんて、絶対にしないわ──秘書のジェシーにだって何も言ってないのよ」

「どうして朝に出かけたってわかるの？　夜に出ていったのかもしれない」

「わからない。ただ推測しているだけ。カップとボウルが水切りかごに入っていた。オフィスに出かける前に朝食をとったみたいに」

「こんなことを言うのはいやだけど、それじゃ何の証明にもならないわ、ラッキー。夜にだってお茶とスープを飲むことはある。いつだって出かけられる。実際に彼女と最後に話したのはいつだったの？」

「デモの日よ。建設現場の周辺では怒号が飛びかい小競り合いが起きていて、それから骨が発見された。エリザベスはみんなを落ち着かせようとしたけど、人々が迫ってきたの。村議会のああいう投票結果はエリザベスに責任があると言わんばかりに怒鳴っていた」

ラッキーは小さなリビングを見回した。彼女が今所有しているものはすべてエリザベスが与えてくれたものだった――エリザベスが所有している建物に借りた部屋。エリザベスがくれた車。家具ですらエリザベスのお下がりだ。

「それからどうなったの？」

「エドワード・エンブリーがやってきたので、エリザベスが紹介してくれたわ。少ししゃべってから、彼女とわたしは〈スプーンフル〉に戻った。ああ、コーデリア・ランクにもばったり会ったわ。DARのことでべらべらしゃべっていたっけ。それでおしまい」

「それっきり、エリザベスとは話をしていないの？」

「ええ」ラッキーはうめいた。「一度も。翌日はすごく忙しかったの。彼女に会う予定もなかった。それからジャックが修理工場でハリーを発見して、そのあとの騒ぎは知っているでしょ。そのあとエリザベスと話そうとしたの、翌日も。でも彼女から連絡はなかった。何度か電話したんだけど、留守電が応答するだけで。ハリーに起きたことで、彼女はとても動揺するだろうってわかっていた。だからジャックかわたしと話したがるにちがいないって。みんな、話題にするのはそのことばかりだったし……」ラッキーは言葉を切った。「ねえ、あなたならわたしの言いたいことはわかるでしょ」ラッキーはほしくもないワインをすすった。「ソフィー、エリザベスがいなくなったことはハリーが殺されたことと関係があると思う？」

「どうしてそんなこと言うの？」ソフィーは眉間に皺を寄せた。

「理由はないけど。あまりにも偶然が重なったから。それにハリーと言えば、わたしたちが飲み物を持っていった朝に教会で聞いたことをネイトに話したわ」

「え、忘れちゃった。教会で聞いたことって?」ソフィーはポカンとした顔になった。「ああ、そうか。思い出したわ。ハリーが何かウィルソン牧師に告白しているのを立ち聞きしたって言ってたわね。そのことが彼が殺されたことと関係があると思うの?」

「珍しいことだから。ハリーは誰にも何かを打ち明けたりしなかった。みんなで誰がハリーについていちばんよく知っていただろうって考えたの。そうしたらみんな彼を知っていたけど、彼の私生活については実は誰も何も知らなかったって気づいた。彼の友人は誰だったのか。誰とビールを飲んでいたのか。何ひとつ。たぶんガイ・ベセットが誰よりもよくハリーについて知っていたんでしょうけど、彼ですらあまりハリーのことは知らなかったって認めている。ハリーはこの村で生まれ育ったのよ。まるで透明人間みたいに人目につかないように暮らしてきたんだわ。ハリーは誰とも深いつながりを持たなかったように思えるの」

「教会であなたが耳にしたことはあのとき話してもらったけど、もう一度教えて」

「できるだけ思い出してみるわね」ラッキーは記憶をたどった。「わたしはウィルソン牧師のオフィスのドアのそばで立っていた。誰かがすすり泣いているみたいで、ハリーがこう言うのが聞こえた。『誰かに話さずにはいられなかったんです』ウィルソン牧師はこう言った。『あなたは正しいことをしたんですよ。また話しましょう……心の準備ができたらいつでも』」

「ねえ、あなたの直感を馬鹿にするつもりはさらさらないんだけど可能性は無数にあるんじゃない？　もしかしたらハリーはデモに関係することで悩んでいたのかもしれない。たんに泣いているように聞こえただけかもしれない」

「わたしの誤解かもしれないわ、たしかに。ただ、あの感じを言葉で説明するのはむずかしいの。何というか……感情の高ぶりが感じられたのよ。牧師さんはハリーを慰め、また戻ってきて話すようにと励ましていたのはまちがいないわ。たぶん、まだ決心がついていなかったのよ。わたしはそう感じた。牧師さんはこう言ったのよ、『心の準備ができたら』って。まるでまた牧師さんと話すためには、ハリーが心の準備をしなくてはならないみたいじゃない。ハリーには何か秘密があって、それを告白したがっているみたいな感じがしたわ」

ソフィーは椅子の肘掛けにもたれると、ワイングラスを見つめていた。

「もっと早く告白しなかったのは本当に残念だったわね。あなたの言うとおりなら、そのせいで彼が殺されたことに賭けてもいいわ」

18

ラッキーはカウンターから顔を上げた。長身の二人が太陽の光を背中から受けて黒い影になっている。〈スプーンフル〉は朝のお客で混雑していて騒々しかったので、ドアのベルが鳴るのが聞こえなかったのだ。ネイトが州警察の制服を着た男と立っていた。恐怖が背筋を這い上り息ができなくなった。エリザベスを見つけたの？　悪い知らせを伝えにここに来たの？　両手が震えはじめた。持っていた皿をカウンターに置き、二人がジャックの方に歩いていくのを見つめた。ジャックはキャッシュレジスターの前のスツールにすわっていた。レストランの喧噪のせいで、何を話しているのかは聞こえなかった。どうやら静かに話せる場所を求めているようだ。彼女はセージにオフィスに行くと合図し、カウンターを担当するようにメグに声をかけた。ジャックはネイトともう一人の男にラッキーの方を指さした。ラッキーは廊下に通じる戸口に立って二人がやってくるのを待ち、オフィスに案内していった。彼女は二人にデスクの向かいの椅子を勧めた。ドアを閉めると、部屋はほぼ完全な静寂に包まれた。

「ラッキー、こちらは州警察のワシンスキー巡査部長だ。ベニントンを担当しているんだが、

この地域に詳しいし、行方不明事件には経験豊富なんだよ」

男は笑みを見せずにうなずいた。「スティーヴと呼んでください」彼は三十代半ばで赤ら顔、ブロンドの髪を頭皮ぎりぎりまで短く刈っていたので、最初に見たときは禿げ頭に見えた。

ラッキーは巡査部長と握手して、デスクの向こう側のひび割れた革の椅子にすわった。父の椅子だ。「何かわかったことは？」

ネイトは首を振った。「それはもしかしたらいいことかもしれないよ、ラッキー。巡査部長をきみとジャックに紹介して、できる限りの情報を集めようと思って来た。エリザベスの秘書のジェシーからはもう話を聞いた。このあとまた彼女のオフィスに戻って、われわれがまだ知らないことを知っていそうな人物について教えてもらうつもりでいる」

「ソフィーが今朝、エリザベスの家がある通りの家々を訪ねて回っているんです。エリザベスを見かけたか、ふだんとちがうものを見たか、近所の人全員に訊くと言ってました」

「すばらしい。ソフィーとも話をしてみましょう。それから、われわれも近所の人間には質問をするつもりです。詮索好きの隣人がどんな情報をつかんでいるかわかりませんからね」と巡査部長は賛成した。「それでは、初めからあなたの話を聞かせてください。あなたがエリザベス・ダヴと最後に会ったのはいつでしたか？」

「デモの日です。あれは……」ラッキーは急いでデスクのカレンダーを見た。「八月十日でした――わたしたちはいっしょに〈スプーンフル〉に戻ってきました。彼女はカウンターで手早くランチをとって、これからオフィスに戻ると言っていました」

「ジェシーは彼女が戻ってきて五時まで仕事をしたことを裏付けてくれた。その夜、何か予定があったかどうか知らないかい？」ネイトが質問した。

「エリザベスは何も言っていませんでした……」

巡査部長が口をはさんだ。「最初におかしいなと感じたのはいつでしたか？」

「翌日彼女の姿がなかったのでちょっと意外でした。ウィルソン牧師が遺骨を移動する前に建設現場でちょっとした儀式をしたんです」

ワシンスキー巡査部長は眉をつりあげた。ネイトがその目つきをとらえ、あわてて説明をつけ加えた。「まったくの偶然だったんだ。とても古い遺骨が発見されたんだよ。ウォーター通りの洗車場の建設現場で掘り出された」

「なるほど」巡査部長は考えこみながら答えた。

ラッキーは話を続けた。「牧師さんの儀式には数人が列席しました。時間のかかる儀式じゃなかったので、てっきりエリザベスも列席すると思っていたんです。彼女なら必ず列席するような催しでしたし。ただそのときは、あまり深く考えませんでした。忙しくて来られなかったんだろうぐらいに思っていました。

それから、立て続けにいろいろなことが起きたんです。ハリー・ホッジズが修理工場で死んでいるのをジャックが発見しました。わたしもそこに行ってみました。ご存じですよね、ネイト。で、そのあとは祖父の心配で頭がいっぱいになってしまったんです」

「どうしておじいさんのことをそんなに心配したんですか？」巡査部長がたずねた。

「海軍で戦ったせいでＰＴＳＤを発症しているんです。ずっとそれに苦しんでいますけど、その引き金になる大きな理由のひとつが血を見ることなんです。あんなふうに死んでいたハリーを発見したので、とても動揺してしまって。ご想像がつくでしょうけど。だから、そのことや、レストランの仕事であっという間に一日が過ぎてしまった。翌日エリザベスの自宅に二度電話したんです。それからオフィスにも。ジェシーも出なかったのですが、ちょうどランチに行っていたみたいです。それから、その夜にもう一度エリザベスの家にかけてみましたが、やっぱり出なかった。それで心配になりはじめたんです」

「エリザベスは数日村を離れる場合、あなたに知らせたでしょうか？」

「絶対知らせたと思います。わたしたちはとても親しいんです。エリザベスはわたしの両親の親友で、両親が亡くなってからは、わたしにとって母みたいな存在なんです。きっとわたしに知らせたはずです」ラッキーはしゃべりながら涙がにじんでくるのを感じた。「ごめんなさい」涙をぬぐった。「動揺したくないんですけど、心配でたまらなくて」

「わかりますよ。当然の反応です」

「それから、何か奇妙な理由でわたしやジャックに黙って出かけたとしても、秘書のジェシーに事情を知らせないまま問い合わせの電話に応対させるような無責任なことは絶対にしないでしょう。エリザベスはそういう人じゃありません。なにより、猫の世話も頼まずに放置したりしません。チャーリーのことは溺愛していますから」

「あなたの知る限り、健康上の問題はありましたか――身体的にも精神的にも？」

ラッキーはむっとした。「いえ全然。彼女はきわめて健康でした。年齢の割にとても頑健でしたし、ぼけてもいません」

「失礼しました。こうした質問は避けて通れないので」ワシンスキー巡査部長は不機嫌になったラッキーをなだめようとした。「自分自身の世話ができなくなるか、精神的あるいは感情的な問題に苦しんで行方をくらます人たちが大勢いるんです。たいていすぐに発見されますが、周囲の親しい人々はとても動揺します」

「そうですね、おっしゃるとおりです。ごめんなさい」ラッキーはため息をついた。「ええ、心臓病、糖尿病、鬱病歴、一切ありません。ゼロです」

「わかりました。このぐらいですね。こちらにいるあいだにおじいさんと話をしてもかまいませんか？　彼はもっと情報を持っているかもしれない」

「かまいませんよ。キャッシュレジスターの仕事を交代して、祖父をこちらに寄越します」

「あなたは彼女の家に行き、猫を世話してきたそうですね。何か変わったことはありませんでしたか？」

「まるっきり。誰かに会う約束が書いていないかデスクのカレンダーも調べたんです。ネイトのために車のナンバーを調べようとしてファイルキャビネットも探しました。ああ、それから留守番電話のメッセージも聞きました。何ひとつおかしな点はなかったですね。エリザベスが会ったかもしれない相手や向かったかもしれない場所を示唆するものは、まったくありませんでした」

「今日の午後、彼女の家を調べる予定です。鍵はお持ちですか？」

「いいえ、でもガレージのガーデニング用戸棚の奥に隠してある鍵があるんです。ガレージには鍵がかかっていません。戸棚の左奥のフックにかかっています。チャーリーを外に出さないように気をつけてくださいね。エリザベスは自分がいないときに猫が勝手に外をうろつかないようにしているんです」

「充分に気を付けますよ」

「わたしが家に行ったときは、朝食をとっていつものように仕事に出かけたように見えました。水切りかごにボウルとカップが入っていたので」

「それから室内はどこも荒らされていなかったし、争った形跡はまったくなかったんですね？」

「整然としていました」

ネイトが口をはさんだ。「捜査に使えるようなエリザベスの写真を持っているかい？」

「《ガゼット》に載った村長選のときのいい写真を見つけました。ソフィーにチラシを用意するように頼んであります。ソフィーは今日の午後リンカーン・フォールズの印刷ショップに行くので、今夜までには三千枚のチラシが用意できると思います」

「州警察のホットラインと、ここの署の番号とわたしの携帯電話番号を載せるように念を押しておいてほしい。ソフィーは行方不明者のウェブサイトについては知っているかな？」

「ええ、彼女がいくつか見つけてくれました。今日そのウェブサイトにエリザベスの写真を投稿するはずです」

「今夜、正式にエリザベスの行方不明について発表する予定だ」ネイトはワシンスキー巡査部長の方を向いた。「今夜、会衆派教会で集会があるんだ。発見された遺骨について、大学から来た人々がこれまでにわかったことを発表したがっているのでね。そこでわたしはエリザベスの件について公表するつもりだ。注意を払ってくれる人間が増えれば増えるほどありがたいからね」ネイトはラッキーに言った。「今夜には必ずチラシができるんだね？」

「ええ。ソフィーはとても有能ですから。きっと大丈夫だと思います。その電話番号とウェブサイトを載せるように連絡しておきます」

「けっこう、じゃあ、このへんで」巡査部長が立ち上がった。「エリザベスの隣人たちを訪ねてみますよ。もしかしたら何か目撃しているかもしれない。それから彼女の家とオフィスの通話記録も調べる予定です。それでも手がかりがなければ、一帯の捜索にかかり、ＦＢＩの支援を頼みます」

ラッキーはＦＢＩという言葉に息を呑んだ。ネイトと州警察がとても真剣に取り組んでくれていることには感謝していたが、あらゆる手を打っているうちに、エリザベスが死んでいるか重大な危機に瀕《ひん》しているという可能性が現実感を帯びてきた。

「ありがとうございます。では次にジャックを呼んできますね」ラッキーは椅子から立ち上がりオフィスのドアに向かった。そこで振り返った。「あんなに動揺してごめんなさい。ただ、お店の仕事がなければ、わたしも丸一日彼女の捜索に参加したいのに残念です」

「どんな形であれ助力をいただけて感謝していますよ。ひとつ、知っておいてもらいたいのですが、ミズ・ジェイミソン、われわれも常にではないが行方不明者を見つけているんです」

ラッキーは何も答えが思い浮かばなかった。おののきながら息を吸うと、ドアからそっと出ていった。

19

古い会衆派教会にはこれほど興奮した人々が集ったことはいまだかつてなかった。期待で空気が張りつめている。ハリーが組織するのに加わっていた洗車場建設反対のデモは、村人をひとつに団結させた。今、ハリーの死の恐怖によって、再び住人たちはひとつにまとまり、噂や情報を交換しあっていた。

またもやラッキーとジャックは、ふだんの価格で人々に飲み物とサンドウィッチのハーフサイズを提供することを請け負った。利益の一部は教会に寄付されることになっている。軽食は休憩時間に売られ、そのあとに質疑応答の時間がとられる予定だ。今夜の集会の議長はホレスが務めることになっていた。大学のメンバーに劣らずこの事件についてよく知っていたからだ。ラッキーは詰めかけた人々を眺め、人数を数えようとした。サンドウィッチがあっという間に売り切れませんように、と祈った。

ウィルソン牧師は片手をあげて聴衆に合図した。大学からやってきて、今では会場の正面のステージにすわっているアーノルド教授をホレスが紹介した。アーノルド教授はマイクを手にすると、軽くたたいてからしゃべりだした。「みなさん、ご招待をありがとうございます」数人が「こちらこそ」とつぶやいた。教授は息を吸うと説明を始めた。

「ご存じのように、あなた方の村の中心部近くで発見された遺骨はとても古いものです。彼は――というのも、この遺骨が男性だと判明したからですが、彼は百八十センチもない比較的浅い墓に埋められたものと思われます。さらに、この男は宗教的な儀式や棺もなく埋められています。彼が発見される前に建設機械によって土壌が掘り返されたせいで、確定はできませんが、棺があったことを示す木材の残骸はまったく見つけられませんでした。青年で、長骨を観察した結果、二十五歳以下だと思われます。死亡時に身につけていた人工物から独立戦争の地元の戦いで亡くなった可能性があります。だとすると正規軍にしろ民兵隊にしろ、こうしたやり方で埋葬されたことは珍しくありません。多くの人々が戦場で亡くなり、急いで埋めなくてはならなかったのです。さらにイギリス軍が非常に不名誉なやり方で反乱軍兵士の遺体を扱ったことは広く知られています」

「あの遺骨はそんなに古いんですか？」スノーフレークの住人が質問した。

「発見された人工物と骨の状態から判断して、われわれはその仮説に基づいて作業をしています。いくつかの分析を計画しています――まず化学的な分析により、骨組織にどのぐらいの窒素が含まれているかわかるでしょう。骨が劣化するにつれ、窒素含有率は低くなります。さらに、さまざまなアミノ酸は異なる速度で骨から消えていきますので、それらの分析は、骨の年代を決定するためのもうひとつの手法です」

「彼は民兵だったんですか？　アメリカ人だったんですか？」

「その可能性はあります。われわれの調査が正しいとしたら、遺骨は人工物と同じ時代のものと推定され、軍服を着ていない。民兵の大半が普段着を着ていました――それは手織りの布だった。その種の繊維はとても早く腐敗して消えてしまうが、幸いなことに、ごく小さな破片は回収できたので分析する予定でいます」

「まだあまりわかっていないようね」女性が叫んだ。

アーノルド教授は腹を立てる様子もなくにっこりした。「近々、もっと多くのことがわかるでしょう。ですから、みなさんにも辛抱していただきたい。最新情報は随時お知らせします」

別の女性が発言した。

「とてもわくわくすることですね。わかっている限りでは、彼はわたしたちの祖先かもしれないんですから！」

コーデリア・ランクが前列にピンと背筋を伸ばしてすわって、やりとりを熱心に眺めていた。彼女は立ち上がった。

「教授、わたしはコーデリア・ランクと申します……」

ラッキーはハンクとバリーが演壇に近い席にいるのを見つけた。バリーがハンクを小突くと、ハンクはそれ以上言うなというように鋭い視線を彼に向けた。

後方から誰かが叫んだ。「あんたが誰なのかは知ってるよ」

部屋に忍び笑いがいくつかわきあがった。コーデリアはさらに顎を高くして、その言葉を無視した。

「……そしてわたしは〈アメリカ革命の娘たち〉の一員なんです……」

誰かがわざとらしくうめき声をもらした。ジャックの隣にすわっていたラッキーはふきだすのをこらえた。

コーデリアは言葉を続けた。「〈アメリカ革命の娘たち〉はあなたの調査にとても興味を持っています。実際、わたしの仲間の多くが、ベニントンの戦いの再現劇を鑑賞するためにまもなくここにやってきます。骨は〈アメリカ革命の娘たち〉が運営する博物館に寄付していただくように提案します」

アーノルド教授は眉をつりあげた。「ああ、なるほど……」問いかけるようにホレスを見てから答えた。「博物館で保存されることに異論はありませんが、それを決定するのはスノーフレーク村と歴史保存協会のヴァーモント支部だと思います。わたしがどうこう言える立場ではありません。いずれにせよ、調査を続けるためにもう少し時間が必要です。こうした発見はきわめて画期的なものですからね」

「すわりなさい」年配の男性がコーデリアに向かって低い声で命じた。

コーデリアは振り向き、身のすくむような一瞥《いちべつ》を向けて相手を黙らせると、スカートを直しながら椅子にゆっくりと腰を下ろした。

教授の話が終わると、ホレスはマイクをとった。「ここで休憩して軽食をいかがですか？十五分とります。それから質問があればお答えしましょう」

ラッキーは席を立つと、ホールの横手に歩いていって控え室に通じるドアを開けた。淹れたてのコーヒーの香りが広い集会ホールまで漂ってきた。今夜はジェニーがボランティアを買ってでてくれていた。彼女とジャックは四種類のハーフサイズのサンドウィッチを用意し、ラップに包みトレイに並べた。冷たい飲み物と水は大きなクーラーボックスに氷を入れた上に置かれている。ラッキーはコーヒー沸かし器を担当し、次々にカップを満たし、常にクリームのピッチャーと砂糖入れが空にならないように気を配った。

デモのときに顔を見かけた二人の男の話が聞こえてきた。二人は彼女がコーヒーを注いでいる長いテーブルの隣に立っていたのだ。一人が言った。「言っただろう。やっぱりローランドは来なかったな」

「本当かい？」もう一人がたずねた。

「のこのこやってくるほど図太くないんだよ」

「でも、ちょっとおかしいよな。あいつは面倒を起こす機会は絶対に逃さないのかと思ったが。だいたい、この骨が発見されたせいで、建設計画は中断されたんだ。この件について何もかも把握しておきたがっているのかと思ったよ」

「あいつがどういうつもりなのかなんてどうでもいいよ。だけど、できたら、あの男の顔は二度と見たくないし、声も聞きたくないね」男は紙コップをゴミ箱に放り投げ、背中を向けた。

ラッキーはジェニーに合図してテーブルの後ろから滑りでた。休憩時間はそろそろ終わりだ。エリザベスに対する不安は杞憂だったというはかない望みを抱いて、メインホールに戻り、つま先立ちで銀髪のボブがないかと眺めた。わらにもすがる思いだということは承知していたが、見回さずにはいられなかった。このところ母親を探す夢を見たが、実はエリザベスを探していたのかもしれない。やっぱり彼女の姿はなかった。ラッキーは深呼吸して、胸にわきあがってきた恐怖を抑えつけた。

「ねえ、手を貸して、ラッキー」ソフィーが片足で外のドアを押さえ、大きな段ボール箱を中に入れようとしていた。

「できたのね」ラッキーは急いで近づきドアを押さえ、ソフィーが段ボール箱をもうひとつホールの後方に運びこむのを手伝った。

ソフィーはジーンズのお尻で手をふいた。

「連絡は？　彼女は来ていないのね？」

ラッキーはかぶりを振った。

「あちこち見回したの。馬鹿げてるとわかってるけど、いちるの望みを持たないわけにいかなくて。でもやっぱりここにはいないわ」

「こんなに時間がかかってごめんなさい。印刷ショップが全部刷り終えるまで待っていたかったから」

「どんなふうになったの？」ラッキーはたずねたものの、チラシのせいでエリザベスの行方不明がいっそう現実のものに感じられそうで怖かった。

「いい仕上がりよ」ソフィーはラッキーの手を励ますように握った。「怯えているんでしょ。手が震えているもの。しっかりして。きっと彼女は見つかるわ」

喧噪がやかましくなり、人々は席に戻ろうとしていた。「ソフィー、あなたはすわってて。わたしはジェニーの片づけを手伝ってくるわ」ソフィーはうなずき、ホールの後ろ側の椅子についた。

ラッキーは控え室に向かったが、ドアは開きっぱなしにして、残りの報告やネイトの発表が聞こえるようにしておいた。全員が静かになると、ホレスとアーノルド教授が会場の前のステージに戻ってきた。アーノルド教授はマイクを手に、質問はあるかとたずねた。

バリーが手を挙げた。「今後、建設現場はどうなるんですか？　おれたちが工事を中止させたがっていることはご存じですよね？」

「ええ」アーノルド教授は答えた。「その争いについては耳にしています。この中断は一時的なものになるはずです。開発業者にとってはつらいにちがいありませんが」

「もっとつらい目にあわせてやることだってできるんだぞ！」後方から男が叫び、いくつかの同意のつぶやきが広がった。

「われわれは必死に作業をしていますが、ここがもっと大きな埋葬場所だったという証拠はまだ発見していません。もしそうだったら、まちがいなく州の登記所に記録されるでしょう。現代の開発業者は当然の務めを果たすべきなのです。言い換えると、計画を立てる前に敷地について徹底的に調べなくてはならない。残念ながら、わたしの経験では、まずそれはおこなわれていない。ようするに、われわれが作業を終えたら、おそらく建設は再開されるということです」

集会ホールの外側のドアが勢いよく開いた。数人が振り返った。噂をすればなんとやらで、リチャード・ローランドが部屋の後方からずかずか歩いてきて中央の通路で立ち止まった。最初はしんと静まり返ったが、やがて憤慨したささやきが会場に広がっていった。

「また工事は再開されると思っていたほうがいいぞ」ローランドは怒って叫んだ。「全員に警告しておく。わたしは自前の警備員を雇っているので、わたしの敷地に手を出そうとする人間は後悔する羽目になるだろう」ローランドはデモのときほど興奮していなかったが、それでも怒りをむきだしにしていた。

コーデリアの夫で、〈スプーンフル〉の大家であるノーマン・ランクが立ち上がってローランドの方に指を突きつけた。「このイタチ野郎め。いったいここで何をやっているんだ？あんたは招かれていないし、誰もあんたの顔なんて見たくない」彼の声は氷のように冷ややかでぞっとするほどだった。ランクの非難は部屋じゅうに広がった賛同のさざめきで迎えられた。ローランドはランクをにらみつけて立ちはだかっていた。

「あんたはこの村の大部分の土地や建物を所有しているようだな、ミスター・ノーマン・ランク。だが、この建物は所有していないから、来たければわたしはここに来る。それよりも大切な不動産を失わないように、自分の心配をしたほうがいいぞ」ローランドは冷酷にせせら笑った。

「なんだと……」ランクは列から出ていき、ローランドの方へと通路を歩きはじめた。

ローランドはにやにや笑いを浮かべて腰に両手をあてがい、平然としてランクが近づいてくるのを見ていた。

「おやおや、今度はどうするつもりなんだ、老いぼれ野郎？」

ローランドは部屋を眺め回しながらさらに大きな笑いを浮かべた。聴衆を煽ろうとしているのだ。緊張が高まった。

ハンクともう一人の男がすばやく列に入っていき、ローランドのところに行き着く前にランクを制止した。ハンクは彼の腕をとって引っ張った。

「放っておけ。まともに相手にするようなやつじゃない、ノーマン」

ノーマン・ランクの顔は怒りで真っ赤になっていた。「この村にまた姿を見せたら後悔することになるぞ」ランクは吐き捨てた。

「ほほう？　それはどういう意味だね？」一瞬、ローランドの顔に恐怖がよぎった。ランクの怒りの激しさに不意をつかれたようだった。

コーデリアが通路を走っていき、夫のもう片方の腕をとった。彼女は夫に顔を寄せて、耳元で何かささやいた。ようやくランクの肩から力が抜け、ハンクはきつくつかんでいた手を放した。コーデリアは夫の腕をとり、元の席の方に連れていった。

ラッキーはほっと息を吐いた。控え室のドアの隙間からそのやりとりを見ているあいだ暴力沙汰に発展するのではないかと怖くてずっと息を止めていたのだ。アーノルド教授は会場の敵対関係に啞然として黙りこんでいた。

ホレスが教授からマイクをとると、緊張をやわらげようとして口を開いた。ノーマン・ランクとローランドとのやりとりを無視して、彼は言った。

「いくつかつけ加えたいと思います」ホレスは咳払いした。「まず、多くの方はご存じだと思いますが、わたしはスノーフレークで暮らすことに大きな喜びを感じています。大部分のみなさんのように昔からの住人ではありませんが、この村と恋に落ちたと心底から言えますし、独立戦争でとても重要な役割を果たした場所で、自分の研究を続けられることに大きな喜びを感じています」

「さっさと先に進めてくれ、ホレス。われわれもあんたを愛してるよ」一人の男が叫んだ。数人が困ったように笑った。同時に外側のドアがバタンと閉まった。リチャード・ローランドがホールを出ていったのだ。ラッキーはほっとした。

ホレスはローランドの退出を無視して、冷やかしに大きな笑みを見せた。

「では……われわれが発見した小さな端切れはとてもすごいものだとだけ申し上げておきましょう。布は手織りの布地で、土地の植物でさまざまな色に染められています。遺骨と布の端切れの他に、実に驚くべき品をいくつか掘り出しました。銀の靴のバックルと火薬入れです。植民地の人々の多くが狩りをしていたので、必ずしも彼が民兵隊の兵士とは言えませんが、その可能性はあるわけです。火薬入れには彫刻がほどこされ、とても美しく工芸品のようです。ご興味がある方には、お見せできる写真もご用意してあります」

「どういう彫刻なんですか?」一人の女性がたずねた。

「小さな家の彫刻です。ソルトボックス型コロニアル様式で、おそらくこの男の家でしょう。下に年が刻まれています——一七七七年。しかもそれだけではないのです——反対側には……」ホレスは一瞬言葉を切り、全員が注目しているかを確認した。「反対側にはこう刻まれています。『この火薬入れはナサニエル・ジャレド・クーパーの所有なり。この火薬入れがわが家を守ってくれますように』」

コーデリア・ランクが青ざめた顔で立ち上がった。夫がその手をつかみ、椅子にすわらせた。

「それから」とホレスは続けた。「遺骨には、おそらくこの気の毒な男を殺した弾丸がめりこんでいました。現在それを分析してもらって、植民地で製造されていた弾丸のように合金かどうかを鑑定中です。すでにご存じかもしれませんが、追いつめられた時期にこうした鉛の弾丸を作るために、多くの人々が家庭内のピューターを溶かしたのです——つまり錫《すず》と鉛ですね。

さらに重要な驚くべき事実は、この鉛の弾にはライフルから発射されたことを示す線条痕がついていたことです。しばらくのあいだ植民地の人間はライフルを使用していましたが、イギリス軍はマスケット銃だけを使用していました。ですから、この気の毒な男を殺したのが何にしろ、イギリス軍の弾丸ではなかった。おそらく誤射によって殺されたのでしょう。あるいは裏切り者として処刑されたのかもしれません」

コーデリアは唇をひきつらせ、蒼白な顔で立ち上がって叫んだ。

「あんたは嘘つきの詐欺師よ。わたしの祖先は愛国者よ！」

20

ネイト・エジャートンは機嫌がいいときでも気が長い方ではなかったが、怒声が飛び交い集会が混沌状態になる前に、その場の主導権を握った。コーデリアの叫び声に呆然としていたホレスは、ただちにネイトにマイクを渡した。アーノルド教授はコーデリアが叫んだ言葉の説明を求めるように聴衆の顔を眺めている。

「さて、みんな、もう充分だろう。落ち着いてくれ」ネイトの声には威厳があったので、人々はたちまち黙りこんで席についた。

「わたしの話が終わったあとなら、アーノルド教授とウィンソープに好きなだけ質問してもかまわないが、解散して家に帰る前に、きわめて急を要することを伝えておきたい」ネイトは会場を見回した。「ここにいる誰かがその反証を示してくれない限り、エリザベス・ダヴ村長が行方不明になっているようなんだ」

一人の女性がショックで悲鳴をあげた。ラッキーは何人かが息を呑むのを聞いた。ネイトは先を続けた。

「ラッキー・ジェイミソンが八月十一日からエリザベスの姿を見かけていないと連絡してく

れた。オフィスの秘書もエリザベスと話をしていないし、本人から連絡もない」

「たんに数日、村を離れているだけじゃないとどうしてわかるんですか？」男性が叫んだ。

ネイトは重いため息をついた。「その可能性は常にあるが、エリザベスについて知っていることから考えるとありそうもないことなんだ」

ラッキーは誰かに腕をつかまれるのを感じた。ぎくりとして振り向くと、エドワード・エンブリーで、顔にショックを浮かべていた。「本当なのか、ラッキー？　誰もエリザベスの居所を知らないのかい？」

「ええ。本当です。デモの翌日から彼女を見かけていないし、連絡もとれないんです――ハリーが発見された日から。それに秘書のジェシーにも留守にすることを伝えていなかったんですよ」

「数日休みをとるなら、絶対にオフィスの誰かに伝えたはずだ」彼は考えこみながら言った。

ネイトは人々が騒然とするのをしばらくのあいだ放置していた。それからマイクをたたいて注意を喚起した。

「正式に彼女を行方不明者とみなし、それに従って行動しなくてはならない。州警察に連絡をとりすでに捜査を開始しているし、ＦＢＩもいずれ捜査チームを送りこんでくるだろう」

彼がソフィーをちらっと見ると、彼女は大丈夫とうなずいた。「チラシを用意したので、あちこちに貼ってもらいたい。どうか、みんな、帰りがけにチラシをとっていって、貼れそうなところに貼ってほしい。知っている人全員に、このことを知らせてほしい。明日はニュースでも流されるだろう」

「ネイト！」女性が叫んだ。「もしかしたら事故にあったのかもしれないわ」

「その可能性もある、たしかに。しかし車はまだ見つかっていないいんだ。病院や死体保管所にも、彼女の特徴と一致する人間は運びこまれていない。ネットでもこの情報を流している。行方不明者についての情報を広め、全国的に見つけようとしている組織がたくさんあるんだ。使える限りの手段を利用するつもりだ。今夜ここにいるみなさんには、このことを強調しておく。この四日間でエリザベス・ダヴを見かけているなら、教えてほしい。デモのときには多くの人々に姿を目撃されたし、その晩オフィスを出るところは確認されている。十日の夜以降の彼女の居所について何か知っているなら、帰る前に必ずわたしに伝えていってくれ。副署長のブラッドリーが、会場の後ろでスティーヴ・ワシンスキー巡査部長といっしょにいる」ネイトがそちらにうなずきかけると、数人が振り返って巡査部長を見た。「村周辺や森を捜索するグループを組織する予定なので、ぜひともボランティアが必要だ。力を貸してもらえるなら、どうかお願いしたい」

「手伝うよ、ネイト」バリー・サンダーズが声をあげた。彼はみんなと同じようにショックを受けているようだった。ラッキーはネイトの迅速な対応とエリザベスに対する村人たちの思いに心を打たれた。

「ブラッドリーに名前と連絡先の情報を伝えていってくれ。明日の朝いちばんで州警察に協力してもらって捜索を開始する予定だ。改めて言っておくが、ボランティアはできるだけたくさん集めたい。グループにわけて、地域や通りごとに捜索をする予定だ。悲しいことだが、ヴァーモント州で行方不明になった人々は国内のどこにだっている可能性がある。それでも発見されることもある。今回はそういうケースだと祈ろう」ネイトは振り向いてマイクをホレスに返した。ネイトはブラッドリーが待っている後方に目をやった。小さなテーブルが設置され、メモ用紙が数冊置かれている。指定された時間に集合できる人間は、捜索隊に加わるために名前と連絡先の電話番号をそこに書いていくのだ。

「ネイト」後列の男が叫んだ。「ハリー・ホッジズの件はどうなっているんだ？」

ネイトはホレスからマイクを受けとった。彼が答えを返す前に女性が叫んだ。

「誰かを逮捕したの？」

ネイトは咳払いした。「その事件は捜査中だ。まだ何も言えない」ネイトはマイクをホレスに押しつけると、ホールの後方に歩いていった。

ホレスはマイクに向かって言った。「みなさん、できたら椅子を折りたたんで、横の壁に立てかけてください。ありがとう」

ソフィーが段ボール箱をひとつ抱えてラッキーの隣に現れた。

「みんなにこれを持ち帰ってもらうようにしましょう」ソフィーは箱からひとつかみチラシをとりだすと、ラッキーに半分を渡した。彼女はもうひとつかみとると、それをネイト、ブラッドリー、ワシンスキー巡査部長のいるテーブルに置いた。

聴衆の大半がこちらにやってきた。全員が空き時間にボランティアで捜索隊に加わるつもりのようだった。ラッキーとソフィーは出口に陣取り、全員にチラシの束を持ち帰ってもらうようにした。ラッキーはちらっとチラシを見た。村長になったときに《スノーフレーク・ガゼット》の四分の一ページに大きく掲載されたエリザベスの写真だ。「行方不明」という文字がいちばん上にでかでかと書かれている。ソフィーはいいチラシを作ってくれた。「警察は八月十日を最後に行方がわからない女性を見つけるために、みなさんの協力を求めています。彼女は五十八歳で身長百六十五センチ、六十キロ。最後に目撃されたときは白いブラウスと紺色のスカートでした。何か情報がありましたら、連絡をください……」そのあとに、いくつかの電話番号とメールアドレス、さらに情報としてウェブサイトも掲載されている。

ラッキーはこみあげてくる恐怖を押しとどめた。生まれたときから知っている女性が、これほどの恐怖を与える文章にまとめられてしまっている。エリザベスの身に起きたかもしれないことがいくつも頭をよぎり、どうしてもその想像を心から締めだすことができそうになかった。

マージョリーとセシリーが最初に近づいてきた。「ああ、ラッキー。本当に恐ろしいことだわ。まずハリー、それからこれ。スノーフレークに何が起きているのかしら？」

ラッキーは涙をぬぐって息を吸いこんだ。かろうじて言葉を発した。

「わからないわ、セシリー。まったくわからない」

「ハリーの殺人事件と関係があると思う？」セシリーが声をひそめて言った。

「ねえ、奇妙ですよね。わたしもずっとそのことを考えていたんです。最初に心配になったのはハリーの殺人事件のニュースのせいだったんです。あんなことがあったら、エリザベスは絶対にわたしたちに電話してくるか会いに来たはずだから。それで不安になってきて――あの事件のあと、まったく彼女と連絡がとれないのがとても妙だったので」人の輪がマージョリーとセシリーの後ろにできはじめていた。「ごめんなさい。話を打ち切って申し訳ないけど、みんなにチラシを持ち帰って村じゅうに貼ってほしいので」

「もちろんよ」セシリーはチラシの束をとりながら言った。「明日〈スプーンフル〉に会いに行くわ。それからネイトの捜索隊には参加するわね。できるだけの協力をするわ」

「ありがとう」

ジェニーとジャックはすでに残り物を荷造りして、コーヒーの給湯器を洗い終えていた。ジャックはホールに戻ってくると、ホレスを手伝って残っている椅子を折りたたんで控え室に積んでいた。

アーノルド教授はブリーフケースをさげてラッキーに近づいてきた。

「わたしも何枚か大学に持って帰ろうか？　学生に学校や町に貼ってもらえるから」彼は口に出さなかったが、エリザベスの消息が別の町から伝えられることはまずないと考えているのがわかった。

「ありがとうございます。本当に感謝します。どんなことでもしていただければ」

「学生たちに訊いてみよう。もしかしたら捜索隊のボランティアをする時間がとれるかもしれない。つらい仕事だ。心からお気の毒に思うよ」ホレスがアーノルドをドアまで送っていき握手をした。彼は戻ってくると片付けを手伝おうと言ってくれた。

「ありがとう、ホレス。ジャックはもうすべてを台車にのせてしまったと思うけど、〈スプーンフル〉に運んでいくのに手を貸していただけるとありがたいわ」

「喜んで。それからネイトとブラッドリーといっしょに、明日の朝いちばんで捜索に出かけるよ。エリザベスのためなら喜んでできるだけの協力をするからね。絶対に彼女は見つかるよ」

ラッキーは口がきけずにただうなずいた。「必要なものがないかジャックの様子を見てこよう」最初のチラシの箱は空っぽになった。二番目の箱には半分残っていた。「ソフィー、これは〈スプーンフル〉に持ち帰る？」

「そうね、それから、ひと山リゾートに持っていってあちこちに貼ってくるわ」ソフィーはラッキーをぎゅっと抱きしめた。それから体を離すとラッキーの肩をつかんで目をのぞきこんだ。「彼女は生きているわ」

ラッキーは返事の代わりにうなずいた。

「彼女は死んでいない。わたしにはわかるの」ソフィーはきっぱりと言った。

21

翌朝、ラッキーとソフィーはエリザベスの家の玄関ホールに立って、もう一人の警官が一階を慎重に動き回り、窓やドアの鍵を調べているのを眺めていた。チャーリーは人声を聞きつけると、首の鈴を鳴らしながら勢いよく階段を下りてきた。だが二人の見知らぬ男たちを目にすると、ダイニングの戸棚のところに逃げていき、その下で丸くなった。

ワシンスキー巡査部長は二人にまた質問をした。ラッキーは自分の行動をもう一度繰り返した

「ここで目についたのは、そこの床に落ちていた郵便物とスイングベンチの上の雑誌二冊とチラシだけでした」

「それをどこに置いたんですか？」

ラッキーは廊下のテーブルを指さした。

「そこに。雑誌とチラシは大きすぎて郵便受けに入らなかったので、郵便配達の人がスイングベンチの上に置いていったにちがいないわ」

もう一人の警官が玄関ホールに戻ってきた。

「ここは何も荒らされていないようですね。押し入った形跡もありません。何があったにしろ、彼女は自発的に家を出たにちがいないですよ」

「かまわなければ、ソフィーといっしょにデスクとキャビネットをもう一度調べたいと思っているんです。あまり期待はできませんけど、何か閃《ひらめ》くものがあるかもしれないので」

「どうぞ、かまいませんよ。われわれもすでに調べたが、もしかしたらわれわれが見過ごしたことに、あなたなら気づくかもしれませんからね。もし何かわかったら知らせてください。他の人間を入れたり、そのスペアキーのことを知られたりしないようにくれぐれも注意してください。これから近所の人たちに質問をして、そのあと捜索に戻ります。これがわたしの電話番号です」巡査部長はポケットから二枚の名刺を出して、二人に一枚ずつ渡した。「何か思いついたら、本当に何でもかまわないので電話してください」

ラッキーは警官たちを玄関に送っていくとドアに鍵をかけた。ダイニングに戻ってきて、中国製キャビネットの前にひざまずきチャーリーを呼んだ。

「出ておいで、チャーリー。おいで、坊や。怖い人たちはいなくなったわよ」チャーリーは震え声でニャーオニャーオと鳴きながらラッキーの腕に飛びこんできた。

「新しいごはんをあげましょうね」

ソフィーはラッキーのあとからキッチンについてきた。「その猫はあなたが好きみたいね。あんなに喉をゴロゴロ鳴らしているわ」

「とってもやさしい性格なの。エリザベスはこの子が生まれたときから愛情を注いできたのよ」ラッキーはそっとチャーリーを床におろすと、冷蔵庫を開けた。チャーリーはもうじき皿に食べ物が山盛りになると知って、彼女の脚に体をすりつけた。

「とてもすてきな部屋ね」ソフィーが言いながら見回した。エリザベスのキッチンの壁は淡い珊瑚《さんご》色に塗られていた。鍋やフライパンはコンロの近くのラックにかけられている。どれもよく使いこまれていたが、染みひとつなかった。窓にかかっている枕カバー用のコットンで特別注文されたシェードやカーテンは白地にブルーのストライプで、プレースマットやチェックのナプキンも部屋の珊瑚色やブルーの色と合わせられていた。「とても明るく感じきちんとしているわ」

「そうよね」ラッキーは言った。彼女は小さなじょうろに半分だけ水を入れた。流し台のわきに踏み台を引き寄せて上ると、窓辺にかかっている垂れ下がった蔦に水をやった。「エリザベスが家に帰ってきたときに、何もかもがちゃんとしていて世話をされていたと思ってほしいの」

「きっとそう思うわよ」ソフィーは答えると、ラッキーが垂れている蔦の葉の位置を直しているのを眺めながら提案した。「二階に行って、ファイルキャビネットを調べましょう」

ラッキーは踏み台から下りると、小さなじょうろを流し台の下にしまった。

「これは完全に時間のむだかもしれないし、今はむだにしている時間はないわ。でも、あとになって彼女を見つけられる手がかりはここにあったと後悔したくないの」踏み台はたたんで食料品室にしまった。

二人は二階に行き、まっすぐ小さなオフィスに向かった。ラッキーはファイルキャビネットの三つの引き出しのいちばん上を開いた。ファイルの束をひっぱりだし、ソフィーに渡した。「順番どおりに戻さなくちゃならないわ」

「それなら簡単よ。全部アルファベット順にラベルを貼ってあるから」ソフィーは床にすわりこんで、デイベッドに寄りかかった。フォルダーを積み上げて、最初のものを開くと中身に几帳面に目を通しはじめた。

「イライアスはゆうべどこにいたの？　集会では見かけなかったけど」ソフィーは目の前の書類に集中して慎重にページをめくりながらたずねた。

「リンカーン・フォールズに行ったの。患者さんの一人が今日早く手術を受けたし、もう一人が入院したから。たぶん午後遅くには戻ってくるわ」

「こんなふうに彼女の書類に目を通すのは申し訳ない気がするわ。いつ現れるにしても、許してくれるといいけど」

「もしここに手がかりがあるのに見落としたら、もっと申し訳ない気がするでしょうね」ラッキーは額をこすった。「もっと早くおかしいと思うべきだった。そのことでずっと自分を責めているの。牧師さんの儀式にも緑地でのドレスリハーサルにも彼女が現れなかったときに、気づくべきだったのよ」

「そういうことを言うのはやめて！」ソフィーが厳しく言った。「わかるわけないでしょ。あなたは読心術者じゃないんだから。自分を責めるのはやめて」

チャーリーが二人のあとから部屋に入ってきて、デイベッドに飛び乗り大きく喉を鳴らしていた。ソフィーは手を伸ばして彼をなでてやった。チャーリーはアオーンと鳴くと仰向けにころがっておなかを出した。関心を向けてもらってうれしそうだ。ソフィーはそっとチャーリーの耳をひっぱった。

「この子はあなたのアパートに連れていったほうがいいかもしれないわ。どう思う?」

「それも考えたの。でもどうかなあ。猫はとても縄張り意識が強いでしょ。うちに来たら怯えてしまうかもしれない。それに、昼間はどっちみちひとりぼっちだわ。わたしはいつも家にいないから」

「それもそうね」

「毎朝ここに寄って、チャーリーが元気かどうか確認するわ」ラッキーの口調の何かにソフィーははっと顔を上げた。「明日かあさってまでにエリザベスを発見できなかったらどうしよう。ああ、ソフィー! 人はいきなりいなくなってしまうものなのね、わたしの両親がこの世から消えたように」

ソフィーはすわっている姿勢から体を起こすと、ラッキーの両手を握った。

「たしかにご両親はそうだったわね。本当につらいできごとだった。それに、この件で当時のことが甦ってくるのもわかる。あなたがエリザベスを心配するのは当然よ。でもね、あなたの見方はちょっとゆがんでいるわ」ソフィーは言って、用心深くラッキーの反応をうかがった。

「わたしは人生でもう誰も失いたくないのよ、ソフィー。馬鹿げているのはわかっているけど、それがわたしの望みなの」ラッキーはデスクのティッシュをつかんで涙をぬぐった。「愛する人を失うのは最悪のことよ」

ソフィーはラッキーの動揺がおさまるのを辛抱強く待っていた。

「たしかにね。それ以上につらいことはないわ。だけど、まだエリザベスは失っていない、そうでしょ？　彼女は見つかるわよ。ネイトがちゃんと手を打ってくれている。専門家たちが呼ばれて、ありとあらゆることを手配している。今日にはニュースが公開されるし、州警察はあらゆるメディアで報道されるように働きかけているわ」

ラッキーはちょっと考えこんだ。「捜索隊が出ているのはわかってる。だけど、それには加わらずに、わたしたちで走り回ってみたらどうかな？　あらゆる村の通り、リゾート、ここから幹線道路までのあらゆる脇道を。エリザベスが車で出かけたなら、というか、車が見当たらないからそうに決まっているんだけど、それなら車がどこかにあるはずよ――まだ発見されていない場所に。森の中とか脇道の奥とか。さもなければ、今頃通報されてたはずでしょ」

「すべての道路や森の脇道を調べるには何日もかかるわ。だけど、夜が明けたらすぐにやってみてもいいわね」

「二手に分かれるのよ。地図を用意して、全体をいくつかの区域に分けるの。ネイトはブラッドリーにそうするように指示していたけど、警察はその時間がなかったんじゃないかな。

ハリーの殺人事件の捜査もあるし。明日から始めましょう。協力してもらえる？」

「もちろん」ソフィーは同意した。「もっといいアイディアが浮かぶまで、とにかくそれを試してみるのがよさそうね」

ラッキーとソフィーはエリザベスのファイルキャビネットのすべてのフォルダーと、デスクのすべての引き出し、寝室のたんすのすべての引き出しを念入りに調べた。時間は過ぎていったが、これといってめぼしいものは見つからなかった。

「ふう、これでおしまい」ラッキーはそう言って、そっと最後のたんすの引き出しを閉めた。

「この時間はむだだったわね。この二時間、どこかのグループといっしょに捜索に出られたのに」

ソフィーはため息をつき、最後のフォルダーを戻した。彼女はチャーリーのおなかをなでた。「彼の食べ物は充分に置いた？」階段を下りながらたずねた。

「大丈夫。明日、休憩のときにまた様子を見に来るわ」

「目覚ましをかけておいてね。明日の朝五時に地図を用意してあなたのアパートの前まで行くわ。わたしを哀れに思うなら、コーヒーを用意しておいてくれる？　数時間ぐらいは探せそうね」

ラッキーはキッチンのドアから出て鍵をかけると、鍵をガレージの隠し場所に戻した。二人はゆっくりと私道を歩いていった。歩道まで出ると、ラッキーは通りの左右を見た。

「あなたと警察がもうやってくれたのはわかっているけど。もう一度隣人たちと話してみようかな？」

「あなたは〈スプーンフル〉に戻らなくちゃならないでしょ。わたしがやってみるわよ。もう一度確認に来たと言って、チラシを渡せばいいから。警察には言おうとも思っていなかったことをひょこっと思い出してくれるかもしれないわ。何を自分でも知っているか、意外によくわかっていないものよ」

「ありがとう、ソフィー。本当にどうお礼を言ったらいいか」

「お礼なんて言わないで。わたしはただエリザベスに戻ってきてもらいたいだけ。あなたがそんなふうに打ちひしがれるのはとても見ていられないのよ」

22

エリザベスは自分を閉じこめているドアの取っ手をつかんだ。ドアは小さな部屋から外側に開くようになっている。ドアノブは回ったが、押し開けようとしてもびくともしなかった。何かでしっかりと押さえられているようだ。でも、何で？　かんぬきがかけられている？　ドアノブ自体には鍵がついていなかった。体重をかけてドアを押したがむだだった。拳でドアをたたき、声がかれるまでマギーの名前を叫んだ。応えはなかった。

エリザベスは寝袋に倒れこむと水差しに手を伸ばした。恐怖のせいで喉が渇いた。パニックにならずに考えなくてはならない。絶対に逃げだす方法があるはずだ。マギーが地下室に戻ってきてドアを開けたときに、彼女を押さえ込めるのではないかと期待していた。エリザベスは大柄ではなかったが力はある。しかしその期待は手首のいましめがほどかれたときについえた。あれっきりマギーはドアを絶対に開けようとしなかったのだ。ドアの下のぎざぎざの穴から食べ物の小皿を押しこむだけだった。穴はディナー皿がかろうじて通るぐらいの大きさで、そこから手を伸ばしてドアの外側についている鍵か何かをつかめるほどの隙間はなかった。

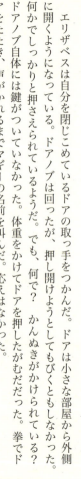

マギーが用心を怠らないとしたら、窓が脱出の唯一の希望だ。エリザベスは窓の下の壁まで椅子をひきずっていって、よじ上った。狭い窓に手が届いた。小さな掛け金がついているだけで、内側に開いた。外側の枠には金網が留めつけられている。小動物が地下室に入ってこないようにだ。さらに家の外側には、二枚の厚板が開口部に釘で打ちつけられていて、その隙間から細い光が射しこんでいた。エリザベスは手を伸ばし、指をあざだらけにしながらどうにか掛け金を五ミリほど動かした。窓枠を引っ張ったが、どうやっても開かなかった。近づいてのぞくと、窓を固定するために窓枠には六センチほどの太い釘が打たれていた。かなてこか大きなハンマーがあれば、窓枠をはずすことができるかもしれない。いらだちながらため息をつくと、窓をにらみつけた。窓は開けられないかもしれないが、ガラスを割ることならできる。

エリザベスは椅子から下りると。寝袋からカーディガンをとった。それを念入りに肘に巻きつけた。ガラスの割れる音をマギーに聞かれたくなかった。何をされるかわかったものではない。マギーの手に包丁が握られているのを目にしたときは生きた心地がしなかった。本当に常軌を逸しているなら、何をするか予想がつかない。椅子に上り背伸びをした。椅子がふいにキキーッと鳴り、バラバラになりそうになった。窓枠の端をつかんでバランスをとりながら、肘でガラスをすばやく思い切り突いた。ガラスは割れ、大きなガラスの破片が窓枠と外側の材木のあいだに落ちた。彼女は手を休めて用心深く耳を澄ましたが、近づいてくる足音は聞こえなかった。新鮮な暖かい夏の空気に顔をなでられながら、エリザベスは椅子の上でバランスをとっていた。思い切り深呼吸した。近くの木で鳥が歌っている。現在の状況がいっそう悲痛に感じられた。この家の外では日常が続いていて、人々は仕事をこなしている。友人や愛している人々が彼女の不在に気づいても、どこを探したらいいかわかるだろうか？　涙があふれてきたので、すばやく手でぬぐった。自制心が不可欠だ。もし精神的に参ってしまったら、絶対に自由になれないだろう。この地下室から出る方法は必ずあるはずだった。

慎重に小さなガラスの破片をセーターからとると、もう一度窓ガラスを突いた。ガラスの半分が落ちた。二本の指で大きなガラスの破片を気をつけてはずすと、窓の外側を覆っている材木に手を伸ばした。その板は比較的新しかった。思い切り押したが、固く釘付けされている。道具さえあれば。でも部屋には使えそうなものは何もなかった。

そうだ、靴だ。たぶんこの靴なら板をはずせるぐらい頑丈だろう。手を伸ばして片方の靴を脱いだ。かかとを使って、下の板に思い切りたたきつける。マギーに聞こえることはもう気にしなかった。マギーが戻ってきてドアを開けたら、彼女を突き飛ばそう。たとえ手に包丁を握っていても。エリザベスは追いつめられていた。もはや音を聞かれた後のことはどうでもよかった。ただひとつの目標は脱出すること。今や怒りにまかせて片方の板を規則的にたたき続けた。はしごがあれば、もっと力をこめられるので作業がはかどっただろう。ぐらつく椅子から手を伸ばしていてはなかなか思いどおりにいかなかった。ありったけの力で、椅子がぐらついていることを無視しながら板をたたいた。板の片隅がわずかに動いた気がした。希望がわいてきて、もう一度力いっぱい板をたたいた。その瞬間、椅子が大きな音を立ててくずれた。エリザベスは床に落ち、悲鳴をあげた。体の下になった足首をひねったのだ。

ラッキーが〈スプーンフル〉に着いたときにはランチの混雑は一段落していた。ジェニーとメグは隅のテーブルで休憩中で、セージは厨房の作業スペースに調理用具を並べ、ジャックはキャッシュレジスターのお札を勘定していた。忙しい午後と夕方のあいだの静かなひとときだった。ソフィーが用意したチラシは通行人にも見えるように大きな正面ウィンドウの何カ所かに貼られている。ジャックはキャッシュレジスターの隣にチラシを積んでいた。ラッキーはエプロンをつけ店内に入っていくとジャックに声をかけた。彼は期待をこめて顔を上げた。

彼女は正面ウィンドウを指さした。「あそこに貼ったのね」

「ああ。観光客も興味を持ってくれたよ。州警察のボランティアに志願すると言ってくれた人もいた」

「本当？　なんて親切なのかしら」

「きっと何かわかるよ。まあ、見ててごらん」ジャックはラッキーの肩に腕を回し、励ますようにハグした。「おまえは何をしていたんだ？」

「ワシンスキー巡査部長とエリザベスの家にいたの。警察は家の捜索を終えたわ。わたしはソフィーといっしょにエリザベスのファイルと引き出しを念のため調べたの。万一、手がかりがあるといけないから。でも、何も見つけられなかった。それでエリザベスの車を見つけることに集中して、村を出入りするすべての道と森に通じる脇道を調べてみるわ。それから、〈スプーンフル〉を抜けられるときは、徒歩の捜索にも加わるつもり――ソフィーもいっしょに」

「大変なスケジュールになりそうだな」

「かまわない。不安になってうろうろしているより、夜明けに起きて何かしたほうがましだわ」

「明日の朝の捜索にはわしも加わるよ。連中は七点鐘ぐらいに出発するらしい。二、三時間、わしがいなくてもやっていけるかい？」

「大丈夫よ。捜索に加わりたいの？」

「わしもおまえと同じ気持ちなんだ。何もしないよりも何かしていたほうが楽だ。このあいだの夜のことは謝るよ」

「このあいだの夜？　何のこと？」ラッキーはとまどった。

「あの夜、おまえはエリザベスのことを心配していたのに、わしはそれをからかった。おまえの話に耳を傾けるべきだった。おまえがひどく心配するのも当然だよ、ハリーにああいうことが起きたあとだから……」最後まで言わずに首を振った。「誰があんな真似をしたのかね？　ハリーは誰にも迷惑をかけなかった。愛想がいいとは言えなかったが、ちゃんとした男だったんだ」

ラッキーは祖父の手を握りしめた。「ネイトはそっちの捜査でも州警察に協力してもらっている。いずれ何かわかるでしょ」

ジャックはラッキーをじろっと見た。

ラッキーは顔を赤らめた。「そういうつもりで言ったんじゃないの。ハリーのことで冷たい言い方をするつもりはなかったのよ、本当に。でも、彼はもういない。わたしたちはもうどうすることもできないわ。でもエリザベスはまだ生きているのよ」

「もちろん生きているとも。わしの直感はそう言っとるよ」

勘定書を手にした家族連れが近づいてきた。ジャックは彼らに笑いかけ、勘定をレジに打ちこんだ。ラッキーはカウンターに行き、セージが本日のお勧めを書いた黒板を眺めた。三種類のスープ。ひとつは温かく、ふたつは暑さを考慮して冷製だった。彼女のいちばん好きなサラダが今日も黒板に書かれていた――ロメインレタスに薄くスライスした赤タマネギ、さつまいもの小さな角切り、リンゴ、カラメルをかけたクルミを加え、ドライトマトのヴィネグレットドレッシングをかけたものだ。ラッキーのおなかが期待にぐうっと鳴った。

ジャックは彼女の心を読んだにちがいなかった。近づいてきてこうたずねたのだ。

「今日は何か食べたのかい？」

ラッキーは答える前に少し考えねばならなかった。「今朝トーストだけ、たぶん」

「それなのに、わしの世話を焼こうとしているのか！　カウンターにすわりなさい。そこに書いてあるサラダを持ってきてあげるよ」

ジェニーが休憩を終えてキャッシュレジスターを担当し、ジャックはラッキーのためにサラダをこしらえてくれた。彼はカウンターのラッキーにうやうやしくサラダを出すと、別のCDをプレイヤーに入れた。神経を休めてくれる音楽だった。シンセサイザーのニューエイジ・ミュージック。ラッキーはサラダを夢中で食べはじめた。ジャックがキャッシュレジスターのわきに戻ると、ジェニーがラッキーの隣のスツールに滑りこんできた。

「明日、捜索隊に参加するつもりなんです。ジャックが戻ってきたらすぐに。何かわかりました？」

ラッキーは首を振った。「チャーリーのことはちゃんと世話をしているわ。チラシはあちこちに貼ったし、ウェブにも投稿した。ニュースメディアもとりあげてくれている。ソフィーとわたしは明日の朝早く車で出かけるわ。あらゆる通り、道路、未舗装の小道や脇道を走ってエリザベスの車を探すつもりなの。他にはやることが思いつかなくて」

「そのとおりですね。でも、落ち着いてください。ハリーにあんなことがあった後だし、みんなピリピリしていて。ネイトが早く犯人をつかまえてくれるといいんだけど」

ジェニーは慰めるようにラッキーの肩に手を置くと、スツールから立ち上がった。ジェニーは、次の混雑が始まる前にすべてがきちんとセットされているかどうか各テーブルを回って確認していた。

ラッキーは自分の皿をとりあげて厨房に運んでいき、ゆすいで食洗機に入れた。ハッチからのぞくと鮮やかなストロベリーブロンドが目に入り、うめいた――ロウィーナだ。

「ハイ、ラッキー！」ロウィーナは開口部から手を振った。「ハイ、ジャック」挨拶してカウンターのスツールにすわった。

ラッキーはカウンターに戻っていった。「何にしましょうか、ロウィーナ？」数日前にリハーサルでばったり会ったとき、ロウィーナは打ちのめされ今にも泣きそうだった。今日はすっかり立ち直ったらしく、エネルギーにあふれていた。

「冷たいチェリースープ、クリーム添えっていう新しいメニューがあるって聞いたんだけど。それ、おいしい？」

「最高よ。用意するわね」ラッキーがハッチに注文票を留めると、すぐにセージは用意してくれた。

彼女はボウルをロウィーナのところに運んでいった。「飲み物は？」

「アイスコーヒーをお願い。ありがとう、ラッキー」

ラッキーはトールグラスを置き、小さなクリームのピッチャーをプレースマットのわきに添えると、背中を向けかけた。ベルがまた鳴った。ガイ・ベセットが入ってきた。彼は水に潜った鴨さながら、まっすぐカウンターに向かってくる。その目はロウィーナしか見ていなかった。

ロウィーナはカウンター越しに体をのりだした。「ラッキー、あの開発業者にさんざんな目にあわされたのは知ってるでしょ。でもね……」ロウィーナはあとの言葉をのみこんだ。

ラッキーはロウィーナがどんな話を持ち出すつもりかいやな予感がしたので、黙っていた。

「ハリーの死体を発見したときのことについて、ジャックに話を聞けるんじゃないかと思いついたの。これぞまさに犯罪報道よ」

「ハイ、ロウィーナ。元気かい？」ロウィーナは振り向いてガイを見つめた。まるでスープの中に虫を見つけたみたいに。「ああ、ハイ」そっけなく応じた。

ロウィーナのガイに対するその態度に、ラッキーは顔をしかめそうになるのをこらえた。

「どうぞ自分でジャックにたずねてみて。そこにいるから」

ガイは二人のやりとりに耳を澄ませながら黙りこんでいたが、必死に勇気をかき集めると、ついに口を開いた。「ロウィーナ、よかったらぼくたち……あの……そのうち夜にいっしょに出かけないか？」

ロウィーナは冷たい目で彼を長いあいだ見つめていた。「出かける？」

「ああ……うん、ほら、食事をするとか、どこかに遊びに行くとか」

ロウィーナは無表情に彼を眺めると言った。「その気はないわ、ガイ」

「そうか」ガイの表情は暗くなった。顔を真っ赤にして、カウンターを見下ろした。ラッキーはそのやりとりをずっと見ていたが、ガイの屈辱を感じていたたまれなくなった。

ロウィーナはラッキーに向き直った。「ジャックと話をしてもかまわない？

「わたしはかまわない。彼が取材に応じてくれるとはわたしの口からは言えないけど、たずねてみたらいかが？」

ジャックはその会話の断片が耳に入るぐらいそばにいたが、無視していた。ロウィーナはスープを飲み終わると、キャッシュレジスターにつかつかと近づいていった。ランチ代を払いながら、ロウィーナは切りだした。

「ジャック、あなたにインタビューさせてもらえませんか?」

ジャックは驚いたふりをした。「わし? どうしてわしにインタビューしたいんだね?」

ラッキーは顔をそむけた。にやにやしているのをロウィーナに見られたくなかった。

「記事を書きたいんです——あなたが死体を発見した顚末《てんまつ》について人間的興味をそそる記事を」

「ロウィーナ、よくそんなことを頼めるね? あれはわしにとって、とうてい口にできないできごとなんだ。おまけに、ネイトにあそこで見たことは何もしゃべるなと釘を刺されている」

「なんですって?」ロウィーナの声が数デシベル高くなった。

「言ったとおりだよ。何もしゃべるなと警告されているんだ」ジャックは何食わぬ顔で答えた。

ラッキーはアイスコーヒーをガイに注いでやり、顔を近づけた。

「あまりがっかりしないほうがいいわよ、ガイ」ラッキーが言いたくても言えなかったのは、ロウィーナは自己中心的な女だからあなたは嘆くことなど何もないのよ、ということだった。

「勇気を出して誘ってみようと長いこと思ってたんだ。少しはおれのことを認めてくれるかもって期待してた。けど、まったくチャンスはないみたいだな」

「ふさわしいお相手が現れたら、その女性はあなたを認めてくれるわよ」

「そうかなあ」ガイは不安そうに言った。「ねえ、ラッキー、ちょっと話を聞いてもらえる?」

「もちろん」ラッキーはカウンターにプレースマットの山を積むと、さらにガイのそばに寄った。

「ハリーが亡くなった夜だけど……」ガイは大きく息をついた。「ノーマン・ランクが電話してきて、その夜遅くに車をとりに行きたいって言ってきたんだ。ハリーはランクが来るのを残って待っているって言った。だからランクがハリーが生きているのを最後に見た人間にちがいない」

「わたしが行ったとき、お店には二台の車が停まっていたわ。ジャックのすぐあとに行ったの。一台はジャックの車だった。もう一台がランクのものだと言うの? もしかしたらランクはお店に寄らなかったのかもしれない。そのこと、ネイトに話したわよね?」

「うん。でもやっぱり気になって。ランクがハリーを殺したとネイトに思ってほしくないんだ。それにネイトに話したことで、ランクに恨まれたくないし」

「そんなことをあれこれ心配しないで。ランクの車だってことはすぐにわかるでしょう。それに、たぶんネイトはもうランクに話を聞いていると思うわ」

「もうひとつあるんだ」ガイは顔を近づけてささやいた。「今朝リンカーン・フォールズの弁護士から電話をもらったんだよ。彼が言うには……」ガイは必死に言葉を探そうとしていた。「ハリーが遺言書を作っていたというんだ」ガイは言葉を切って振り返り、誰にも会話が聞かれていないかを確認した。ラッキーに向き直って声をひそめた。「ハリーはすべてをおれに遺してくれたんだよ」その知らせに興奮するどころか怯えているように見えた。

「本当に！　まあ、ガイ、すてきじゃないの。あなたをとても高く評価していたから、そうしたにちがいないわ」

「おれ、信じられなくて。どうしてもわからないんだ。どうしてそんなことをしたんだろう？　つまり遺言書を作ったってことだけど。彼はそんなに年をとっていなかった。家、商売、お金までおれに遺してくれたんだよ……」ガイは信じられないというように首を振った。

「だけど、実を言うと心配でたまらなくなった」

「心配？　なぜ？」

「ハリーの殺人事件におれが関わっていると思われるんじゃないかってさ。そのことがものすごく怖くて」

ラッキーはため息をついた。「ガイ、どうか心配しないで。あなたを知っている誰もが、ハリーのためにどんなに一生懸命仕事をしていたか、ハリーがあなたをどんなに気に入っていたかを知っている。それに、そもそもハリーが財産を遺せる人が他にいる？　彼は親戚も子どももいなかった。それにあなた以外に商売を続けられる人なんていないでしょう？」

「ラッキー、きみだけに打ち明けたんだ。誰に相談したらいいかわからなくて」

ラッキーは驚いた。ガイはとても内気で無口だったが、ラッキーの意見を尊重していて、他に誰も相談相手がいないということが意外だった。ラッキーは声をひそめた。

「ねえ聞いて――わたしのアドバイスがほしいなら、このことはしばらく内緒にしておいたほうがいいわ。わたしに話したことは誰にも言わないで。ネイト以外には。ネイトには話してもかまわない。そのうち弁護士が遺産相続の手続きを終えたら、みんなの知るところになるでしょう。だけど、その頃には、きっとネイトがハリーにあんなことをした犯人をつきとめているはずよ。しばらくこの件では黙っていること。そして、村の噂話には巻きこまれないようにね。ハリーはあなたに遺産を相続してもらいたがっていたし、あなたはそれにふさわしい人よ」

ガイは震えながらうなずいた。「そう思う?」

「ええ、そう思うわ。いちばん賢いのは騒ぎが一件落着するまでしっかり口を閉じていることよ。そのあとは、うらやんだ人々が何を噂しようと関係ないわ」

「うん、わかった」ガイは不安そうに息を吸いこんだ。「ありがとう、ラッキー。すごく気分がよくなったよ。いいアドバイスだ」

ラッキーはためらったが、結局自分を抑えられなかった。「それからガイ……とにかく絶対に……ロウィーナに言ってはだめよ」彼女はじっとガイを見つめた。

「ええっ！」ガイは一瞬あわてたようだった。「どうして？」

ラッキーはどうやってガイにロウィーナは利己的なナルシストだと伝えようかと考えたが、いい言葉が思い浮かばなかった。そこで、こう答えた。

「彼女は《ガゼット》で働いているから、それについて書きたがるでしょう。そうしたら、町じゅうに知られてしまう。黙っているのがいちばん賢明よ」

ガイはスツールの上で少し体を回してロウィーナの方をうかがった。今はキャッシュレジスターのカウンターに身をのりだしている。ガイの目の前のベールが少しははぎとられたのだといいけど、とラッキーは思った。ガイは視線を戻すと、うなずいた。「わかった。ひとことも言わないよ」

「わたしを信頼して――それがいちばん利口なやり方よ」

ロウィーナはジャックにインタビューを引き受けさせることに夢中になっていたので、カウンターでのガイのひそひそ声の会話はまったく耳に入らなかった。不当な理由でロウィーナが急にガイに関心を持ったらと思うと、ラッキーはぞっとした。

ロウィーナの声がさらに高くなったが、ジャックは譲らなかった。

「そんなの馬鹿げてるわ。ネイトはあなたにそんなことを命令できないわよ」

「残念だができるんだ、ロウィーナ。彼は警察署長だし、わしは彼と険悪な関係になりたくないんでね」

「わかりました」ロウィーナは答えた。「好きにすればいいわ」

ロウィーナは大きく息を吐くと、ドアに向かって大股に歩いて行った。ちょうどホレス・ウィンソープが外側でドアに手を伸ばした。ホレスは大柄だったが、ロウィーナが飛びだしてきたせいでバランスを失いかけた。不機嫌な顔つきでロウィーナは歩き去った。ラッキーは笑いだしたが、はっと笑いをひっこめた。ホレスが自分のことを笑っていると誤解するかもしれないと気づいたのだ。ホレスは暑さに額の汗をぬぐいながら、〈スプーンフル〉に入ってきた。

「こんにちは、みなさん」彼が言いながらカウンターに近づいていくと、ジャック、ハンク、バリーが声を揃えて挨拶を返した。

「何になさいますか、ホレス？」

「冷たいものがいいな。ここに来るあいだ搾りたてのレモネードのことをずっと考えていたんだが」

「ご用意します」ラッキーは答えた。「お食事はどうしますか？」

「ブラウンブレッドのクリームチーズとクレソンのサンドウィッチの小さなやつを。おいしそうだ」

「すぐお持ちしますね」

ホレスはスツールを回してグループの面々を見た。「まずいときに来てしまったかな？」

「いや全然」ハンクが答え、頭をかしげて鼻眼鏡越しにホレスを見つめた。「ちょうどハリーのことを話していたんだ」

ホレスは悲しげにうなずいた。「まったくね。ネイトは何か手がかりをつかんだのかな？」

バリーは肩をすくめた。「それについては知らないが、事件はデモの前の晩に起きたにちがいない。店を閉めたあとで」バリーはカウンターの反対側で飲み物にかがみこんでいるガイの方を見た。彼はガイに呼びかけた。「ガイ、あんたはたぶん最後にハリーを見た人間だろう――犯人を別にしたら。事件のことで何か思い当たることはないのかい？」

ガイは神経質に唾をのみこみ、喉仏が上下した。「いえ。まったくわかりません。すみません」ガイはスツールから飛び下りると急いでドアに向かった。

バリーは店内を見回した。「おれ、何か言ったかな？　猫みたいにびくついていたぞ」

ラッキーはああいうアドバイスをしておいてよかったのだと気づいた。ガイが神経質になっているのも無理はない。

ホレスがテーブルに移動してハンクとバリーといっしょにすわった。「みんなに謝らなくちゃならない」彼はラッキーの方も振り向いて言った。

「何についてだ、ホレス？」ハンクがたずねた。

「不注意だったよ、公の場であんなことをほのめかして……いや、はっきり言ってしまったんだ。今回見つかった遺骨の青年が裏切り者だったかもしれないって。コーデリア・ランクにクーパーという名前の祖先がいることを知らなかったので、厄介な問題を引き起こしてしまったよ。ごくありふれた名前だったし、われわれの発見に興奮していたものだから」

「ああ、それなら心配いらないさ。知るはずなかったんだから」バリーが答えた。「コーデリア・クーパー・ランク――いい気味だよ、あのお高くとまった嫌みな女。村の誰彼かまわず、自分は〈アメリカ革命の娘たち〉の一員だって吹聴していばっている。くだらない。スノーフレークの住人たちの半数は祖先が二百年前にここにいたことを知らないのかね。うんざりする女だ」

ラッキーはホレスの注文をハッチから受けとり、彼がスツールに戻ってきたのでカウンターに置いた。

「ラッキー、われわれが発見した人工物に興味があるなら、ぜひとも見せてあげたいな」

「まだ持っているんですか？」

ホレスはカウンター越しに身をのりだしてささやいた。「数日だけだ。わたしが研究のために写真を撮れるように、大学が貸してくれると言ってくれたんだ」

「まあ、すてきですね」ラッキーはやさしく微笑んだ。ホレスは新しいおもちゃを手にした大きな男の子のようだった。

「わたしの家に寄ってくれれば見せてあげられるが？」

「ぜひ。火薬入れを実際に見てみたいです」

「実にすばらしいものだよ——彫刻は船乗りたちが何世紀ものあいだやっていた慰み細工にそっくりなんだ。しかし、鉛の弾のほうがもっと興味深いよ」

「たしか、コーデリアの逆鱗《げきりん》に触れたものですね。全部は聞いていなかったんです。片づけに駆け回っていて忙しかったので」

「いいかい、弾丸についているのはライフルの線条痕だとわかっている。ただし、この気の毒な青年がまちがいなく別の植民地の人間に撃たれたかどうかはわからない。その銃はイギリス兵以外の誰かが所有していたということでしかないんだ。イギリス兵の銃から発砲されたのではないことは確かだからね。植民地の人間は当初ライフルを使っていたが、やがて拳銃の銃身にも溝をつけるようになった。そうした拳銃なら鉛の弾にもああいう溝を刻んだだろう。ただ、拳銃はあまり狙いが正確じゃなかった。もともとライフルはより狙いをつけやすいようにドイツ人によって発明されたと考えられている。しかし、植民地の人々によって改良され、広く使われるようになった。まっすぐ撃つにはライフルのほうがはるかにすぐれた銃だった。とりわけ狩りで遠い距離から撃つ場合はね」

「それは知りませんでした」ラッキーは肘をつき、すっかり引きこまれて熱心に耳を傾けていた。「コーデリアがあんなに動揺したのも無理はないわ」

「彼女は絶対にわたしを許してくれないだろう」

「ホレス、そんなことで頭を悩ませないでください。彼女はだいたいにおいて鼻持ちならない人なんですから」

「〈アメリカ革命の娘たち〉の一員としての地位は彼女にとってきわめて大切なようだね」

ラッキーは首を振り、ホレスのレモネードにお代わりを注いだ。

「DARじゃなかったら、きっと別のものを自慢しましたよ――女子青年連盟とか銀行口座の残高とか。あなたのご提案どおり、今夜うかがわせていただきますね」

ホレスは笑みを浮かべた。「それはうれしいな。ではまたそのときに」

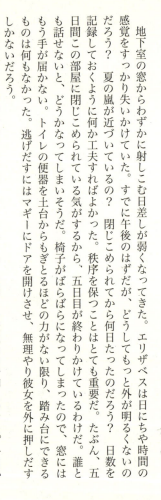

23

地下室の窓からわずかに射しこむ日差しが弱くなってきた。エリザベスは日にちや時間の感覚をすっかり失いかけていた。すでに午後のはずだが、どうしてもっと外が明るくないのだろう？　夏の嵐が近づいているの？　閉じこめられてから何日たったのだろう？　日数を記録しておくように何か工夫すればよかった。秩序を保つことはとても重要だ。たぶん、五日間この部屋に閉じこめられている気がするから、五日目が終わりかけているわけだ。誰とも話せないと、どうかなってしまいそうだ。椅子がばらばらになってしまったので、窓にはもう手が届かない。トイレの便器を土台からもぎとるほどの力がない限り、踏み台にできるものは何もなかった。逃げだすにはマギーにドアを開けさせ、無理やり彼女を外に押しだすしかないだろう。

寝袋に横たわり、不安のあまりわめきたいという気持ちを意志の力で抑えつけた。一日かそこら食べ物に手をつけなかったら、マギーは心配してドアを開けて部屋に入ってくるかもしれない。一度、汚れた皿をドアの下の開口部に戻さず、マギーが皿を回収するためにドアを開けるかどうか試したことがあった。マギーはただ新しい野菜の皿をドアの下に置いただけだった。しかし意識を失ったか死んだかしたみたいに、床にずっと倒れていることができたら？　いい考えかもしれない。食べ物なしでそれを続けられるかどうかが問題だが。考えつくことができた策略はそれだけだった。それが成功すれば、マギーを押しのけて逃げることができるだろう。

頭上で重い足音が聞こえた。マギーではないはずだ。何かを壊すのではないかと恐れているように、マギーはもっと静かにそっと歩く。エリザベスは薄れゆく光の中でじっと横になっていた。暗闇のせいで聴力が研ぎ澄まされたのかしら？　別の人間が家の中にいるにちがいない。誰かがマギーといっしょにいる。低くてもっと太い声。マギーの返事は聞こえなかったが、上で会話がかわされているようだ。マギーが恐れている相手が本当にいるのかどうかはどうでもよかった。逃げださなくてはならない。助けを求めなくてはならない。

エリザベスはどうにか立ち上がった。じっとしていたせいで体がこわばっている。靴をつかむと、トイレに走っていった。力まかせに、天井まで延びている配管に靴を打ちつけると、金属的な音が壁を伝わって反響した。助けてと叫んだ。上に誰かがいるなら、これを聞きつけて何事かと地下室に下りてくるかもしれない。叫びながら一時間ほどたたき続けたが、とうとう疲れ果て、手を休めて息を整えた。

上は完全に静まり返っている。あれはただの想像だったの？　マギーはずっと一人きりだった？　ただのラジオの音？　エリザベスは靴を手からとり落とすと膝を抱えてすわりこみ、すすり泣きはじめた。

ラッキーは何かの奇跡でエリザベスの車が私道に停まっていないかと祈りながら、彼女の家の前に車を停めた。夕暮れが近づいてきて、空はピンクと紫に染まっている。客間の照明が早くも点灯しているのは、タイマーが設置してあるからだ。それ以外にはまったく変化はなかった。私道には車はなく、ガレージにもないことはわかっていた。チャーリーは一日じゅうひとりぼっちだった。昼間ほとんど面倒を見てあげられなかったことがうしろめたかったが、今夜はブラッシングしたり遊んだりしてあげてから、ホレスの家に行くつもりだった。隣の家の窓でカーテンが揺れ、女性がいぶかしげに顔をのぞかせた。ラッキーはエリザベスの隣人に警戒されたくなかったので、挨拶代わりに片手を上げた。女性も手を振り返して窓を上げた。エリザベスのダイニングとそっくりな部屋に、アンティークの食器戸棚とコロニアル様式の真鍮のシャンデリアが見えた。隣人は体をのりだした。

「こんにちは。エリザベスのことで何かわかりました？　あなたはラッキーでしょ？　エリザベスからしょっちゅう話を聞かされているわ」

ラッキーは私道を横切って窓に近づいていった。「ええ、そうです。残念ながら、何もわからないんです。ちょっとチャーリーの相手をしようと思って寄っただけで。あなたはエニドですね？」

「ええ、そうよ」

「エリザベスからよくうかがっています。お会いできてうれしいです」

「こちらこそ。ただ、こんな状況じゃなかったらもっとよかったのにね。きのう、今日と警察が来たし、あなたのお友だちだという女性もやってきた――黒髪のかわいい人。全員にエリザベスを見かけなかったか、おかしなものを見なかったかと訊かれたわ」

「それはソフィーです。で、どうでしたか？　何か見ませんでした？」

エニドは首を振った。「いいえ。何か見ていれば、手がかりになるのに残念だわ。私道からバックで出ていくところは見たけど。それが八月十一日の朝。警察には話したわ。車に乗っていたのは彼女だけだった。キッチンとダイニングの窓から私道がはっきり見えるの。だけど、それ以外はいつもと変わらない一日だった。何かもっとわたしにできることがあるといいんですけど」

ラッキーはうなずいた。「みんな同じように感じています」

「本当にぞっとするわ。だって、まず気の毒なハリー・ホッジズのことがあったでしょ。今度はこれですもの。よりによってエリザベスが！　この通りの人々は口々にそう言っているわ」

「何か思いついたことがあったら、何でもけっこうですのでネイト・エジャートンに連絡してください。さもなければ〈スプーンフル〉のわたしに」

「そうするわね。昔とちがって足が弱ってきたけど、明日出発する捜索隊に志願するつもりなの。これ以上歩けなくなるまで歩いて、あとは彼女を見つけるまで電話番か何かお役に立てることをするつもりよ」

「それはありがたいです。ともかくできることをするしかありませんよね」

エニドはさよならと手を振ってダイニングの窓を閉めた。ラッキーは重い足どりで私道を歩いていき、ガレージのドアを開けた。今日はこれで二度目だ。戸棚の奥のフックから鍵をとり、キッチンから中に入ると、流し台の上の小さな常夜灯が足下を照らしていた。手を伸ばして頭上の照明をつける。

チャーリーがニャオーンと鳴きながら、鈴をチリンチリン鳴らして出迎えに走ってきた。低く大きく喉を鳴らしながら、頭をラッキーの脚に何度もすりつけてくる。バッグを置いて抱き上げ、やさしい声であやしながらおなかをなでた。チャーリーがもがいて腕から出ようとしたので、そっと床におろしてやった。

「寂しかったでしょ。ごめんね、チャーリー。食べ物をあげるわね」

ラッキーはきれいな皿にたっぷりキャットフードを盛りつけ、別のボウルにドライフードも少し足すと、水をくんだ。

猫トイレを掃除してから、キッチンの引き出しをあちこち開けてブラシを見つけだした。キッチンの椅子にすわると、チャーリーを膝にのせてブラッシングしてやった。チャーリーは喉をゴロゴロ鳴らしながら、体の向きを次々に変えて心ゆくまでブラッシングを堪能した。それからラッキーの膝から飛びおりると、キッチンの床にごろんと仰向けにころがって白いおなかを丸出しにした。でもラッキーがおなかにブラシをかけようとすると、チャーリーは両方の前足でブラシをがしっとつかみ、それを邪魔するのだった。

彼女は声をあげて笑った。「チャーリー。そんなことしたらブラッシングできないわよ」

ラジオからはまだ静かな音楽が流れていた。猫ドアを開けてやろうかと考えたが、思い直した。チャーリーを家の中にひとりぼっちで置いておくのはかわいそうだったが、誰も目を配っていないときに家から出したくなかった。チャーリーはもう中年だったし、ほぼ室内飼いの猫だ。家の中にいたほうが安全だろう。

「ごめんね、チャーリー。明日の午後にまた来るわ。そのときにはエリザベスも帰っているかもしれないね。ああ神さま、そうなりますように」

ラッキーは祈った。頭の中でいくつかの可能性を検討していった。道で事故にあったのなら、誰かが通報しているはずだ。エリザベスが乗っていてもいなくても、車は発見されていただろう。事故にあって口をきけない状態かもしれないので、ネイトと警察は州内のすべての病院に問い合わせているにちがいない。ヒッチハイカーを乗せたかもしれないと想像したが、すぐさまその可能性を却下した。オフィスに向かっていたら、村から出ていないはずだ。狭い村でヒッチハイクする人間は誰もいないだろう。何かの用で村の外に出たとしたら、乗せてくれる車を探している人間と遭遇したかもしれないが、エリザベスは常に良識があり用心深かった。見知らぬ人間を道で拾ったりしないだろう。とてもよく知っている相手だったら車を停めたかもしれないが、見知らぬ人間ということはありえない。村を出て、どこかで車が故障した？　道路で誰かに声をかけられて危害を加えられ、車を奪われた？　可能性はいくらでも考えられそうだった。意識を集中していないと頭がどうにかなりそうだ。これが長引けば長引くほど、パニックがふくらんできて打ちのめされそうになる。何かを、何でもいいからしていなくては居ても立ってもいられない。でも、早朝にあちこちの道を探したり、〈スプーンフル〉を抜けられるときに捜索隊に加わったりする以外に何ができるだろう？

ラッキーはゆっくりと一階を歩き回って、問題がないかチェックした。何も変わっていなかった。窓はきっちりロックされている。温度計をちらっと見た。エアコンが弱でかけられていたので、室内は涼しく快適だった。チャーリーはリビングのクッションにボールのように丸くなっている。最近の郵便物が玄関ドアのわきの床に落ちていた。拾い上げてざっと目を通した――電力会社からの請求書、隅に州弁護士会の記章が入った長い白封筒、宣伝のチラシ。エリザベスの居所を示してくれそうなものは何もない。それを廊下のテーブルに放りだしたとき、表面にうっすらとほこりがたまっていることに気づいた。エリザベスはどのぐらい留守にしているだろう？　頭の中で勘定してみた。五日だ。エニドがエリザベスを見かけてから五日たっている。そう、これならわたしにもできる。彼女はキッチンのクロゼットに引き返すと雑巾を見つけてきた。リビング、ダイニング、廊下を歩き回って、すべての表面をふいた。これでエリザベスが家に帰ってきたとき、一時間も留守にしていなかったように見えるだろう。化学モップを見つけてきてあちこちをふいたが、さまざまな場所にころがっているチャーリーの毛ぐらいしかゴミらしいゴミもなかった。

郵便物をわきにはさみ、掃除道具を手に階段を上っていった。几帳面に仕事部屋のデスクとファイルキャビネット、次に寝室の家具をふいた。たんすの上に銀の写真立てに入った写真が飾られている。ラッキーの母親とエリザベスの写真だ。他にも友人たちやラッキー自身とのスナップ写真もあった。二人の女性たちの写真にまじまじと見入った。ショーツ姿で湖の船着き場に腰かけ、垂らした脚を水につけている。エリザベスは太陽に目を細めていたが、マーサ・ジェイミソンはサングラスをかけて満面の笑みを浮かべていた。おそらくラッキーの父がこの写真を撮ったのだろう。一瞬が見事にとらえられている。陽光にあふれた一日を楽しんでいた二人の友人たちのうち一人は亡くなり、もう一人は行方不明になっていた。ラッキーはその写真を頰に押し当て、目を閉じた。二人を呼び戻すことができたらいいのに。ため息をつき、写真をたんすの上に戻した。

仕事部屋に戻り、デスクの椅子にすわった。留守番電話に新しいメッセージは入っていなかった。チャーリーはあとにくっついて階段を上ってきて、彼女が椅子にすわると膝に飛びのってきた。そこで丸くなった。ラッキーは手を伸ばしてそっとチャーリーの耳を引っ張った。彼はそうされるのが好きなのだ。「ごめんね、チャーリー。エリザベスはどこにいるかわからないの。わかったらいいのにねえ」

新しい郵便をデスクに置いてから目を向けた。州弁護士会。州弁護士会がエリザベスに何を知らせてきたのだろう？　封筒をとりあげてじっくりと眺めた。封筒の左上の隅のロゴの下に５７２６３９ＴＨＩＢＥＡという六桁の数字と文字がタイプされていた。ＴＨＩＢＥＡ？　裁判事件を示す記号だろうか？　エリザベスは弁護士ではない。どうしてこういう書簡を受けとるのだろう？　名前の最初だとすると、ティボルト？　好奇心が募ってきた。必要があれば、エリザベスはあとで説明してくれるだろう。でも疑問はラッキーの胸の中で大きくふくらみ、エリザベスのレターオープナーで封筒をきれいに開封した。たたんだ手紙を二度読み返した。ロッド・ティボルトが不当行為で取り調べを受けていた。懲戒委員会が今月の後半に予定されている。エリザベス・ダヴの証言が求められていて、彼女は八月二十五日の懲戒委員会に出席することになっていた。ロッド？　どうして彼は懲戒委員会に召喚されたのだろう？　それにどうしてエリザベスが証人として呼ばれたのだろう？その手紙は答えを与えてくれるよりも、多くの疑問を投げかけてきた。

ラッキーは受話器をとると、警察署に電話した。時間外だったが、二度目の呼出音でネイトが出た。

「ネイト、ラッキーです。エリザベスの家にいます。何かわかりましたか？」

電話の向こうからネイトのため息が聞こえてきた。「いや何も。ラッキー、すまない。彼女も車もまだ見つかっていないんだ。何本か電話があったので州警察が調べている。だが、たぶん何も出てこないだろう。いい知らせは彼女や彼女の車の特徴に一致する病院への搬送や自動車事故の報告がないってことだ」

「それがいい知らせかどうかわかりませんけど。どんなにぞっとする知らせでも、少なくとも彼女の居所がわかるわけだから」

「きみにとってはつらいことだと思うが、どうか冷静でいてほしい。最後には必ず解決すると信じている。われわれはきっと彼女を見つけるよ」ネイトの声は自信がなさそうだとラッキーは思った。警官の彼は悪いことをいやというほど見てきたし、たとえ否定しても、行方不明事件はとても悪い結果に終わることが多いのだ。

「わたし、エリザベスの家にいるんです。チャーリーの世話をしていたら、重要かもしれないことを発見しました」ネイトが電話の向こうで無言で耳を傾けているあいだ、ラッキーは州弁護士会からの手紙の中身について説明した。

「今夜見つけたばかりなんだね？」

「ええ。郵便受けの下の床に。今日配達されたにちがいありません」

「その手紙には担当者とか電話番号が記載されていたかい？」

「案件担当者、サラ・アトキンソンの署名があります。電話番号は……」ラッキーは手紙のいちばん上を見て、電話番号をネイトに伝えた。

「明日の朝いちばんにその女性に電話して、ロッドがどういう厄介事に巻きこまれているのか調べてみよう。もっと重要なのは、これがエリザベスとどう関係しているかだ」

「わたしもそれで頭を悩ませていたんです」

「帰るときに、それをデスクに置いていってくれ。明日寄ってもらっていくよ」

「わかりました。チャーリーを外に出さないようにだけ気をつけてください」

「そうするよ」ネイトは応じた。

ラッキーは電話を切ると、次にソフィーの携帯電話にかけた。

「どこにいるの？」

「エリザベスの家。チャーリーの世話をして、ざっと見回っていたところ。ちょっとおもしろいものを発見したので、あとで話すわね。近所の人の話から何かわかった？」

「あまり。二軒先の女性は四、五日前にエリザベスが車で走っていくのを見かけたと思うと言ってたわ。正確な日は覚えていないみたい。朝の八時半ぐらいですって。デモの朝かもしれないけど、はっきりわからないそうよ。エリザベスはオフィスに出勤途中だったのかもしれない」

「私道を歩いていくときに隣の人に会ったの――エニドよ。エリザベスがオフィスに現れなかった日の朝、私道からバックで出ていくのを見たんですって」

「ええ、そうね。彼女とも話したわ。エリザベスは一人だったと確信を持っていた。誰ともいっしょじゃなかったし、車には誰も乗っていなかったそうよ」

「エリザベスはオフィスまでたどり着かなかったのよ、ソフィー。しかもオフィスまでは車で五分もかからない。ここのオフィスのあいだで何かが起きるかな？」

「たぶん、まっすぐオフィスに向かわなかったのよ。用があって回り道したんじゃないかな」

「そのことも考えたけど、そんなに朝早くどこに行くっていうの？」

「食料品を受けとりに市場に行くとか、薬局とか？」

「市場は村の真ん中よ。誰かが見かけているはずだわ。それに〈フラッグ・ドラッグストア〉は九時半まで開かない」

「ねえ、今夜わたしにできることはある？　セージの家にいて、今、足湯につかっているの。捜索隊といっしょに森を歩いてきたんだけど、話し相手がほしければ二人であなたの家に行くわよ」

「いえ、大丈夫よ。これからホレスの家に行くところなの。建設現場で発見したものを見せてくれるんですって。かわいそうなチャーリーの相手をしながら、ちょっとのんびりしていたの」

「わかった。何か必要があれば電話して。チャーリーの面倒もわたしとセージで交代できるわよ。わたしたちが家に入ってもエリザベスは気にしないと思うわ」

「全然気にしないわよ。だってチャーリーの面倒を見てもらうんだもの。チャーリーは彼女の赤ちゃん同様なの」

ラッキーは電話を切ると、しばらく膝の上のチャーリーをなでながらぼうっと椅子にすわっていた。今、エリザベスは家や猫のことを心配するどころではないのかもしれない、という考えを心から追い払った。

24

三十分後、ラッキーは両親の家の私道に車を乗り入れた。現在はホレスの家になっていて、エリザベスの家からはわずか一キロ足らずの距離だ。エンジンを切り、コオロギの鳴き声に耳を澄ませる。道路のどこかで車のエンジンがかかる音がした。ひんやりした湿っぽい夜の空気を吸いこむ。

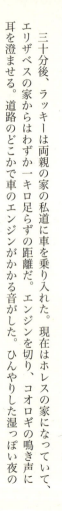

家の中ではいくつかの照明がついていた。訪問の手みやげに持ってきたワインのボトルを手にして、玄関のドアベルを鳴らした。かつてとてもよく知っていた家にお客としてやってくるのは妙な気持ちだった。ここはもはや自分の家ではないのだ。

ホレスはこの家を見たとたん恋に落ちたのだった。かつては納屋だったので、いまだに濃い赤のペンキが塗られている。中央のとんがり屋根と高い窓はもともとの建物の名残で、その両側に建物が延びていた。両親の死後、ラッキーはここに戻って住むことができなかった。ショックがあまりにも大きくて、生々しい記憶に苦しめられたうえ、〈スプーンフル〉が財政的に苦しいのに、ここを維持する余裕はなかった。しかも、ローンを支払わねばならないので売ることもできない。ホレスが村にやってきて長期契約したいと言ったときは、天にも昇る心地だった。家はそこにふさわしい住人を見つけたのだ。

もう一度ベルを鳴らしたが、近づいてくるホレスの足音は聞こえなかった。大きくノックして待った。誰も出てこない。変ね。ホレスは今夜と言っていたし、わたしは行くと答えた。忘れるなんてホレスらしくない。家の横手に回ってみることにした。慎重に暗闇を進んでいき、いくつかの窓からのぞいたがホレスの姿はなかった。暗くなってから森に入ったりはしないはずだ。どんどん裏手に進んでいった。キッチンの隣の予備の部屋がのぞける窓までたどり着いた。ホレスはこの場所を仕事部屋に使っていた。彼女の立っているところからだとデスクは見えなかったが、床じゅうに書類が散らばっている。妙だった。仕事をしているときは異常なほど几帳面で整理整頓にうるさいのに。

ラッキーは窓から離れ、背後を見た。見慣れた森が暗く不気味に広がっている。裏側はキッチンとそのドアの上に照明がついていた。ドアの窓からのぞいた。キッチンには誰もいない。ホレスは家の中にいないにちがいない。ワインのボトルを裏階段におくと、森にいちばん近い芝生のへりまで歩いていった。ホレスの名前を呼ぶと、声は暖かい夜気に運ばれていった。それから木立の中をのぞきこんだ。目の錯覚かもしれないが、森の奥できらっと光るものが見えた。何か胸騒ぎがした。

ホレスの名前をもう一度呼びながら木々のあいだに足を踏み入れ、光っているものの方へ森の中を進んでいった。サンダルの下で小枝や枯れ葉がバリバリと砕ける。木の根に足がひっかかり、もう少しでつまずきそうになった。よく知っている小さな林間地まで来ると、光の正体がわかった。懐中電灯が地面にころがっていて、光が木の幹を照らしている。それを拾い上げ、物陰に誰かが潜んでいるのではないかと胸をドキドキさせながら、ゆっくりと暗い空間を照らしていった。空にはごく細い三日月がかかっている。木々のあいだは真っ暗だった。ふいに一人きりだということに気づき、ラッキーは身震いした。遠くでフクロウがホーホーと鳴き、下生えの中を小動物が走り抜けていく。さっと振り向いて物音の方に懐中電灯を向けた。場違いなものに目が留まった。少し近づいてみる。布だ。黒っぽい布。それにもっと明るい色合いのもの。懐中電灯を向ける。チェックの布地——シャツだ。ホレスのシャツ。彼は松の大木の陰で枯れ葉と松葉の上に大の字に倒れていた。心臓が喉元までせりあがり、血だまりに倒れていたハリー・ホッジズの姿が脳裏をよぎった。

ラッキーはひざまずいて片手で首に触れた。肌は温かかった。そっと彼の肩を揺すった。

「ホレス」

彼はうめいて目をパチパチしながら開いた。

「ホレス、何があったの?」

「わたしは……」横向きになろうとして痛みに顔をゆがめた。ラッキーは懐中電灯を置くと、ゆっくりと彼の体を起こしてすわらせた。

「わからないんだ。誰かが呼んでいたので……」頭に触れて、痛みにまた顔をゆがめた。

「どうしたのかと見に行ったんだよ」

「家に戻りましょう。立ち上がれる?」

「たぶん」ホレスはどうにか立つと、木の幹で体を支えた。

ラッキーは彼の腕をとり、懐中電灯で小道を照らしながら歩きはじめた。家に着くと、ラッキーは階段に置きっぱなしだったワインのボトルをとりあげ、ホレスを家に入れてキッチンの椅子にすわらせた。「傷はどうですか？」

ホレスは片手を頭の後ろにあてがった。

「痛みます？」

彼はうなずいた。「ああ。ちょっと」

「ころんで頭をぶつけたんですか？」

「そうにちがいない。木の根につまずいて宙を飛んだんだ」

「ホレス、夜に森に行こうと思ったのは何かわけでもあったんですか？」彼女はやさしくたずねた。

ホレスはわななきながら息を吸いこんだ。「誰かが呼んでいるのが聞こえたんだよ。かすかだったが、女性の声みたいだった。今となるとあいまいだが、こう聞こえた。『助けて、助けて』」ホレスは顔を上げた。「ラッキー、空耳じゃないよ」

「水夫を歌声で誘うセイレーンみたい」ラッキーは身震いした。「ええ、空耳だとは思わないわ。最近とても妙なことが次々に起きていますから。だけどやっぱり何か必要だったり心配なことがあったら、わたしかジャックに電話してほしいんです。すぐに助けに飛んできますから」

「そのとおりだ。馬鹿だったよ。だが、誰かが困ったことになっているんだと思ったんだ」

ラッキーはうなずいた。「ハリーにああいうことがあったし、このことはネイトに通報したほうがいいと思います」

「ああ」ホレスはうめいた。「ネイトに面倒をかけたくないんだ。それでなくても仕事を山ほど抱えているし」

「ホレス、聞いてください。これがハリーの殺人事件と関係していたらどうします？」

ホレスは目を丸くした。ようやく彼女の言わんとすることを理解しはじめたようだった。

「言いたいことはわかったよ。いいだろう。そう言うなら、ネイトに明日電話するよ——朝いちばんに」

「今すぐ電話しましょう。そうしなかったら、すぐに電話しなかったことでお説教をされますよ」

ホレスはため息をついてのろのろとうなずいた。「きみの言うとおりかもしれないな」

ラッキーはキッチンの壁の電話をとり、ネイトの携帯電話にかけた。最初の呼出音でネイトは出てきた。彼女はホレスの状態についてきぱきと説明した。

「よく連絡してくれた。二十分でそっちに行く」ネイトは答えると電話を切った。ネイトの背後で奥さんのスザンナ・エジャートンがどういう電話かとたずねているのが聞こえた。村の人間はみなそうだろうが、スザンナもピリピリしているにちがいなかった。

「ここで一人にならないほうがいいと思います、ホレス。こういうことがあったあとだし。

かまわなければ、今夜ここに泊まっていきます。ソファで寝られますから。あなたがジャックのところに泊まってもいいですね。祖父は全然気にしないと思います。それどころか、話し相手ができて喜ぶわ」

「いや、おじいさんまでひっぱりだす必要はないよ。わたしは大丈夫だ。きみが泊まっていってくれるのはうれしいが、わたしを気遣う必要はないからね。たぶん、森にいた子どものただのいたずらだよ」

「そうだといいんですけど」ラッキーはその説明は単純すぎると思った。この家は村から一・五キロ以上離れている。両親の家で暮らしていたとき、車の運転を許されるまで、十代の若者たちがたむろする場所からずいぶん離れているので不満だった。今、ホレスはここでひとりぼっちで暮らしているのだ。「犬を飼ったほうがいいかもしれませんね」

「わたしが？　犬？」

「そうです。どうですか？　とてもいい相棒になるし、誰かがうろついていたら犬は警告してくれますよ。じっとしていて。頭の傷を見てみますから」ラッキーは慎重にホレスの頭を調べたが、血は見当たらなかった。皮膚は切れていなかったが、後頭部に大きな卵のようなこぶができかけている。「上を見られますか？　瞳孔を調べてみたいんです」片手に懐中電灯を持ち、光をホレスの目に当てた。最初に右、次に左に。「まばたきしないようにしてみて」ホレスはおとなしく従った。「大丈夫、瞳孔は正常です。でも、わたしの看護技術はそれぐらいだし、脳しんとうを起こしているかもしれない。明日、イライアスに診てもらってくださいね」

彼女は引き出しに布巾を見つけて冷たい水で濡らした。それから角氷をトレイからとりだして布巾でくるみ、その包みを古い陶器の流しに氷が砕けるまでぶち当てた。

「さあ、これを頭の後ろにあてがっていて。楽になりますよ。それからワインを注ぎましょう」ラッキーはワインのコルクを抜き、自分に少量を、ホレスにはもう少したくさん注いだ。

「ありがとう、本当に。きみが見つけてくれなかったら……」彼は言葉をのみこんだ。

「たぶん意識を取り戻して、帰り道も見つけられたでしょうね。でも、たまたま来て本当によかったわ。歩けるようになったら、家の中を点検したほうがいいと思います。窓からのぞいたら、仕事部屋を誰かがひっかき回したみたいだから」

「え？　まさか。わたしの仕事が」ホレスはあわてて立ち上がり、少しよろめいた。椅子の背をつかんで体を支えた。ラッキーの心配そうな表情を見て、ホレスは無理やり笑みをこしらえた。「大丈夫だ。本当に平気だよ」

「あなたをこの家から遠ざけるのが目的だったんじゃないかと思います」

「なんてことだ。それは考えつかなかった。だけどなぜ？　貴重品は何も持っていないし、家にはわずかな現金を置いているだけだ。どうして標的になるのかわけがわからないよ」

ホレスは少しぎこちない足取りで仕事場に向かった。ラッキーは彼がバランスをくずさないように用心深く見守りながらあとに続いた。

「なんてことだ！」乱雑な室内を見てホレスは叫んだ。「どうしてこんな真似を？」床の書類を拾いかけてふらついた。

ラッキーは彼の腕をとり、肘掛け椅子に連れていった。「ここにすわっていてください。頭に氷を当てていて。ずきずきするはずですよ」

ホレスはラッキーの指示に従い、彼女が部屋を動き回り、本と書類を拾い上げ、きちんとデスクに積むのを見ていた。デスクの引き出しのひとつがわずかに開いている。

「ホレス、ここには何を入れているんですか？」

「ああ、何も。いくつかの用具だけだ。ただ……」ホレスの顔が蒼白になった。立ち上がるとあわててデスクに歩み寄った。彼はデスクの左側の深い引き出しを開け、ボール紙の箱をとりだした。蓋を開け、安堵の吐息をついた。「よかった、無事だった」

ラッキーは肩越しにのぞきこんだ。ホレスはとても慎重に中の布の包みをとりだした。中身をそっとデスクの上に置き、布を開いて火薬入れをとりだした。遺骨のかたわらで発見されたものだ。「これを見てごらん。すばらしいだろう？　少し傷がついているが、美しくなめらかな艶が見てとれる。大学でとてもていねいに汚れを落としたんだ。ほらね？　ここにナサニエルの名前と一族の家が彫られている」ホレスは火薬入れから指を浮かせて宙で模様をなぞった。「長さはおよそ二十八センチ、根元の円周は八センチに満たないだろう。たぶん三百四十グラムぐらいの火薬が入れられたはずだ。ここにナサニエルの祈りが刻まれている――〝この火薬入れがわが家を守ってくれますように〟」

「とても悲しいですね、こういう兵士たちが若くして亡くなったと思うと」

「悲しいのは、何も変わっていないということだよ。若い男女は今でも命を落としている。われわれの惑星では平和を保つことができないようだな」ホレスはデスクの椅子に物憂げにすわった。「だが……」彼は大きな笑みを浮かべた。「ここに非常におもしろいものがあるんだ――コーデリア・ランクをとても怒らせたものだ」

ホレスは中央の引き出しを開けて、小箱をとりだした。宝石をしまっておくような繊細なベルベットの箱だ。彼はそれを火薬入れの隣に置き、ラッキーを見上げた。

「これを見てごらん」そっと蓋を開けた。

ラッキーはホレスのひきつった顔を見た。

鉛の弾はなくなっていた。

25

ラッキーは腰のあたりの振動で目が覚めた。スカートのポケットで電話が震えていた。一瞬どこにいるのか思い出せなかったが、そのとたんゆうべのできごとがどっと甦ってきた。両親の家。ホレスを襲った人間がまた戻ってくるかもしれないと不安で、彼を一人で置いて帰りたくなくて泊まったのだ。服を着たまま、毛布にくるまってソファでぐっすり眠った。そもそも疲れていたし、ワインをグラスに一杯飲んだせいですぐに眠りに落ちた。寝室のドアを閉じていてもホレスのいびきが聞こえてきた。かたや外ではおしゃべりな鳥たちが近くのカエデの木で耳障りな声で鳴いている。

彼女は手を伸ばしてポケットから携帯電話をとりだした。ソフィーだ。寝過ごしてしまった。

「どこにいるの?」

「ソフィー! ごめんなさい。目覚ましをかけるつもりだったんだけど。両親の家――ホレスの家にいるの。会ったときに説明するわ。十五分でそっちに行く」

「じゃ、急いで。今日はコーヒーを持ってきたわ」

ラッキーは電話を切ると眠い目をこすった。毛布をたたんで、きちんとソファに置き、バスルームに行って目が覚めるように顔に水をかける。仕事場にメモ用紙があったのでホレスに手紙を書いた。それをキッチンのテーブルに置くと、バッグを肩からかけ、裏口から出てしっかりと鍵をかけた。

ゆうべ鉛の弾がないことを発見した数分後に、ネイトが到着した。ネイトは何者かがデスクをひっかき回して箱を見つけたら、貴重な宝石かと思って当然箱を開くだろう、そのときに鉛の弾が滑り落ちて、部屋のどこかにころがっていった可能性はある、という意見だった。全員で部屋を隅々まで探したが、何も見つからなかった。ネイトは誰かが家の中にいたが、ラッキーが来たので逃げだしたのだろうと推理した。ラッキーは私道に滑りこんだときにエンジンのかかる音を聞いたのを思い出した。あのとき何者かが現場から逃げだしたのだろうか？　これはたんなる泥棒だろう、とネイトは言った。何者かがわざわざ鉛の弾を狙ったのなら、骨といっしょに見つかった火薬入れと靴の留め金はどうして持っていかなかったのか？　ラッキーはネイトの推理に反論できなかった。彼は正しいのかもしれない。でもあきらかに人がいるとわかっているこの家をわざわざ選ぶだろうか？　それに家に入るためにホレスを森におびきだしたのは誰だったのだろう？　単純な泥棒には思えなかった。家に押し入った人間ははっきりとした目的を持っていたのだ。

ラッキーは車に乗りこむと、村の自分のアパートまでできるだけ飛ばした。ソフィーはラッキーのアパートの外に停めた車の中でヘッドレストに寄りかかり目を閉じて待っていた。

ラッキーが窓をコツコツとたたくと、ソフィーはぱっと目を開け、ドアのロックを開けた。ラッキーは助手席に乗りこんだ。

「どうぞ」ソフィーは温かいサーモスを渡してくれた。

「ありがとう」コーヒーをサーモスのプラスチックの小さな蓋に注ぐと、ゆっくりと飲んだ。

「どうしてホレスの家にいたの？」ソフィーにゆうべのできごとを話した。

「わあ。それは気味が悪いわね」ソフィーは身震いした。

「何者かが彼を家の外に誘いだそうとしたんだと思う。二人以上の犯行よ。一人が彼に呼びかけ、もう一人が家に侵入した」

「そして唯一なくなっていたのがあの銃弾？」

「そうみたい。ネイトはただころがったんじゃないかと考えているけど。とても小さいから。仕事場はわたしが戻ったときめちゃくちゃになっていたの」

「次々におかしなことが起きるわね」

「たしかに。それでゆうべは彼についていたほうがいいと思ったのよ」

「あらまあ、襲われたら、あなたはさぞ頼りになるでしょうね。何キロあるの？　五十二キログらい？」

「どういう意味よ？　わたしは警察を呼べるわ。暖炉の火かき棒だって武器にできる。あんなふうに頭を殴られたあとでホレスを一人にしておくより、ずっと安全よ。それに、いざとなればわたしはタフになれるの」ラッキーは言い返した。

「ああ、タフと言えば、このあいだイライアスにばったり会ってちょっとおしゃべりしたの。どうしてそうなったかわからないけど、彼はあなたの名前——というか正確に言うとニックネームに話題を持っていったのよ」

「それで？」ラッキーは顔をしかめた。

「どうなってるの？」

「まさか言わなかったわよね？」ラッキーは険悪な目つきでソフィーをにらんだ。「言ったの？」

「まっさかあ〜」ソフィーは語尾を伸ばした。「彼はあなたの本名がレティシアだって知っていた。だけど、ニックネームにまつわる話は知らないようだったから、それをわたしの口から教えるのはやめておこうって思った」

「感謝するわ。最近女らしくしようと努力しているのよ、覚えておいてね」

ソフィーは腹を抱えて笑いだした。「そのコーヒー、わたしにもちょうだい」ソフィーが片手を伸ばしたので、ラッキーはプラスチックの蓋を渡した。「ジミー・プラットのことは彼に知られたくないのね」またひとしきり笑った。「話したらいいのに」

イライアスは何カ月も前からずっとニックネームの秘密を聞きだそうとしていた。ラッキーはジャックが名づけてくれたということしか教えていなかった。彼に知られたくなかったのは、ヴァージル・ラッコルスキーというミドル級のチャンピオンでジャックの海軍時代の仲間にちなんでつけられたということだ。ラッキーが癇癪を起こして小学校時代の悪ガキの鼻を殴りつけて折ったとき、両親は衝撃を受けた。だがジャックは心から孫娘を誇りに思った。「その子は当然の報いを受けたんだ」そう言っただけだった。その日から、ジャックはお気に入りのボクサーの愛称にちなんで彼女をラッキーと呼ぶようになった。彼女は祖父にほめられたので、みんなにラッキーと呼ぶように求めた。ジミー・プラットの鼻がとうとうまっすぐ治らなかったのでときどき申し訳ない気持ちになった。ごくたまに二人は村ですれちがったが、ジミーはいつも道の反対側を歩いて、彼女の姿が目に入らないふりをした。まちがいなく彼はラッキーを許していなかった。

「地図を持ってきた？」ラッキーはたずねた。

「ええ。それから、あなたが話題を変えようとしていることは指摘しないでおくわ」ソフィーは座席の後ろに手を伸ばして、村と周辺の道路地図を膝に広げた。「今日は村の西側の道を調べたらどうかと思ったの。ずっとリゾートまで」

「いいわよ。わたしはここを担当するわ」ラッキーはリゾートのすぐ南で曲がっている二車線の道を指さした。「あなたはリゾート周辺のこのあたりを担当したらいいんじゃない？わたしよりもこの地域は詳しいから」

「それがいいわね。三十分ごとに電話で連絡をとりあいましょう」

ラッキーは最後のコーヒーを飲み干した。「この地区は電波が入らないかもしれない。だから連絡がとれなくてもあわてないでね」

「そういうことになったら、わたしは可能な限り長く探し回ってから、午前遅くに〈スプーンフル〉に行ってあなたと合流するわ」

「わたしは八時半まで探してからシャワーを浴びて仕事に行く。セージに電話して、わたしが少し遅れるって伝えてもらえる？　ジャックは今朝、捜索隊に参加しているの」

「じゃ、あとでね」ソフィーはキーを回してエンジンをかけた。

ラッキーは車を降りた。「コーヒーをごちそうさま。あとバケツ一杯ぐらい飲めそうよ」

ソフィーはにっこりして、手を振りUターンして走り去った。

村に入ってくる、あるいは村から出ていく道は数えきれないぐらいあったが、どれも曲がりくねっていて森林によって分断されていた。したがって多くの未舗装道路や消防用道路が山林の中を通っている。エリザベスがどうして幹線道路をはずれて遠回りをしたのかわからなかったが、誰かを救助するために車を停めて襲われたのかもしれない。あるいは今頃彼女の車は何十キロも離れた場所にある可能性もあった。それどころかいくつも先の州に、いやカナダの国境すら越えているかもしれなかった。もっとも盗難車の場合は国境を越えるのはむずかしいだろうが。アメリカ市民がカナダに入るにはパスポートが必要だ。カナダ国境サービス庁は車の登録証と保険証の提示も求めるにちがいなかった。でも、エリザベスの車がまだこの近辺に、スノーフレークの近くにあるなら、たぶんエリザベスもそこにいるだろう。

エンジンをかけ、だいたいソフィーの行った方向に走りだすと、リゾートの南に曲がりこむ道路を選んだ。ゆっくりと走りながら、車が通れそうな小道がないか二車線の両側に目を光らせる。まだとても早い時間だったので、反対方向に走っていく車とたまにすれちがうぐらいだった。それはありがたかった。後方から速い車が接近してきたときにやり過ごす場所がほとんどなかったのだ。

五キロほど走ったときに、未舗装の道を見つけた。かなりの急角度で道から折れていたので、もう少しで見過ごすところだった。念入りに見ていなかったら通り過ぎていただろう。ブレーキを踏み、バックミラーを見ながらゆっくりとバックしていく。思い切りハンドルを切り、未舗装の道に曲がりこむと、数メートル進んで停止し、エンジンを切った。エンジンが冷えていきカチカチと音を立てた。車から降りて前方の小道に視線を向ける。乗用車よりも幅の広いタイヤ跡がほこりの中にはっきりとついていた。誰かが最近ここを通ったのだ。しばらく雨が降っていなかったが、土はやわらかかったのでタイヤ跡がくっきり残っていた。

また車に乗りこむとエンジンをかけ、ゆっくりと未舗装道路を走りはじめた。わずかに上り坂になり広くなった。木立のあいだから何かが光るのが見えた。森に隠された車だろうか？　エリザベスの車？　車を停めて目を凝らした。早朝の光が金属の物体を照らしている。もう少し近づいて確かめてみなくては。すばやくソフィーの番号にかけたが、電波が届かないことを知らせるピッピッピッという音しかしなかった。

もう一度エンジンを切った。車を降りて、さらに二十メートルほど木立のあいだの道を進んでいく。坂を上りきると、道は林の間の開けた場所へと下っていて、その真ん中に小さなキャビンが建っていた。黒い平台トラックがそばに停まっている。がっかりして息を吐きだした。それまで息を止めていたことに自分でも気づかなかった。あれはエリザベスの車ではない。屋根に釣り竿が立てかけてある。キャビンのドアがきしみながらゆっくりと開いた。木の陰に体を隠してうかがった。Tシャツを着て野球帽をかぶった男が出てきた。防水布にくるんだ大きな物を運んでいる。持ちにくい荷物と格闘しながらそれをトラックの平台にのせた。野球帽を脱ぎ額の汗をふく。赤い髪は見間違えようがなかった。弁護士のロッド・テイボルトだ。

裁判がある日に、釣り道具を用意して森の中で何をしているのだろう？　さらに気になるのは、あの大きな包みの中身だ。あきらかにトラックに荷物を積んで走りだそうとしている。ラッキーはもはや選択肢はないと思った。防水布の下に何があるのだろうと想像すると胃がぎゅっとよじれた。彼が走り去る前に問いたださなくては。この道には他の出口はなさそうだ。ロッドは彼女の車が出口をふさいでいるのを見つけるだろう。彼女がバックしなくてはロッドは出て行けない。ロッドがキャビンのドアを閉めて鍵をかけるまで待った。彼はかがみこんで石の下に何かを滑りこませ、トラックに戻ってくると後部のパネルを閉めた。

ラッキーは木陰から出ていきゆっくりと坂を下っていった。心臓が早鐘のように打っている。

「そこに何をのせたの、ロッド？」

「え？」驚いてロッドはラッキーの方を向いた。ラッキーはさらに近づいた。「ラッキー？ここで何をしているんだ？」

「同じ質問をお返しするわ」

「ここはぼくの家なんだ。というか父のね。釣りに行くときに使っているんだよ」

「今日は裁判があるんだと思ったわ」

「そうだよ。でも、午後だ」ロッドの表情が曇った。「どうして質問ばかりするんだ、ラッキー？　ぼくの質問には答えていないじゃないか。ここで何をしているんだ？」

「ソフィーとわたしは村じゅうの脇道を調べているの」

「へえ、そうか。今ソフィーはどこにいるんだ？」

ラッキーは恐怖がこみあげてきた。彼女は一人きりで、何も身を守る術がなかった。この森にロッドがキャビンを持っていることは誰が知っているだろう？　たぶん誰もいないにちがいない。

「すぐ後ろにいるわ。舗装道路に車を停めているの」

「なるほど。じゃ、他に用がなければ……」彼はポケットの中のキーをじゃらじゃらさせた。

「失礼するよ」

「その防水布の下には何があるの、ロッド？」

ラッキーは脚が震えていた。ロッドがエリザベスの誘拐に関与していたのだろうか？　エリザベスには彼に対する懲戒委員会での証言を求める書簡が届いていた。彼女が州弁護士会に報告したの？　それともたんに調査について報告されるだけ？　ロッドには彼女を誘拐したり危害を加えたりする動機があるだろうか？

「なんだって？　ああ、キャンプ用品だよ。父とぼくは今月の終わりに北の方に行く予定なんだ――釣りに」

ラッキーは安全な距離を保っていた。「その防水布をめくってもらってもいい？　ぜひ見てみたいの」

彼女は蒼白な顔をしていた。どうしても知らなくてはならなかった。万一ロッドが犯罪行為に手を染めていて襲ってこようとしても、自分のほうが彼よりも速く走れる。車まで走っていって閉じこもればいい。

ロッドは困惑しているようだったが、そのとき彼女の要求の意味にはたと気づいた。そばかすだらけの顔がさっと青ざめた。「まさか……」それから怒りで顔が真っ赤になった。憤慨した様子でトラックに戻ると、後部パネルを開けた。手荒く防水布をめくる。その下にはテント、調理器具、ランタンふたつが入っていた。ラッキーは安堵の吐息をもらした。

「これで満足したかな？」ロッドは皮肉たっぷりに言った。「あきれたよ、ラッキー、どうしてそんなことを考えるんだ？」

「ごめんなさい、ロッド。どうしても確かめないわけにいかなかったの」

ロッドは目を閉じて大きく息を吸った。「これでわかっただろう？」ラッキーは彼を用心深く見つめながら黙っていた。「エリザベスはあのときの証人だったたって知ってるね」それは質問ではなく断定だった。

「ええ」ラッキーは実は何ひとつ知らなかったが、ロッドから話を引き出すには黙っているのがいちばんいいように思えた。

「ただ、きみは状況を知らないと思うんだ。ぼくが裁判所で対決した男は証言台に立つと、ぼくのクライアントについて真っ赤な嘘を並べた。どうしてそんな真似をしたのかわからない。それでカッとなってしまったんだ。まったく馬鹿だったよ。あのろくでなしとは一切話をするべきじゃなかったし、小競り合いなんてもってのほかだった。そのせいで懲戒委員会にかけられることになった。あきれるよね？　弁護士資格を剝奪されないようにと、今はただ祈っているところだ。おまけに、その日は敗訴したんだ。あの事件にはずっと一生懸命取り組んできたのに、カッとなってしまうなんて。たしかにまちがったことをしたけど、できたら軽いお仕置きですめばいいと願っている。だけど、エリザベスを傷つける真似なんてしていないよ。彼女のことはとても好きだ。たしかに彼女は証人なので証言をしなくてはならないけど、とても親身になってくれて、懲戒委員会ではぼくに有利になるような話をすると言ってくれていた。信じてくれ、きみに劣らずぼくは彼女が発見されることを願っているんだ」

「疑って申し訳なかったわ」

「ぼくにとってはつらい一年だったんだ、ラッキー。これ以上非難を受けたくない。もう済んだことにしよう、いいね？」

「わかったわ」ラッキーは背中を向けて坂を上っていった。車までたどり着くと私道をバックした。両方向を確認してから、道路にバックで出ていった。ギアを切り替えもしないうちに、ロッドのトラックが勢いよく道路に出てきて走り去った。ラッキーの方はちらりとも見なかった。

ラッキーはしばらく車にすわって選択肢を検討していた。エンジンをかけると未舗装道路を戻っていき坂道のてっぺんまで行った。そこで車を停めて外に出た。ゆっくりと林のあいだに建つキャビンの方へ歩いていく。ロッドが動かした石の下にキャビンの鍵が隠してあるにちがいない。彼が戻ってきてキャビンにいるところを発見されるかもしれないと不安になり、ちょっとためらった。罪悪感とロッドがキャビンに何か隠している可能性を天秤にかけた。彼に対して少しでも疑いを抱いていたら、ずっと気が休まらないだろう。心は決まった。玄関近くの石をひっくり返して、土に埋まっていた光る鍵を手に握りしめた。

ドアはすぐに開いた。鍵を手に中に足を踏み入れ、こぢんまりしたキャビンを見回した。石造りの暖炉のある小さなリビングがあり、通路からキッチンと左手の寝室に通じている。家具は最小限のものしかなかった――ソファ、キッチンのテーブル、三脚の椅子、フロアランプ、そして隣の部屋にはツインベッドとたんす。最近ベーコンを焼いたらしいにおいが室内に漂っている。

ラッキーは寝室のクロゼット、バスルーム、たんすの引き出し、キッチンの食器棚、給湯器が設置されている場所を調べた。不揃いの皿とカップ、フライパン、大きな鍋があった。玄関から出ると、石の下に鍵を戻した。キャビンには地下室はなく、基礎の上に建てられている。裏側に回り、地面にひざまずいて建物の下側をのぞいた。小さな家の前面まで見通せた。立ち上がると手をはたいた。何も疑わしいものがないことでほっとすると同時に、どこを探したらいいのか相変わらずわからないことで失望も感じていた。
ロッドが何か隠しているとしても、ここではなかった。

26

エリザベスは無理やりにでも歩くことにした。ぐるぐる同じところを回っていてもかまわない。体を動かし続けることが重要なのだ。さもなければ筋肉が衰えてしまうだろう。毎日、体のこわばりがひどくなっている。もし逃げだす機会が手に入っても、すっかり体が弱って走れないのではないかと心配だった。壁に手を触れた。小さな牢獄に射しこむ光で判断して、できるだけ毎日そこの壁に印をつけることにした。何日かは倦怠感で起き上がれず、ただ眠っていた。マギーは食べ物に薬を入れているんだろうか？　いえ、そんなはずはない。だったら、わめきたくてたまらなくなったりしないだろう。自制心を保たなくてはならない。自制心と克己心でこの経験を乗り越えるのだ。もうマギーは決してドアを開けようとせず、話をしたり、説得したりする機会を与えてくれなかった。地下室がとても涼しいのは救いだ。昼間の暑さもここまでは届かず、喉の渇きもさほどではなかった。

　エリザベスは立ち止まった。そして耳を澄ました。部屋をぐるぐる回りながら、ひとりごとを言っていたのだろうか？　いいえ、たしかに人声がした。頭の上で声がしている。まちがいない。誰かがマギーの家にやってきたのだ。重い足音が床を横切っていった。マギーではない。男の足音で、のしのしと行ったり来たりしているみたいだ。エリザベスはパイプに耳を押しつけて待った。

マギーは本当のことをしゃべっていたのだろうか？　誰かが――マギーが言っていた「彼」がここにいて、彼女を痛めつけている？　エリザベスは怒り狂った声を聞いた。「おまえは……口を出すな……彼女は……地下室に閉じ……」それから甲高いめそめそした声が応じた。エリザベスはぞっとして片手で口を覆った。話し手を特定しようとしたが、声は金属パイプで反響し、床板でくぐもって聞こえるので、誰なのかわからなかった。何者かがマギーに彼女を閉じこめておけと命じているのだ。だけどなぜ？　大きなドシンという音に続いて女性の悲鳴が聞こえた。そのあとしんと静まり返った。怯えながらエリザベスは寝袋にうずくまった。脚を立てて両腕で膝を抱えた。あの重い足音が地下室の階段を下りてくるのではないかと恐れながら。


再現劇に参加する人々が緑地のはずれに集まってくると、どんどん見物客が押し寄せてきた。白い尖塔のある教会の正面階段の前に特別席が設けられていた。村議会議員たち、村長、コーデリア・クーパー・ランクと数人の女性たちのためだ。この女性たちは再現劇のためにスノーフレークを訪ねてきた〈アメリカ革命の娘たち〉のメンバーにちがいない。エリザベスの席は空っぽだった。

正午の太陽が集まった人々に照りつけ、騒音《けんそう》はますます大きくなった。地元の行商人の一人が通りの向かいの屋台で冷たい飲み物を売っていた。こういう日にはひと儲けできるだろう、とラッキーは思った。それでも、セージとジェニーとメグに見物に行ってもらうために、ラッキーとジャックは喜んで〈スプーンフル〉を数時間閉店した。

ジャックといっしょにラッキーとイライアスは枝を広げたニレの木の下にいい見物場所を確保した。ソフィーとセージは少し離れた場所にいて、セージがソフィーの肩に腕を回している。セージは疲れているように見えた。早朝に捜索隊に加われるように、このところ毎晩遅くまで料理を用意していたからだ。少し遅れてセージが店に現れるまで、ジェニーとメグが彼の穴を埋めている。今日の午後は、ネイトが指揮する別のグループにジェニーとメグは加わる予定だった。となると午後はラッキーとジャックとセージだけで〈スプーンフル〉を切り盛りすることになるだろう。どの街灯にも木にも、行方不明のチラシが貼られているように思えた。これ以上何ができるだろう？　今朝ロッドのキャビンを探し回って、貴重な時間をむだにしてしまった。彼の行動をあんなに不審に感じなかったら、もっと広い地域まで探せたのに。スノーフレークの村長が行方不明になっていることは、この二日間、あらゆるテレビやラジオのニュース局で放送されていた。パラボラアンテナをつけたＷＶＭＴのトラックがウォーター通りの先に停まっていて、再現劇を撮ろうとしている。もちろんリポーターたちはエリザベスの行方不明についても報道するだろう。

ラッキーは階段の前の座席を見つめずにはいられなかった。エリザベスの椅子があって誰もすわっていないことと、彼女の椅子がもう用意されていないことと、どっちがひどい気分がしただろう。イライアスはラッキーの視線をたどって、ぎゅっと手を握りしめると、守るように肩を抱いてくれた。ラッキーは彼の胸にもたれた。言葉は必要なかった。イライアスはラッキーの気持ちを理解していたが、彼女を慰めるような言葉は見つからなかった。こうして〈スプーンフル〉を離れて短い休憩をとることで、ラッキーの気分が少しでも晴れることを祈っていた。

ジャックが腕時計をのぞいた。「ちょうど一点鐘を過ぎた。そろそろわしは持ち場につかなくては。〈スプーンフル〉に戻って、装備がすべて整っているか見てこよう」

「少ししたらわたしも戻るわ、ジャック」ウォーター通りには大きなテントが張られていて、出演者、衣装係、小道具係が集まっている。ジャックが人混みを縫って歩いていくのをラッキーは見送った。再現劇に出演する地元の男たちが出番を待って緑地の周囲を歩き回っている。一団の誰よりもやせて背が高いカカシのようなハンクはぶかぶかのズボンとリネンのベストのことで騒いでいた。バリーは長い編み髪のついたかつらとヘッドバンドを調整しているところだった。

名前が呼ばれてラッキーが振り返ると、ヘッセン人の衣装を着たホレスが人混みを抜けて近づいてくるところだった。すその広がった紺色の長いコートを着て、背嚢《せのう》を背負い、大きな木製の剣を持っている。この暑さで汗まみれだった。

「いったい昔の兵士たちはこの服装でどうやって戦ったんだろうね？」あきれたようにホレスは言った。

ラッキーは微笑んだ。「とてもすてきですね」

ホレスは精一杯の笑みを浮かべた。「戦いに参加するのをとても楽しみにしていたんだ。もっとも……」彼は言葉を切った。

「ゆうべまでは」ラッキーはあとをひきとった。

「ああ。大学の人々にあれが盗まれたことをどう打ち明けたらいいか頭を悩ませている。信頼して預けてくれたのに期待を裏切ってしまったよ」

「ホレス、あなたは誰の期待も裏切ってなんかいないわ。盗みにあったんですから」

イライアスは無言でそのやりとりを見守っていたが、とても関心を示しているようだった。

「ゆうべ何があったんだい？」

「ああ、ごめんなさい、イライアス。話す暇がなくて」ラッキーはゆうべのできごとをかいつまんで話した。

イライアスは首を振った。「あの鉛の弾に関心を持つ人間は一人しか思いつきませんね。で、彼女はすぐそこにすわっている」イライアスはコーデリア・ランクがすわっているロープで仕切られた特別席の方に顎をしゃくった。

「きみの推理にわたしも賛成だ」ホレスは答えた。「しかし、ミセス・ランクが真夜中に森に隠れていたとはとても想像できないんだ。独立戦争の武器や工芸品を収集している夏の観光客のほうが怪しい気がするがね」ホレスは心配そうにラッキーを見た。「ずいぶん疲れているみたいだね。ゆうべのささいな騒動に巻きこんでしまったのは、すべてわたしのせいだよ」

「全然そんなことありませんよ、ホレス。それにささいな騒動でもなかったわ。わたしがその場にいてよかったです。疲れた顔をしているのは、ソフィーといっしょに今朝早くエリザベスの車がないか探していたせいです」

「わたしが言いたかったのはそういうことだよ」ホレスは答えた。「わたしに起きたことなど、最近の事件に比べたらどうってことない」

緑地の反対側で角笛が吹かれた。「おっと、出番だ！　ちゃんと位置につかないと、ちがう側で戦うことになってしまう」流れる額の汗をハンカチーフでぬぐった。「幸運を祈っていてくれ」

「成功を願っています《ブレイク・ア・レッグ》。芝居ではそれが決まり文句なんでしょう？」イライアスは彼の背中に叫んだ。ホレスは急いで立ち去り、ラッキーは人々が家族や友人から離れて戦いの始まりに備えるのを眺めた。

あたりにはお祭り気分が漂っていた。気温はぐんぐん上がり、緑地はさまざまな色彩にあふれている。幟《のぼり》、風船。花壇やプランターや緑地の縁沿いに咲いている黄色とゴールドのマリーゴールド。蜂がブンブン飛び回っている。もうじきおなかがすくだろう人々のためにビーフ、チキン、ホットドッグ、ハンバーガーが焼かれていた。いいにおいが風にのって二人の方まで漂ってくる。ラッキーはグリルした食べ物のおいしそうなにおいと、刈ったばかりの草のにおいを吸いこんだ。夏のにおいだ。

イライアスは首を振った。「ハリーやホレスやエリザベスに危害を加えようとする人間なんて誰も思いつけないよ。彼らは敵がいそうにはまったく見えない人々だ。そうそう、この戦いが始まる前に、それから忘れる前に言っておくけど、今夜ディナーの予定は空いてる?」

ラッキーは大丈夫、とうなずき、彼にとびっきりの笑顔を見せた。「ぜひ。でも、まえもって白状しておくけど、食事をしながら居眠りしてしまうかもしれないわ」

「許すよ」イライアスは彼女の肩をさらにぎゅっと握った。「八時でいい?」

ラッキーはうなずいた。「何か持っていくものがある?」

「いや、きみだけ」彼は顔を近づけて軽く彼女の唇にキスした。

また角笛が吹かれた。イギリス軍——つまり再現劇でイギリス兵を演じる人々のそばには植民地の王党派、カナダ人、ヘッセン人、ネイティブアメリカンの衣装をつけた大勢の人々が集まっていた。抑えたドラムの連打に見物人たちは身じろぎもせず見守り、「民兵隊」は小さなグループに分かれて四方八方から緑地ににじり寄ってきた。彼らはたいてい木製の武器を手にしていた。少数の人工遺物の収集家は本物の武器を持っていた。ただし村の規則にのっとって弾はこめず、近くの音響システムから、攻撃のときには銃声の効果音を流すことになっている。その操作係が辛抱強く合図を待っていた。民兵隊は太い枝を持って緑地にしゃがみ、自分の前に木の葉のついた枝を差しだしている。それは接近してくるイギリス軍から身を隠す森の象徴だった。

ラッキーは歴史マニアの元教師のおかげで、戦いの詳細にいたるまでよく知っていた。実際の戦いはヴァーモント州ではなく、ベニントンの十六キロほど北西のニューヨーク州でおこなわれた。イギリス軍のジョン・バーゴイン将軍は自分の本隊に先んじて、ヘッセン人であるフリードリッヒ・バウム中佐の指揮でヘッセン人、フランス人、王党派、カナダ人、ネイティブアメリカンからなる分遣隊を南に向かわせた。バーゴインは自分の隊のために食料がどうしても必要だったので、植民地から必要なものを奪ってくるようにバウムに命じた。バウムの最終的な目標はベニントンの武器庫にたどり着き、民兵が蓄えていた銃や銃弾を奪うことだった。バーゴインは民兵の能力をきわめて低く見積もっていたし、ベニントンの倉庫は少数の兵士が守っているだけだったので、バウムが必ず任務を成功させるものと信じていた。

ヴァーモントの自警団はバウムの隊が進軍してくることを事前に察知していたので、ニューハンプシャーに応援を求めた。地元の反乱軍にジョン・スターク将軍が加わり、千五百人の民兵たちの指揮をとった。スターク将軍はバウムの軍がベニントンに到達する前に攻撃を仕掛けようと決断した。一七七七年八月十六日に攻撃が始まると、バウムのほとんど訓練されていない連合軍は逃げだし、彼を見捨てた。ヘッセン人たちは勇敢に戦ったが、数で制圧された。バウムは致命傷を負い、まもなく彼の隊は降伏した。戦いが終わって民兵たちが祝っていると、もう一人のヘッセン人、ハインリッヒ・フォン・ブライマン中佐が率いるバーゴインの第二部隊が到着した。さきほどまでの戦闘で民兵隊は疲弊していたので、まさにそのとき到着して加勢してくれたセス・ワーナーとグリーン・マウンテン・ボーイズがいなかったら負けていただろう。またもや戦いは植民地側に有利な結果に終わった。

バウムの攻撃隊を途中で迎え撃ったのはすばらしい英断だった。これによってバーゴインは千人近い部下を失ったばかりか、それまでは彼を支持していたネイティブアメリカンに見捨てられた。植民地軍の勝利は独立の気運に拍車をかけた。必要な物資も食料も絶たれて、バーゴインはわずかふた月後、一七七七年十月十七日にニューヨークで降伏した。

イギリス混成部隊は丘をばらばらに下って緑地に出た。ドラムがさっきよりも大きく執拗に響いていた。イギリス軍が完全に見えてくると、ドラムはさらに速くなった。民兵隊は大声で叫ぶと枝を放りだし、発砲しはじめた。ヘッセン人と王党派はマスケット銃に弾をこめ撃ち返そうとした。イギリス兵の多くが緑地に倒れて「死んだ」。マスケット銃とライフルの効果音を圧するように、民兵たちはときの声をあげて四方から敵に襲いかかる。かたやヘッセン人たちはまた集まって緑地の別の隅に逃げていき防御の態勢をとってうずくまった。見物人たちははやしたて、ドラムのビートにあわせて手拍子を打った。

それから民兵隊が森の要塞にいるヘッセン人に発砲した。そしてゆっくりと、一人また一人とヘッセン人たちは死んでいった。効果音は耳を聾《ろう》するほどだった。大きな銃声、負傷者の悲痛な叫び声、勝利を確信した植民地軍のときの声。群衆のあいだから大きな歓声があがった。一人の少年がドラムで勝利のリズムを刻んでいた。歓声が静まるにつれ、効果音は消えていき、代わってフルートで勝利のマーチを演奏する少年が登場した。植民地軍は戦いに勝利したのだ。

ドラムが止み、フルートが曲を吹き終えると、悲鳴が響き渡った。役者の怒鳴り声でも勝利の雄叫びでもなく、血も凍るほどの声が暑い夏の空気を切り裂いた。緑地の向こうの建設現場からだ。

ラッキーはさっきから強い煙のにおいに気づいていたが、緑地の端の戸外のグリルから漂ってくるのだろうと思っていた。それが本物の煙と炎だと知って愕然とした。群衆のあいだに沈黙が広がった。人々はどちらから声が聞こえたのかはっきりわからず、立ち上がって見回した。じょじょに全員が何か恐ろしいことが起きているのに気づいた。建設現場からさらに悲鳴が聞こえ、数人が道を駆けだした。

イライアスはラッキーの手をぎゅっと握った。「何かあったんだ。行ってみる」

彼は走りだし、ラッキーはそのあとを追った。二人が金網フェンスにたどり着いたとき、炎は建設現場のトレイラーの横腹をなめていた。ネイトと二人の男たちがトレイラーのドアに走り寄ったが、金属の棒がドアの取っ手にかけてあった。エドワード・エンブリーも現場にいた。彼は消火器を見つけてドアの取っ手に向け、別の男はトレイラーの窓を大きなレンチで割ろうとした。

ラッキーはジャックがネイトの隣に立っているのに気づいた。ジャックはトレイラーのドアにはさまれた棒の先端に触ろうとしたが、すぐに手を引っ込めた。ネイトはジャックをさがらせ、上着を脱いだ。それを手に巻いて、ドアを留めている金属をどうにかはずした。別の男が高窓のガラスを割ったが、そのとたんに炎が噴きだしてきて、あわてて飛びすさった。

ネイトはトレイラーのドアを引き開け、消火器の中身を前方にまいてから中に入ろうとしたが、熱と炎に押し返された。建設現場の作業員二人が太いホースを運んできて、もう一人がもっと大きな消火器を持ってきた。必死に水と薬をまき、どうにか炎を鎮圧することができた。イライアスは金網フェンスの開口部から中に入り、ネイトのあとからトレイラーに足を踏み入れた。二人はすぐに出てきた。ラッキーはネイトが首を振っているのを見た。もはやリチャード・ローランドを救うには手遅れだったのだ。

27

ラッキー、ジャック、イライアスは窓際のテーブルにすわった。〈スプーンフル〉は閉めていて、照明はひとつ以外はすべて消していた。イライアスはあれからローランドの遺体をリンカーン・フォールズの死体保管所に運ぶ手配をしていたので、クリニックの予約をいくつか調整しなくてはならなかった。イライアスは〈スプーンフル〉に来ると申し訳なさそうに微笑んだが、ラッキーはまだ食事をするのに遅すぎる時間じゃないから、と安心させた。二人のディナーデートは今日は無理そうだ。彼女はイライアスにサンドウィッチを、そしてスープを二杯用意した。ひとつは自分に、ひとつはジャックに。

ジャックはひとりごとをつぶやきながら、ぎこちなく左手でスプーンを使った。

イライアスはジャックを見た。「あまり痛まないといいんですが」

「ああ、我慢できるよ。ちょっと不便なだけだ。でも治療してくれてありがとう」

ラッキーはナプキンを膝に広げた。「これで足りるといいけど。セージは家に帰ったし、もうすべて片づけてしまったの」

「充分だよ。ありがとう。一日じゅう食事をする機会がとれなかったんだ。また誰かを死体

保管所に送るとは思ってもいなかった」

「ローランドに心から同情している人間は村にはいないんじゃないかと思うが、それでもああいう真似をするとは……」ジャックは首を振った。「実にいまわしいことだ。あんなふうに焼け死ぬのはね。村じゅうの人間の目の前で」

「ドアを開けたときにはすでに息絶えていたにちがいない──煙を吸って。それはある意味でよかったのかもしれないが。どっちみち生き延びたとは思えませんよ」

ラッキーは身震いした。「その話はもうやめましょう。食欲がなくなるわ」

「そのとおりだ。悪かった」

「だが頭から追いだせないんだ。ハリーに起きたことだけでも最悪だ。彼はわしらの仲間だったから。しかし、今回は……」ジャックが言葉を切った。

「ネイトは計画的犯行だと考えています。燃焼促進剤が使われていたんです。みんなローランドの洗車場建設を憎んでいたが、こんなふうに殺すほどかな？」イライアスは首を振った。

ラッキーはスープをすすった。

「ノーマン・ランクは村の会合で彼を脅したでしょ。そしてエドワード・エンブリーは建設現場で険悪なやりとりをしていたわ。だけど、それはたぶん村議会でエドワードだけが反対票を投じたせいね。二人の人間が数日のあいだに次々に殺されるのは妙だけど、関連性がわからないわ。もっとも関連しているとしてだけど。唯一考えられるつながりは、洗車場建設にまつわる紛争だけ。さらにホレスが盗難にあい、エリザベスは行方不明になっている……

こうしたすべての事件はなんらかの形でつながっているの？　わたしはエリザベスのことが心配でたまらなくて、他のことはあまり考えてみなかったわ」

「ネイトから知らせはないのかい？」ジャックがたずねた。

ラッキーはボウルを押しやった。エリザベスの行方がまだわからないと思うとすっかり食欲がなくなった。「何も。まるっきり。今朝はロッド・ティボルトと話をして時間をかなりむだにしちゃったわ」

「どこでロッドと会ったんだい？」イライアスがたずねた。

「村から五キロほどのところで森に入る未舗装の小道を見つけたの。で、曲がってみた。最近車が通ったことがわかったので、どんどん進んでいった」

ジャックの顔が暗くなった。「気をつけてくれよ。その話は気に入らんな。おまえは用心深くないし、そこに一人きりでいたんだろう。何に出くわすかわかったもんじゃない」

「ジャック、わたしを信じてちょうだい。そのことはちゃんと考えたわ。ロッドがいなかったら、近づいていかなかったでしょう。でも、ちょうど彼が大きな包みを持ってキャビンから出てきたのよ」

「誰のキャビン？」

「彼の、というかお父さんのみたい。釣りに行くときに使っていると言ってた。ロッドだとわかったので、わたしはキャビンに近づいていった。でもちょっと……誤解があって」

「どういう意味？」イライアスがたずねた。

「彼は大きな荷物をトラックの後部に放りこんだの。わたしは防水布をめくってもらった。ぞっとするような考えが浮かんだから……」

「死体を捨てに行くとか？」ジャックが眉をつりあげた。

「本気でそう思ったわけじゃないけど、確かめずにはいられなかった。そんな疑いを残したまま立ち去るのはいやだった。だってああいうことを知って……」

「ああいうことって？」イライアスのフォークは宙で止まっていた。

「きのうエリザベスの家に手紙が届いていたの。州弁護士会からエリザベス宛てだった。事件番号か、裁判番号か、はっきりわからないけど、封筒の隅に暗号みたいな番号がタイプされていて、数字のあとの六文字はロッドの名前だったの――ＴＨＩＢＥＡ。だから開封してみた。警察に何か疑わしいとか、いつもとちがうとか、荒らされているものがあったら教えてほしいと言われていたし。エリザベスの手紙は開封するべきじゃなかったかもしれないけど、好奇心に負けたのよ」

「エリザベスは気にしないだろう。こういう状況だしね」イライアスが言った。

「そうしたら、ロッドは懲戒委員会に召喚されていて、エリザベスが証人として出席するということがわかったの」

ジャックは口笛を吹いた。「それはあまりいい話じゃないな」

「ロッドはわたしがそのことを知っていると思って、彼の言い分をまくしたてた。証言台で嘘を言った証人と口論になったんですって。それはエスカレートして小競り合いにまで発展した。ロッドは証人が嘘をついているとわかったのでつい癇癪を起こしたと説明していたわ」

「彼を非難できんな」ジャックは熱心に耳を傾けていた。

「でも、弁護士が相手側の証人と口をきくことは許されていないし、証人を非難するなんてとんでもないことよ。自制心を失ったってロッドは弁解していたけど——少なくともロッドの言い分はそういう話ね。たまたまエリザベスがその場にいて、すべてを見ていたので、証人として呼ばれたそうよ」

「州法廷で？」イライアスがたずねた。「それは深刻だな。エリザベスを排除したいというのは、彼の動機になるんじゃないかと思うよ」

「エリザベスは彼の性格証人（善い人間性を証言すること）になるって言ってくれたとロッドは説明しているわ。それにエリザベスのことはとても好きだって」

「証人はきっと彼女だけじゃないよ。口論だかけんかだかを見ていた人間はたくさんいたはずだ」イライアスは言った。

「そうね、だけどエリザベスは村長としてとても信頼のおける証人なんでしょうね」

「で、彼のトラックには何が積まれていたんだね？」ジャックが質問した。

「キャンプ道具よ。ただのキャンプ道具の大きな包みだった」

「釣りに行くにしては妙な日だと思わないか？」

「わたしもそう思ったの。ロッドは月末に行く予定だって言ってたけど。裁判があるんじゃないかとたずねてみたら、委員会は午後で、朝は時間があるって言ってたわ」

「でも、エリザベスをそんなに好きなら、警察のボランティアに志願するべきだ、釣りの支度なんてしてないで！」ジャックが憤慨した。「だけどおまえたち、おまえとソフィーはいつもいっしょに行動するべきだよ。一人であちこちふらついてはいかん。複数ならまだ安全だ。今日はロッドに会ったが、何が待っているかわからんからな。おまえまで行方不明になったら困る。馬鹿げた真似をしている場合じゃないんだ、今は」

ラッキーは身震いした。「そのとおりね、ジャック。二人いっしょに行動するべきだったわ。森のあいだにトラックを見つけたときにソフィーに電話しようとしたんだけど、電波が届かなかったの」

「ジャックの言うとおりだよ」イライアスが言った。「一人で探しに行かないでほしい。だから警察は捜索隊を組織して、グループでいっしょに行動しているんだ」

「ソフィーがチラシにのせてくれたウェブをのぞいてみたの」ラッキーはため息をついた。

「恐ろしかったわ。この国で何人が行方不明になっていると思う？」

「そんなことはあまり考えたことがなかったな」イライアスはテーブル越しにラッキーの手を握った。「だけど、たくさんの人間が発見されているし、たぶん多くは自分から行方をくらましたんだと思うよ」

「どうしてそんなことをするの？」ラッキーはたずねた。

「さあ、理由はいろいろだろう。手に負えないプレッシャー。人生を変えたいが、どうやったらいいかわからない。一時的に頭がおかしくなる」イライアスは肩をすくめた。「もちろん、誘拐されたり危害を加えられたり、もっとひどい目にあった人のほうがずっと重要だが」

「とても恐ろしいことが起きたにちがいないわ、それが肌で感じられるの」

ラッキーは唇を噛んで涙をこらえた。またもう一人親しい人が奪われるのではないかと怯えていた。そしてエリザベスの車が溝にはまって助けが必要な状態でいるとか、最悪、両親のように死んでいるのではないかと怖くてたまらなかった。そこにはエリザベスを助けられる人間が誰もいないのだ。ジャックが無言で紙ナプキンを渡した。ラッキーは洟をすすって涙をこらえ、怒ったように鼻をふいた。

「落ち着かなくちゃならんよ、おまえ。何かが起きたんだが、わしらにはそれがわからない。今は船の喫煙灯が切れとるが、じきに事情がわかるだろう」ジャックはスープの最後のひと口を飲んだ。「わしがいちばん気にかかっているのはハリーの死だ。ローランドは、まあ、なんとなく理解できる。ああいう死に方はよくないがね、もちろん。みんなが彼にうんざりしていたからな。彼の計画が中止になり、彼がこの村から出ていってくれたら、とみんなが願っていた。しかしハリーは……誰があの気の毒なハリーを傷つけたいと思うだろう？」ジャックは首を振った。

ラッキーは湿ったナプキンをポケットにしまった。

「ハリーがデモに現れなかったときに、バリーと二人の男性がしゃべっているのを小耳にはさんだの。ハリーは本気で反対しているんだろうかって。そしたらハリーがローランドとしゃべっているのを見かけたって誰かが言って、みんな妙だなって首をかしげていたわ」

「ハリーは反対運動に熱心に取り組んでいたよ。村の真ん中に洗車場なんてもってのほかだと考えていた」ジャックが低い声で言った。「それに、どうしてもどこかに造りたいなら、ハリーの店の裏にしたらよかったんだ。完璧な場所だよ。人目につかないし、あそこは指定地区だから近隣にあまり家がないしな」

イライアスは考えこんでいるようだった。「ハリーはローランドと取引して、なんとか解決をはかっていたんでしょうか？」

ジャックは肩をすくめた。「どんな可能性だって考えられるな。だが、それは少々遅かったみたいだ。ブルドーザーがすでに作業を始めていた。建設が始まっていたんだ」

「ノーマン・ランクはデモのときにかなり威圧的な発言をしたそうですね。そしてあわや集会で暴力沙汰になりかけたとか？」イライアスがたずねた。

「そのとおりよ」ラッキーが言った。「数分ほど、かなり緊張感が漂っていたみたい。それからエドワード・エンブリーがいるわ。彼がローランドに対してよく思っていないのはあきらかだし、村議会でみんなに同調しなかったのでかなり非難されたみたい」

「エドワードはよくやったよ」ジャックが言った。「買収されない人間が一人でもいると知ってほっとした」

ラッキーは重いため息をつくと、空の皿を集めた。

「スノーフレークで二件の殺人事件。偶然の一致ではありえないわ。何かつながりがあるはず。でも、あの二人はまったくちがう人生を送ってきた。まるっきりちがう人たちよね」

「この前の冬にあの女性の死体が発見されるまで、スノーフレークで殺人事件が起きると言われたら、頭がどうかしてるぞと言い返しただろう」イライアスが言った。「今言われたらどうだ？　どう答えたらいいかわからないよ。今回は地元の人間だ……ローランドを入れれば犠牲者は二人だ。そしてどちらも事故ではない。何者かがローランドをトレイラーに閉じこめ、ガソリンをかけた。とうてい助からなかっただろう。しかも誰も何も見なかったし、聞かなかった。全員が再現劇に目を奪われていたからね」

「トレイラーの周囲に誰がいたかを調べるのに、ネイトはとんでもない時間を費やすだろうよ。なにしろ大勢の人間がいたからな」ジャックが言った。「それにたくさんの人間がローランドを脅していた」ジャックは含み笑いをした。「ノーマン・ランクは建設現場のコンクリートに埋めてやると脅した。それからエド・エンブリーは洗車場で溺れさせてやると言った」

「再現劇がおこなわれているときロッド・ティボルトはどこにいたのかな？　村にいたのかい？　彼を見かけたり話したりした人はいる？」イライアスがたずねた。

「わたしは見かけなかった」ラッキーは答えた。「だけど、彼がいなかったという証拠にはならないわ。できるだけ見物したいと言っていたけど、気を変えたのかもしれない」

「いつドアの取っ手に金属バーがはさまれたかを知ることは不可能だ。火がつけられるかなり前からローランドはあそこにいたのかもしれない」イライアスは言った。

「だったらガソリンのにおいを嗅ぎつけたはずじゃない？　それで叫び始めたんじゃないの？」ラッキーはたずねた。

「彼の声が聞こえたかい？　みんなが叫んだり歓声をあげたりしていたし、ドラムや音響効果やらで、声は聞こえなかったのかもしれない。炎を目にするまで、誰も警戒しなかったんだろう」

「それからホレスの家の盗難はどう思う？　あれは殺人事件と関連しているの？」

「わしはコーデリア・ランクに一票入れるよ」ジャックが言った。

「たぶんわたしも。でもどうして？　彼女は人工遺物を博物館に寄付してもらいたがっていた。あれを盗んだら、永遠にそれは実現しないわ。どの博物館だって出所を調べるでしょうから。それにあれを盗みたかったなら、どうして火薬入れと靴の留め金もとらなかったの？あんなに手間をかけて忍びこんで、どうして鉛の弾だけ盗んでいったの？」

「ネイトはそういうことにどういう意見だったんだい？」イライアスがアイスティーを飲みながらたずねた。

「盗まれたとは確信していないの。小さな宝石箱から落ちて床の割れ目に入りこんだ可能性もあると考えているわ」

「きみはいっしょに探したのかい？」

ラッキーはうなずいた。「みんなで探した。でも暗かったし夜遅かったし。とても疲れていたから、見逃した可能性はあるわね。彼女が本当にあの鉛の弾を盗んだのなら、ホレスが言うように線条痕のせいよ」

「ああ、その話は聞いたよ」イライアスが言った。「彼女は村の集会でヒステリーを起こしたんだってね」

「自分の祖先が裏切り者だと絶対に言われたくないのよ。〈アメリカ革命の娘たち〉の地位を守るためなら、どんなことだってするでしょうね」ラッキーはクスクス笑った。ジャックとイライアスはびっくりして彼女を見つめた。「ごめんなさい。あまり滑稽だったから。二件の殺人にホレスの家での盗難。なのに、彼女は〈アメリカ革命の娘たち〉のことを心配しているんですもの。まったく無関係なことを」

「さて、もう遅い。そろそろ四点鐘だ」椅子を押しやってジャックが立ち上がった。「一人で帰れるかね？」

「もちろんよ、ジャック。先に帰ってちょうだい。わたしが鍵をかけるから」ラッキーは皿を集めて厨房に運んでいった。ジャックは正面ドアのところでさよならと手を振ると家路についた。

イライアスはラッキーが照明とネオンサインを消すのを待っていた。ラッキーは外に出てドアに鍵をかけた。彼はラッキーの肩に腕を回した。「すごく疲れているでしょ。送らなくても大丈夫よ。大人の女なんだから」

「この事件の犯人がつかまるまで、きみをぼくの目の届かないところに置きたくないんだ。

無事に家に着いたとわかっているほうが気分がいいんだよ」

「わかりました」ラッキーはにっこりした。

二人はゆっくりとブロードウェイを歩いていき、メイプル通りの角で曲がった。〈スノーフレーク・クリニック〉は閉まっていたが、通り過ぎるときに受付デスクに小さな常夜灯がついているのが見えた。二人は隣にあるラッキーのアパートの建物の階段にたどり着いた。

「さっきジャックが言っていたのはどういう意味？　なんだか……喫煙灯がどうのと言ってたけど？」イライアスがたずねた。

ラッキーは微笑んだ。「古い海軍の表現なの。用心してもしすぎることはない、っていう意味よ。船では火事が起きたら危険でしょ。喫煙灯が消えているときはリラックスして煙草を吸うのは危険だっていうことなの。船は警戒態勢に入っているから、全員が持ち場につかなくてはならないってこと」

「おもしろいね」イライアスは言った。「覚えておかなくちゃ」

「わたしは船の雑学に関しては生き字引よ」ラッキーはためらいながら続けた。「イライアス……他にも〈スプーンフル〉で話そうと思っていたことがあるの。いろいろなことが起きてうっかりしていたんだけど。ソフィーとわたしはデモの前日に教会にいたんだけど、偶然ハリーとウィルソン牧師の会話を聞いてしまったの。ハリーはとても動揺していて、二人は深刻なことを話し合っているようだった」

「どんなこと？」

「それだけしかわからない。絶対にハリーは泣いていたと思うわ。ちょうどハリーは牧師さんのオフィスから出てくるところで、ドアが少し開いていたの。正確な言葉は覚えていないけど、なんだかこんなことを言っていた……」ラッキーは思い出そうとして言葉を切った。『誰かに話さずにいられなかったんです』って。ウィルソン牧師は彼を励まし、あなたは正しいことをしたんだ、だからまた心の準備ができたらいつでも話そうって言ってたわ。立ち聞きするつもりはなかったの。それに二人が個人的な問題を話し合っているなんて思ってもなかったし。だけどそう聞こえたわ。ハリーはわたしが廊下に立っているのを見てぎくりとしたみたいだった。ハリーは……」ラッキーは説明するのにぴったりの言葉を探そうとした。「何かを告白しようとしていたにちがいないわ。何か恐ろしいことを胸に秘めていて、誰かにそれについて話さずにはいられなかった、そんな感じ」

イライアスは立ち止まった。「きみが知っておいたほうがいいことがあるんだ。ただ、少なくともしばらくはきみの胸にだけおさめておいてほしい」ラッキーは無言で彼を見上げた。「ハリーは病気で死にかけていたんだ。もうあまり時間が残されていなかったんだよ」街灯の光の中に照らされたイライアスの顔は沈鬱だった。

「なんですって？　まあ！」ラッキーは息をのんだ。

イライアスはショックを受けた様子のラッキーを見た。「本当だ。悲しいけど真実なんだ」

「知らなかった。他に誰か知っていたの？」

「それはぼくにはわからない。リンカーン・フォールズの専門医以外に、彼が誰と親しかったのか誰に打ち明けたのかまでは知らないんだ」

「もしかしたらそのことをウィルソン牧師に話そうとしていたのかもしれない。秘密を打ち明けて心を軽くしようとしたのなら筋が通るわ。それによってすべて別の解釈ができるかもしれない」

「たしかにそうだな。ぼくは彼の医療カルテのコピーを検死官に送ったから、警察の報告書にはそのことが書かれるだろう。それに、彼には生存している近親者がいないから、きみに話しても彼にしろ他の誰かにしろ傷つけることはないと思ったんだ」

イライアスはラッキーのあとから階段を上って正面ドアから入り、そのまま彼女の部屋のある二階まで行った。ラッキーが振り向いておやすみなさい、と言うと、イライアスはドア枠にそっと彼女を押しつけた。

「あら、まあ、わたしを襲う気？」

「そうだよ」イライアスはささやき、ぎゅっとラッキーを抱きしめた。それから腕を離して彼女を見つめた。「きみに何かあったらと思うと、ぼくは……」

「何も起きないわよ。わたしはここでとても安全だわ。心配するのはやめてちょうだい。あなたって、わたし以上に心配症なのね」

「約束していたディナーのこと、ごめんね。明日の夜はどうかな？」

「じゃ、明日ね」

イライアスは長くて情熱的なキスをすると、やっとラッキーを離した。彼はドアの鍵がカチリとかけられる音を聞くまで廊下に立っていた。

28

正面ドアでベルがチリンと鳴ったので、ラッキーは顔を上げた。ふたつのグループが入ってきた。五人家族と、若い夏の観光客たちのグループ。その夫婦とはデモのときに会った覚えがあった。ジェニーとメグはまだ休憩中だったので、ラッキーはメニューをつかんでテーブルに配って回り、冷たい飲み物の注文をとった。ジャックがキャッシュレジスターのスツールから立ち上がり、ラッキーを手伝って飲み物をのせたトレイをテーブルに運んでいった。ジェニーとメグが休憩から戻ってきたときには、セージはほとんどの注文を作り終えていた。

ラッキーはエプロンをはずすとジェニーを呼んだ。

「エリザベスのオフィスに行って秘書のジェシーと話してくるわ。あなたとメグだけで三十分ぐらい大丈夫？」

「もちろんです、ラッキー。二人で平気ですよ。ジェシーが何か聞いたかもしれないんですか？」

ラッキーは肩をすくめた。「聞いたらわたしに教えてくれるはずよ。でもエリザベスのスケジュール帳があるかどうか知りたいの。もしかしたらスケジュール帳かデスクの上に手が

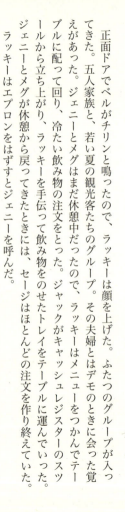

かりになるものが見つかるかもしれない。警察がすべて調べたのは知っているけど、自分の目で確認しておきたいのよ」

「いい思いつきですね」ジェニーは励ますように微笑み、彼女の注意を引こうとしているお客にうなずきかけた。

「手がすいたら、ジャックにわたしがどこに行ったか話しておいてくれる？」

「わかりました」ジェニーはにっこりした。

ラッキーは表側のドアから出ると、ブロードウェイを急ぎ足で歩いていき緑地を通り過ぎ、スプルース通りから村役場に行った。今日は湿度が高いのでよけいに暑く感じられた。空を見上げると、山の上に雲が集まってきている。この暑さを蹴散らす待望の雷雨になりそうだ。役場に着いたときにはブラウスが肌に貼りつき、汗が背中を滴り落ちていた。

村役場の中はエアコンがフル稼働していた。入っていったとたんに空気の冷たさで腕に鳥肌が立った。階段を上ってエリザベスのオフィスに向かう。ドアは開いていて、ジェシーがクロスワードパズルを広げてデスクにすわっていた。彼女は期待をこめて顔を上げた。

「まあ、ラッキー」ジェシーは雑誌を閉じるとデスクのわきに押しやった。「何かやることがあれば仕事をするんですけど、思いつくことはすべてやってしまって。何もかもファイルしたし、備品棚を整理し直したし、エリザベスのデスクも整理整頓しました。何もしないでいると頭がおかしくなりそうなんです。もう心配で心配で」

「わたしもよ。ちょっとうかがって、かまわなければスケジュール帳を見せていただけないかと思ったんです」

「もちろん。自由に見てください。わたしも調べたし、ネイトにも見せましたけど。ネイトはきのうも来たんです」ジェシーは立ち上がってラッキーのあとから奥のオフィスに入ってきた。「ここです」デスクのスケジュール帳を押して寄越した。

ラッキーはこれまでエリザベスをオフィスに訪ねたときに何度もすわったことのある椅子にすわると、ページをめくっていった。「会合がふたつ入っているわ」

「ええ。でもどちらもこのオフィスでです。オフィスの外での約束はありません。彼女が会う予定の人はみんなここに訪ねてくるか、彼女がここにいることを期待してぶらりと顔を見せるかなんです」ジェシーはエリザベスの椅子にすわりこんでもたれた。「他には何も思いつきません。さんざん頭をひねって、エリザベスが外出の予定を口にしていたかどうか思い出そうとしたんです。言われていたら絶対に記憶にあるはずですけど、エリザベスはひとことも言っていませんでした」

「おかしな電話は？」

「全然。そういうものは一切なかったんです。ここのスタッフは全員顔見知りですし、彼女を訪ねてくるのは知っている方ばかりです。彼女の不在を取り繕おうとしたことで、ものすごく後味が悪くて。わたしは馬鹿でした。オフィスに来なかった時点ですぐに騒げばよかったんです。最初は自分の勘違いだと思ったから。エリザベスは外出すると言ったけど、わたしがそれを忘れて書き留めていなかったのかもって。だってエリザベスはトラブルに巻きこまれるような人間ではありませんからね。とてもきちんとしていたんです！　そのあとはエリザベスがいい加減だと思われると困ると思って、彼女はいるかと言ってきた人には口実をもうけてごまかしていた。それを説明しようとしたら、ネイトもあの州警官も、わたしの頭がおかしいか知能が低いか、その両方だと思ったにちがいないわ。おかしな目で見てましたから」ジェシーはこめかみをもんだ。

「あなたがどうしてそんな対応をしたかは理解できるわ。ある意味でわたしもそうだったから。ずっと自分に言い訳していたんです。まず、遺骨を掘り出すときにウィルソン牧師の儀式で会うはずだった。でも、たぶん忙しくて来られなかったんだろうって思って。それからジャックがハリーを見つけたあとも、彼女はジャックが動揺すると戦争のフラッシュバックが起きることを知っているし、心配もしてくれていたのにまったく連絡をくれなかった。わたしは何度も電話してメッセージも残しましたけど、返事はなかった。結局、何か変だと気づいて、あなたに連絡をするまでに二日もかかってしまった。そのあとのことはご存じですよね」

ジェシーは悲しげにうなずいた。「エリザベスはとてもすばらしい女性です。本当に祈ってるんです……」ジェシーは言葉を切った。そのあとの思いを言葉にする必要はなかった。二人とも最悪の筋書きを頭から消そうとして躍起になっていたのだ。

ジェシーがため息をついた。「とても奇妙なんです。何ひとつふだんとちがうことはありませんでした。エリザベスはいつもどおり仕事をしていた。わたしよりもちょっと早く帰るときに、『おやすみなさい、ジェシー。また明日』って言った。ああ、もっと早くおかしいと気づくべきでした。彼女はとても几帳面な人なんです。何か約束があるとか、村を出る予定だったら、そんなふうに言うわけなかったんです。わたしは本当にまぬけだったわ！」ジェシーは嗚咽《おえつ》をこらえた。

ラッキーの心は沈んだ。まさか明日がないとは予想もせずに、わたしたちはそういう言葉を愛する人に、同僚に、友人に言うのだ。祝日の直前に母親と交わした最後の電話のことはまだ覚えている。母がもうじき娘といっしょに久しぶりに過ごせることにとても興奮し、祝日にはどういう料理をこしらえるつもりでいるかを教えてくれたのだった。とうとう作られることのなかったディナー。

「彼女のデスクは探しましたか？」

「ええ。何もありませんでした。エリザベスはとてもきちんとしているんです。すべてオフィスにあって当然のものばかりでした。私物はここにひとつも置いていません」

ラッキーは背後で足音を聞きつけ、ジェシーは顔を上げた。ラッキーが振り向くと、エドワード・エンブリーが戸口に立っていた。

「何かわかったかい、ジェシー？」

「いいえ何も、エド。残念です。ラッキー・ジェイミソンはご存じ？」ジェシーは立ち上がるとデスクを回っていき、ラッキーの椅子の隣に立った。

エドワードはにっこりしてラッキーと握手をするために近づいてきた。

「ああ、会ったことがある。またお会いできてうれしいよ。デモのときにエリザベスが紹介してくれたんだ」彼は大きなデスクに寄りかかった。「彼女のことがずっと心配でたまらなくてね」

「ジェシーの話だと、きのうもネイトがここに来たそうですね」ラッキーが言った。

「わたしにも話を聞いていった。廊下の先に仕事に使っている小部屋があるんだ。彼に報告することはもう何もなかった。彼女の車はまだ見つかっていないそうだね。だから、事故にあったわけじゃないんだろう。入院の報告もない。てっきり道路で事故にあって怪我をしているんじゃないかと思っていたが、どうやらその可能性はなさそうだね」

全員がしばらく黙りこくったままエリザベスについて考えていた。まるでこの部屋に彼女が見えない存在としていっしょにいるみたいに。とうとうラッキーが沈黙を破った。

「ジェシー、ありがとう。何か見つかるかも、ってちょっと思っただけなんです。〈スプーンフル〉に戻ったほうがよさそうだわ。ジェニーとメグだけでやっているけど、そろそろ混んでくる時間帯なので」

「いつでも寄ってください。どっちみちわたしは毎日来て、彼女の電話を待っていますから。それでボランティアの捜索にも加わっていないんです。わたしはここに残っていて、とにかく電話番をしていたほうがいいかと思って」

「それがいいでしょう」ラッキーはエドワードに言った。「お互いに何か情報が入ったら連絡しあいましょう――どんなことでも」

エドワードはラッキーを廊下まで送ってきた。

「エリザベスはすばらしい女性だし、わたしの大切な友人なんだ。集会の翌日から毎日捜索隊に加わっているが、何かわたしにできることを思いついたら、どうか連絡してほしい」

「そうします」

ラッキーは背中を向けて長い廊下を歩きはじめた。振り返るとエドワード・エンブリーが階段の上に立ち、とても心配そうな表情を浮かべていた。

29

「結局、何を発明したの？」

ラッキーはセージの肩越しにのぞきこんでたずねた。

「うまくいったみたいですよ。ほら——最初にブロスにカイエンペッパーを加えるんです。そうするとピーナッツバターがあまり固まらずにすむ。チキンと唐辛子のアフリカの料理みたいにね」セージは新しいレシピのためのノートにさらに何やら書きつけた。

「ピーナッツバターのスープなんて聞いたこともなかったわ」

「南部ではよくあるメニューだと思います。とても単純なスープなんですよ。チキンベースで、セロリ、タマネギ、それにピーナッツバター。刻んだピーナッツを仕上げに散らしてもよさそうだな。唐辛子を加えたら風味が増して、ピーナッツのクリーミーな味わいもひきたつんじゃないかと思いついたところです」

　正面のドアのベルがチリンと鳴った。ラッキーはハッチからのぞいた。

「ソフィーだわ」ラッキーは友人が厨房にやってくるのを見守った。

「ハイ、みなさん！」ソフィーはスツールを引き寄せてすわり、床に大きな荷物を放りだし

った。「彼って天才よね？」

「わあ。おいしそうね」ソフィーはセージに投げキッスをすると、ラッキーの方を向いて言った。「何をしていたの？」

「セージが新しいスープを作っていたの――ピーナッツバターの」

セージは目玉をぐるっと回した。「紙一重のほうじゃないだろうね？」

「ところでおなかがぺこぺこなの。象一頭でも食べられるぐらい」

「それはいいね」セージが同意した。

「まさか」ラッキーは反対した。「象は絶滅危惧種よ。それにとても人間に近い動物なの。会った仲間も人間も覚えているのよ。象を殺してスープにするなんて考えられないわ」

セージは降参だというように両手を上げた。「ねえ、落ち着いて。ただの冗談ですよ。ちょっと上の空だったから」

ラッキーはスツールから下りた。「何か作るわね」ソフィーに言った。チキンの角切り、レタスの千切り、アーモンド、ルッコラ、刻んだトマト、赤タマネギを軽いクリーミーなドレッシングであえ、よく混ぜたものを大きなほうれん草入りトルティーヤで包み、わきにベイクトポテトを添えた。

「ありがとう、ラッキー。まさにこういうのが食べたかったの。足が痛くてたまらないし、暑さで死にかけていたから」

「冷たい飲み物が必要ね」ラッキーはグラスに氷とレモネードを注いで、ミントの葉をのせた。グラスをソフィーに差しだす。

「うーん。ありがと」口いっぱいに頬張りながらソフィーはお礼を言った。

ドアのベルが鳴った。「お客さん？」セージがたずねた。

「休憩もおしまいね」ラッキーはハッチからのぞきながら言った。「ロッド・ティボルトよ。わたしが相手をするわ」セージはうなずき、ノートに戻った。

　ラッキーは気まずさと同時に疑惑も感じていた。懲戒委員会について知ったあとではロッドのことを信用できなくなっていた。しかし一方で、彼は弁護士として評判がいい。法廷の外での口論について、ロッドは本当に正直に話してくれたのだろうか？　それともいい人を演じているだけで、腹黒い部分もあるの？　今は彼を避けるわけにいかなかった。とにかく出迎えなくては。

　ロッドはジャック、ハンク、バリーのテーブルに加わった。「オアシスですね。嵐の中のオアシスだ」彼はすわりながら言った。

「どうしたんだ、ロッド？」バリーがたずねた。

「ネイトにうるさく追及されていたんです。ぼくにどうにかできることについて徹底的に詰問するならわかるけど、彼の質問ときたら……まったく何を考えているんだろう？　ぼくは弁護士なんですよ。敗訴したからといって、人殺しをしたりしませんよ」

「何にしますか、ロッド？」ラッキーはテーブルに近づいていってたずねた。

　ロッドは顔を上げ、無邪気な笑みを浮かべた。ハンクとバリーの前で森で会ったことを言いだしませんように、とラッキーは祈った。「アイスティーをもらえるかな。ありがとう、ラッキー」

彼女はうなずくと、カウンターの後ろに行って飲み物を用意した。ロッドは椅子から立つとカウンターにやってきた。アイスティーを注いでいるラッキーに顔を寄せた。

「ねえ、まだぼくのことを疑っているんじゃないといいけど」

「あら、もちろんそんなことないわ」ラッキーは慎重に答えた。「あなたを責めているように感じたならごめんなさい」

ロッドは眉をつりあげた。「うん、実はそうだったけど、もう気にしていないよ。友だちだろう?」彼はたずねた。

「そうね」

ラッキーはうなずき、誠意がこもっているように見えますようにと祈りながら笑みを浮かべた。仕方がなかった。ロッドは具体的に怪しいことは何もしていないというものの、懲戒委員会のことやエリザベスの言葉についてはロッドの一方的な話しか聞いていないのだから。それにジャックはいいところをついていた。ロッドがエリザベスを見つけたいと心から心配しているなら、どうして捜索隊に加わらないのだろう? ロッドにアイスティーを渡すと、彼はそれを持ってテーブルに戻っていった。

ハンクが鼻眼鏡をずり上げた。「あんたよりもローランドを殺したいもっと強烈な動機を持っているやつならたくさんいるよ」

ロッドは目を丸くした。「それをネイトに言ってくださいよ。彼はしつこいんです。どうしてぼくがあそこにいなかったのか？　あの日の午後法廷に出ていたと説明したんですけどね」ロッドはため息をついた。「実を言うと、ぼくはたんに再現劇を見たくなかっただけなんです。ともかく村にいたくなかった。差し止め命令を出してもらえなかったので途中で仕事を投げだしたと、みんなに思われているんじゃないかと感じたものだから」

「あんたが仕事を投げだしたなんて、おれたちは思っていないよ」ハンクが答えた。「村議会の馬鹿どもを非難すればいいんだ――エド・エンブリー以外のね。あいつだけはローランドに対抗しようとした気骨のある男だ」

ロッドはテーブルにのりだすと、声をひそめた。ラッキーはカウンターにいて、レストランにはほとんどお客がいなかったので聞き耳を立てた。

「ここだけの話ですけどね。村議会は骨抜きにされてますよ。ノーマン・ランクの土地を何区画か土地収用権によって接収する話が出ているらしいです」

「土地収用権？」ハンクがたずねた。「何のために？」

「ローランドが温めていた別のくだらない計画のためです。ノーマン・ランクこそ、ネイトが話してみるべき相手ですよ」

バリーとハンクはテーブル越しに目を見交わした。ハンクはロッドに言った。「あんた、集会にいなかったのは残念だったな」

「どうしてですか？」ロッドはたずねた。

「ローランドが現れて、彼とはあわや殴り合いになりかけたんだ。大切な不動産を失わないように自分の心配をしたほうがいいぞ、ってローランドがランクに言ったんだよ」

「わお！」ロッドは口笛を吹いた。「ランクはカンカンになったにちがいない。たぶんすでに彼は噂を聞きつけているはずですよ」

「あんたは誰から聞いたんだい？」ハンクがたずねた。

「それは言えません。ぼくに話した人物は噂が広まることは気にしていないけど、どこからそれが漏れたのかは誰にも知られたくないんです」ロッドはアイスティーをごくごく飲んだ。「でも、誤解しないでください。ぼくはノーマン・ランクがローランドを殺したと言っているんじゃないですよ――全然――ただ彼には動機があると指摘しているだけです。他にもおかしなことがあるし……」

ハンクが首をかしげ、鼻眼鏡越しに問いかけるようにロッドを見た。「何だね？」

「ああ、もしかしたら意味はないのかもしれませんけど。ハリー・ホッジズが殺される前日にローランドと話しているのを見かけたんです。ぼくは新しいクライアントに会いに村に来て、ウォーター通りの反対側に駐車した。車に戻ってきたら、二人が緑地にいたんです。何かとても深刻なことを話し合っているようでした」

「その話は前にも誰かから聞いたな」バリーが言った。「ハリーはローランドと裏取引をしていたって考えている連中もいる」

ロッドは肩をすくめた。「たぶんそうだったのかも。彼の店の裏側に造るように最後の説得を試みていたのかもしれない。そうなったらどちらの側にとっても都合がよかったでしょうね」

「そして今やどちらも死んだ」ジャックが言った。「洗車場は二人の共通項のようだな。早くネイトが真相を突き止めてくれることを祈っとるよ」

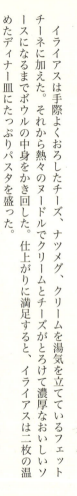

30

イライアスは手際よくおろしたチーズ、ナツメグ、クリームを湯気を立てているフェットチーネに加えた。それから熱々のヌードルでクリームとチーズがとろけて濃厚なおいしいソースになるまでボウルの中身をかき回した。仕上がりに満足すると、イライアスは二枚の温めたディナー皿にたっぷりパスタを盛った。

「コショウは？」彼は皿の上に大きな木製のコショウ挽きを差しだしながらたずねた。

「ええ、たっぷり」ラッキーがおいしそうな香りを吸いこんでいるあいだ、イライアスは湯気を立てているフェットチーネの皿の上で黒コショウの粒を挽いた。

「あなたがお料理をできてうれしいわ。〈スプーンフル〉を出ると、食事を作ることを考えただけでうんざりしちゃうの」

「ぼくがすばらしい奥さんになれるって言ってるのかい？　ぼくはプロじゃないけど、簡単な料理は得意だよ」彼はリネンのナプキンを広げて膝にかけた。「じゃあ、話して。何かわかったことは？　何でもいいよ」

「ゼロよ」ラッキーは胃がぎゅっとひきつれ、食事が喉を通るかどうか心配になった。「心配でたまらないけど、他にできることはなさそうなの。彼女の車が見つかるはずだと考えて探しているけど、今のところ何も発見していないわ。ロッド・ティボルトに会っただけ」

「その件について考えれば考えるほど怖くなるんだ。ジャックの言うとおりだ。きみもソフィーも単独行動はするべきじゃないよ」

「二手に分かれればもっと広い地域を調べられると思ったの。携帯で常に連絡をとりあって」

「それはすばらしいけど、きみも知ってのとおり電波が届かない場所がたくさんあるからね」イライアスは説教をしそうな様子に見えた。

「わたしに腹を立ててるの？」

「腹を立てる？　いや、心配しているんだ。森を一人でうろつくべきじゃないよ。この村では二件の殺人事件が起きた。なぜ、それに誰が、そんなことをしたのかまだわかっていない。村全体がパニック状態なのに、きみはまったく恐怖を覚えていないようだね」

「そんなことないわ。わたしだって怖いわよ。みんなと同じように。それにエリザベスの身に何かあったんじゃないかと思って怯えている」ラッキーは憤慨して言い返した。

イライアスはため息をついた。「悪かった。えらそうなことを言うつもりはないんだ。ただ、きみがこういうことをするなら、誰かと――ソフィーでもセージでも誰かといっしょに行動してほしいんだ。それから、どこを探すつもりか誰かに知らせておいてほしい」

ラッキーは深呼吸した。「そのとおりね。あなたの言うとおりだわ。ロッドと会ったときは、一瞬震え上がったもの」ラッキーはクリーミーなソースのかかったフェットチーネをかき回した。

「じゃあ、ロッドは死体を捨てに行くところじゃないかときみに疑われたのを知っているんだよね。彼はどう反応していた？」イライアスは穏やかに言葉を続けた。「きみは深刻な事態になってたかもしれないんだぞ。たぶんロッドは後ろ暗いことなどしていないんだろうが、万一彼に何か隠したいことがあったら？　危険な目にあったらどうするんだ？　何かきみにあったら、ぼくはとうてい生きていけないよ」

ラッキーはテーブル越しにイライアスの手を握りしめた。

「わたしも。だから一人ではもう出歩かないって約束する。いつもソフィーといっしょにいるわ」

「そのほうがずっと安心だ」イライアスはようやく笑みを見せた。

ラッキーはフォークにフェットチーネを巻きつけると、ひと口食べた。とてもおいしかった。

「何が起きているの、イライアス？　まずハリー――よりによって。彼はみんなに好かれていた。誰にも面倒をかけなかった。それどころか、みんなの車をちゃんと走るようにしてくれていた。どうしても理解できないわ。ローランドは……まあ、ああいう殺され方をして当然とは言いたくないけど、少なくとも彼のお葬式で涙を流さない人はたくさんいるでしょうね」

「ハリーは洗車場建設反対のデモの中心的人物だった。だからローランドはあきらかにハリーを亡き者にする動機があった。ローランドに人殺しができるかどうかはわからないが」

「ハリーはたしかに中心になっていたけど、一人だけではなく、複数の人間がデモを仕切っていたわ。エドワード・エンブリーはハリーよりも村ではよほど影響力がある。洗車場建設反対に票を投じたし、そのことをはっきりと公言していた。洗車場が理由なら、論理的に言ってエド・エンブリーが標的になるはずだわ」

「誰も本気でローランドに死んでほしいなんて思っていなかった。ただ去ってほしかっただけだ」

「ハリーがデモに来なかったとたくさんの人が批判していたわね。もちろん彼が死んでいたとはみんな知らなかったんだけど。それからとても怒っている人もいる。エド・エンブリーだけではなく、ロッド・ティボルトとノーマン・ランクよ。でもハリーへの襲撃が洗車場の建設とはまったく関係がなかったとしたら？」ラッキーはフォークでルッコラを半分にした。「ごめんなさい、イライアス。これ、全部食べられそうにないわ。おいしいけど、胃が受けつけないの」

「食べられるだけ食べればいいよ。とっておけるから」イライアスはフォークに長いパスタを巻きつけた。「なるほど。関係がなかったとしたら？　きみの言うように、ハリーは何かを告白しようとしていたとしたら、秘密か何かを？　それを誰が知ったんだろう？」

　ラッキーは首を振った。「ウィルソン牧師なら手がかりを持っているかもしれない。何を話したいのか牧師にはほのめかしたかもしれないわね。ただ、その話の中身がわかったとしても、それがどうエリザベスの行方不明と結びつくんだろう?」

イライアスはテーブル越しにラッキーの手を握った。「エリザベスのことを心配するのがいけないと言っているんじゃないし、きみはおおげさに騒いでいるわけでもない。ただ、ご両親に対する気持ちが甦ってきているんじゃないかと心配なんだ」

ラッキーは身震いした。とっさにそんなことはないときっぱりと否定しようとした。口を開きかけたとき、涙があふれてきた。震える声でラッキーは答えた。

「これ以上ないほど残酷よね……愛する人をいきなり奪われるのは。これは本当に起きたことじゃないと思いながら夢から目覚めることが数え切れないほどあった。目覚めて見回すと、本当に起きたことだとわかる。わたしがいるのはマディソンでもないし、両親の家でもなく、小さなアパートで、わたしの過去はなくなってしまっている」

イライアスはテーブルを回ってきてラッキーを両腕に抱きしめた。

「きみは一人じゃないよ。ぼくがいるし、ジャックもいる。それにエリザベスもいずれ見つかるだろう。絶対に彼女は見つかると信じているよ」

ラッキーは彼の腕の中にいると緊張がほどけていくのを感じた。イライアスの首の温かい肌に触れ、アフターシェーブローションの香りを吸いこんだ。

「なんだか泣き虫のお馬鹿さんになってるみたい」ラッキーはすばやくナプキンで涙をぬぐった。

「謝ることなんてないよ。そんなふうに感じるのは当たり前だ。魔法の処方箋なんてないんだから。時間だけだよ。必ず時間が傷を癒やしてくれる。忘れないで、まだ一年もたっていないんだから」

「わかってる」ラッキーは震える息を吐きだした。「あなたの言うとおりだわ」

「もっと食べたら、お嬢さん。さもないと、本当はぼくの料理が口にあわないのかと心配になる」彼の言葉にラッキーは笑みを浮かべた。イライアスは自分の椅子に戻ると、二人のグラスにさらにワインを注いだ。

「そうだ、もうひとつ話そうと思っていたことがあるの。今日、ロッド・ティボルトが〈スプーンフル〉に来たの。とてもおもしろいことを言っていたわ。ノーマン・ランクが村の中だけではなくて、周辺のあちこちにたくさん土地を持っていることは知ってるでしょ。実際、うちの家主でもあるわ」

「〈スプーンフル〉の建物も所有しているんだね?」イライアスがたずねた。

ラッキーはうなずいた。「ロッドが言うにはローランドは村議会を意のままに動かしているって」

「どういう意味? 賄賂を払ってる?」

「そういう含みだったわ。どうやらノーマン・ランクの不動産を土地収用権で接収する計画があるというか、あったらしいの」

イライアスは含み笑いをもらした。「ランクはそれを正当殺人の理由になると考えるだろうね。何の目的で接収するんだい？　全体として、地域社会にとってはそのほうがずっとメリットがあるにちがいないが」

「お金がたくさん飛び交えば、開発業者は望むものを手に入れられるってことね。あの馬鹿げた洗車場を見てごらんなさいよ——一例として。でも、それ以外にも、あの二人のあいだには何かつながりがあるにちがいないわ——ハリー・ホッジズとローランドのあいだによ。それに、それはエリザベスの行方不明とホレスの盗難事件にもどこかで関係しているのよ」

ラッキーはフォークを置いて、ワインをすすった。「あの二人は水と油よね。まったくちがう土地でまったくちがう人生を送ってきた。ハリーとウィルソン牧師が交わしていた会話を何度も思い返してみてるんだけど」

「もしかしたらハリーは宗教的な助けを求めていたのかもしれない」

「あなたの話してくれたことからすると、充分に理解できるわね。ハリーは死を覚悟して、何かをどうしても告白したかった。それに、わたしを見たとき、飛び上がらんばかりだったの。逃げるように立ち去ったわ。結局、牧師は彼に話させることができなかった。ただ心の準備ができたら悩んでいることをいつでも話しに来なさい、と伝えただけ」

イライアスは考えこんだ。「きみに話したように、ハリーの病状は末期だった。せいぜい余命は数カ月。犯罪がらみのことを予想しているのかい？」

ラッキーは首を振った。「わからない。ハリー・ホッジズが犯罪に手を染めたなんて想像もつかないわ。でも、何かの犯罪を知っていて、それを秘密にしていたとしたら？」

「そのせいで殺されたという可能性はあるね」イライアスはラッキーの皿を見た。「ほとんど何も食べてないじゃないか」

「おいしいけど、食欲がないの。お持ち帰り袋をいただける？」

イライアスは微笑んだ。「今夜泊まっていくと約束してくれるなら」

ラッキーはため息をついた。「そうしたいけど。本当よ。ただ……村には噂好きな人がいっぱいいるでしょ。わたしはお店を経営しているし、あなたもそうだわ。人の噂のことはよく知ってるでしょ」

イライアスの腕の中で目覚めるほどすてきなことはないだろうが、スノーフレークのような小さな村ではどういう目で見られるか、陰で何を言われるか自信がなかった。とりわけイライアスは自重しなくてはならない立場にあった。村でただ一人の医師として、なにかと注目されがちだったからだ。実際のところ、ラッキーは人がどう考えようと気にならなかったが、自分の店の評判やイライアスの立場が悪くなるのは避けたかった。

イライアスはラッキーの手をとった。「ぼくはこの関係に真剣なんだ、レティシア・ジェイミソン。きみといっしょになりたいと思っている。もうこれ以上待ちたくないんだ」

ラッキーは頬に赤い色が広がっていくのを感じた。「わたしも同じように感じているわ」

「じゃあ、どうしてためらっているんだい？」

「今はいいタイミングには思えないからよ、イライアス。わたしはレストランとジャックのことを心配しなくてはならない」

「ジャックはきっと大喜びするよ」

「そうね。わたしたちがつきあっていることで、とても喜んでいるわ。だけど、両親が亡くなってまだ一年もたたないのよ」

ラッキーは彼の目に失望がよぎるのを認めた。その言葉が口から出たとたん、ラッキーはイライアス自身の言葉を彼への反論として使ったことに気づいた。わたしったら馬鹿なのかしら？　どうして約束することをためらっているの？　もちろん怖いせいだ。でも、イライアスに対する気持ちや信頼が足りないせいではない。でも、どういう恐怖なの？　愛する人を失う恐怖？　思い切ったことをする恐怖？　自立を手放す恐怖？　イライアスに心からイエスと答えるにはもう少し時間が必要だった。

彼はうなずいた。「もちろん、そうだね」

イライアスは彼女を椅子から立たせ、髪のあいだに指を滑りこませた。笑みを浮かべながらラッキーの顎を持ち上げ、ゆっくりと唇を重ねてくる。それ以上何も言わずに、イライアスはラッキーを階段の方に連れていった。

31

ラッキーの寝室の開いた窓から涼しい朝の風が入ってきた。部屋の花模様のカーテンがふくらみ、下の庭園の薔薇の濃厚な香りが漂ってくる。ラッキーは伸びをして、イライアスとの夜を思い出しながらしぶしぶ目を覚ました。あのあと彼は紳士らしくアパートのドアまで送ってくれたのだった。

　彼が帰ってしまうと、ラッキーは寂しさに押しつぶされそうになった。彼の足音が階段を下りていくのに耳を澄ませ、あきらかにプロポーズされたのに躊躇した自分に腹が立った。ラッキーはこれまで経験したことのないような肉体的な感覚に圧倒されていた。おまけにどうしようもないほど彼に恋している。では、何のせいでためらっているのだろう？　イライアスはこれまで自分の目標を達成するために必死に努力してきたので、そろそろ家庭を持ちたがっていた。でも、わたしは？　イライアスが帰ってしまうと、ラッキーはベッドに倒れこみ、目覚まし時計が鳴るまでぐっすりと数時間眠った。

　ラッキーとソフィーは夜が明けたらすぐに出発して、ロッド・ティボルトと会った日にたどっていたのと同じルートで、もっと細い道を調べる予定だった。携帯電話が山間部ではほ

とんどつながらないこともあり、ソフィーは二人でいっしょに行動することに賛成した。でも何も発見できなかった。ソフィーにアパートの前で降ろしてもらったときには、何日も走り回っていたような気持ちになっていた。もう一度目覚ましをかけるとベッドにもぐりこんで、夢も見ずにさらに一時間の幸せな眠りを貪った。しかし、睡眠でも癒やせないほど筋肉がこわばっていた。不安が解消さえすれば。この恐怖感が消えさえすれば。窓の外の世界のうっとりするような風景と自分の気分が一致してくれれば。ラッキーは掛け布団を跳ねのけると、小さなアパートのキッチンに入っていった。やかんを火にかけ、窓辺のキッチンの椅子にすわった。かすかな頭痛を感じながらこめかみをもみ、お湯が沸くのを待った。やかんがピーッというと火を止めて、フィルターに濃いコーヒーを二杯入れた。お湯を注ぎ、パンをひと切れトースターに放りこむ。

香り高いマグを両手で包みこみながら、ラッキーは椅子をさらに窓に寄せた。半分まで窓を開け、膝を窓枠に押しつけた。アパートの建物の裏にフェンスが接しているヴィクトリー庭園がはっきり見える。早起きの人々がすでに野菜の世話をしていた。庭園の小さな区画が開発業者にブルドーザーでつぶされないように努力したのは、エリザベスだった。野菜畑を何列か借りられた幸運な人々は育てたものをもらえる。でもたくさん作物がとれたときはバスケットに入れて、新鮮な野菜がほしい人のためにその日の終わりに門のわきに置いていった。エリザベスがリチャード・ローランドの野心を制御できる立場にいたらよかったのに。彼が殺されてしまった今、建設計画はどうなるのだろう？　できたら中断したまま忘れられてしまうといいけど。そうなったら村の大きな問題の少なくともひとつは解決されることになる。

トーストがポンと飛びだし、ラッキーはそれを小さな皿にのせた。パンの端をちぎり、窓枠にパンくずをまいた。すわって待っていると、二羽の灰色の鳩が近づいてきた。二羽はラッキーのお気に入りだった。彼女は息をこらした。じっと動かずにいて、二羽がパンくずをついばむのを眺めていた。大きい方がきっと雄だろう。頭のてっぺんに青みがかった色が入っている。もう一羽は雌で、色合いはもっと繊細で、やわらかな灰色がかった茶色と焦げ茶色だ。雄鳩は頭をもたげて、横目でラッキーの方を見た。ビーズのような目が脅威や危険の兆候がないかと観察している。自分も相方も安全だと判断すると、彼はまた餌をついばむのに戻った。二羽の鳩はパンくずをあらかた食べてしまうと、飛び去り、ヴィクトリー庭園の反対側にある大きなカエデの木をめざした。多くの鳥のように鳩は一生添い遂げるという。イライアスはそういうことを望んでいるのだろうか？　生涯の伴侶？　わたしは何を求めているの？　それにどうして誰かと一生いっしょにいることを怖いと感じるのだろう？　両親は幼なじみで充実した幸せな人生を送った。いっしょに死ぬことができたのはもしかして祝福だったの？　相手がいない人生を送らずにすんだから。ラッキーはエリザベスのことを考えた。エリザベスにもこれまで何度も結婚の機会があったにちがいないとラッキーは思っていた。求婚者をしりぞけたことを後悔しているんだろうか？　そのことをいつかエリザベスに訊いてみなくては。でも、まず、彼女を見つけなくてはならない。

ラッキーはイライアスから聞いた情報について考えこんだ。ハリーが牧師に相談したり、抱えてきた秘密を告白しようとしたりしていたのは、それで納得がいく。筋が通っていた。自分が病気で死期が迫っているのを知ったら、罪を、あるいはたんなる恐ろしい秘密だとしても告白したくなるのでは？　ラッキーはゆうべの夢をぼんやり思い出した。森をよろよろと必死になって歩いていると、まばゆい光に目がくらむ。金属に、車のバンパーに反射する太陽だった。車めざして森を進んでいくと小枝に顔をひっかかれる。夢の中のラッキーはそれがエリザベスの車にちがいないと思っている。やっと車までたどりつくと、息がつまるような恐怖とともにおぞましいものが車の中にあることに気づく。一歩一歩近づいていくが、恐ろしさのあまり見ることも顔をそむけることもできない。窓のところまで行って中をのぞいたとたん、冷たい汗をぐっしょりかき、心臓をバクバクさせながら目が覚めた。

時計をもう一度見た。今朝は遅くなるけど心配しないで、とジャックに言ってあった。だが、今日最初の混雑が始まるまでには〈スプーンフル〉に着きたかった。網戸を閉め、すがすがしい空気が入るように窓は開けたままにした。残りのコーヒーを捨ててカップをゆすいだ。シャワーを浴びて手早く夏のスカートとトップスに着替え、長い髪をブラッシングしてポニーテールに結う。たんすの上の鏡をちらっとのぞいてためらった。薄い口紅をつけ、アイライナーをちょっと入れて目を強調することにした。一年前だったら、メイクをすることなど思い浮かばなかっただろうが、イライアスが人生に登場してからというもの、自分の外見にもっと気を配るようになった。

子どものとき、ラッキーはよくあざをこしらえ、泥だらけで家に帰ってきたものだった。お人形遊びよりも蜘蛛やウナギをつかまえることのほうに関心があったのだ。両親は小さな娘が女の子らしくなるものと期待していた。ラッキーがフリルのついたドレスや縁に刺繡《ししゆう》をほどこしたソックスを身につけることを拒むと、母はとてもがっかりしたようだ。母はその気持ちを理解できなかったが、とてもやさしく愛情を持ってそれに対応してくれた。ラッキーと呼んでほしいと譲らなかったときですら、母はそれを受け入れ、お説教をするときだけレティシアと呼んだ。大学時代、辛抱強いルームメイトがファッションやメイクに関心を持つべきだと勧めた。彼女はラッキーをひきずるようにしてショッピングに連れていき、ファッション誌の写真をあれこれ見せてくれた。ラッキーは外国語を無理やり教えられているような気がしたものだ。今も本質的にはおてんばだったが、少なくとも前よりもちゃんとした服装をして、サーカスのピエロみたいに見えないメイクができるようになった。

ラッキーはバッグと鍵を手にとると、幸運を願って民芸品の魔女人形の鼻に触った。この黒い帽子をかぶりわらのドレスを着た木彫りのニューイングランドの魔女人形は、アパートに引っ越してきたときに新居祝いとしてエリザベスがくれたものだ。もっともここはエリザベス自身が所有している建物のアパートだったが。彼女はあらゆるものをエリザベスからもらった――アパート、さまざまな家具、車まで。母の親友がいなかったら、スノーフレークに戻ってきたときの暮らしはかなりつらいものになっていただろう。目を閉じて、どこにいようともエリザベスがすぐに見つかりますように、と祈った。ネイトをせっつき、エリザベスの車を探し、チャーリーの世話を続ける以外にやれることは思いつかなかった。

急いで階段を下りるとメイプル通りに出て、〈スノーフレーク・クリニック〉の前を通り過ぎた。今朝はイライアスが患者を診ているはずだ。通り過ぎながらちらっとガラスをのぞくと、受付係のローズマリーがデスクの前にすわっていて、待合室は患者で一杯だった。ガラス越しにローズマリーに手を振ると、彼女も挨拶を返してくれた。イライアスはかろうじてこれだけの患者をさばいていたが、毎日大変そうだ。クリニックを手伝ってくれる医師を探して負担を少し減らそうとしていたが、今のところこんなに小さな村で仕事をしたがる医者は一人もいないか、多くの応募者がいてもふさわしい人材がいないか、どちらかだった。できたら、あまり時間がかからずに誰か見つかるといいのだけれど。だってイライアスのスケジュールが空くようになったら、もっと二人でいっしょに過ごせるから。

ラッキーは路地から〈スプーンフル〉に行き、裏口から入った。バッグをオフィスに置き、新しいエプロンを棚からとる。

「ハイ、セージ」

厨房を通り過ぎながら声をかけた。セージはにっこりして答えの代わりに穴あきおたまを上げてみせた。ジャックはキャッシュレジスターにいて、今日のために引き出しを整理していた。彼女は手を伸ばして祖父の頰にキスした。

「元気、ジャック？」

「最高だよ」彼はぴしゃりと引き出しを閉めた。「今のところ静かで楽だった」

　太陽がチェックのカフェカーテンから射しこみ、店内全体を金色の光で染めあげている。壁にはスキーのスロープや地元の住人たちの写真、床は磨かれた幅広の松材、窓辺に夏らしいハンギングプランター。ラッキーはそんな店を愛していた。

「それはよかった。遅れてごめんなさい。もうちょっとだけ寝たかったの」

「言いたいことはわかるよ。みんな疲れがたまってきたんだ。できるだけの時間を割いて捜索に出とるからな」

　厨房からはすごくおいしそうなにおいが漂ってくる。ジェニーがカウンターにいたので、ラッキーはその隣に行った。「これ、何のにおい？」

「セージは教えてくれないんです。でもピーナッツバターのにおいじゃないかと思いますけど。あとで味見をさせてくれるって言ってました」

「ああ、ずっとそのレシピを工夫していたから。わたしがここを担当するわ、ジェニー。あなたはテーブルをセットしてくれる？」ジェニーはうなずき、編んだプレースマットの束とナプキンとカトラリーを持って急ぎ足で去っていった。

　ジャックはカウンターにやってくると、ぶつぶつ言いながら《スノーフレーク・ガゼット》の一面を見せた。「こいつを見たかい？」

「いいえ。どうして？」

「まるでたわごとだよ。この村にはＦＢＩの指名手配リストに載ってる連中がうようよしていると思われかねない。何も話せないと彼女を突っぱねて正解だった」

「ロウィーナの記事ね？」

「はっきり言って、あの子はメロドラマでも書いたほうがいい」

「そんなことでカッカしないで。あの人はセンセーショナルに書こうとしているだけなんだから」

「馬鹿な」ジャックは一蹴した。「起きたことだけで最悪なのに、こんな宣伝をされたら商売にも差し障る」

　彼は文句をつけて、キャッシュレジスターのスツールに戻っていった。

　ドアの上のベルが三グループの客の到来を告げた。ラッキーはトレイをとりグラスを並べて水を注いだ。ジェニーはそのトレイを持って、てきぱきと水とメニューを各テーブルに配っていく。飲み物の注文票を手渡され、ラッキーは新しいお客のためにアイスティー三つ、コーヒー四つ、オレンジジュースふたつを用意した。ジェニーはそれぞれのテーブルに飲み物を置き、それから最初のテーブルに食事の注文をとりに行った。

　ハンクとバリーが入ってきて、ジャックとラッキーに手を振り、お気に入りの隅のテーブルをめざした。ラッキーは二杯のコーヒーを注ぎ、クリームの小さなピッチャーと砂糖のボウルをトレイにのせて彼らのところに運んでいった。

「ありがとう、ラッキー。もう少ししたら食事を注文するよ。正午にまた捜索隊で出かける予定なんだ」

「何か見つかったんですか？　どんなことでもいいから教えてください」ラッキーは声が震

えないように必死でこらえた。

ハンクは首を振った。「全然。あんたとソフィーは細い道を探しているんだってね。エリザベスの車が見つかるかもしれないと思っているのかい？」

「遠回りかもしれないけど、そう期待してます。お店をもっと抜けられれば捜索隊に加わるんですけど。少なくとも車であちこちの小道を探すことは、他に誰もやっていないし、わたしにもできるから」

「こういうことではいつも人手が問題になるな。でも、言っておくが、みんなりっぱだよ。自分の時間を寄付しているんだから。簡単なことじゃないよ、とりわけこの暑さだからな」

バリーはチェスの駒をボードに並べはじめた。

「ジャックはこのゲームでめきめき腕を上げているんだ。時間があるようだったら、序盤の手を教えてあげられるよ」

「伝えておきます」ラッキーはカウンターに戻るとトレイをふき棚に戻した。

ドアのベルがまた鳴った。マージョリーとセシリーがバタバタと入ってきた。セシリーはラッキーに手を振り、急いでカウンターにすわった。

「元気なの？　あまり寝ていないような顔をしているわね」

「そうなんです、よく眠れなくて」

「わかるわ。きのうネイトと彼の助手といっしょに捜索に出かけたの。それからマージョリーは明日行く予定よ。うちは交代でお店に出ればいいから。でも、レストランの仕事だと大変だと思うわ」

「信じられないわ」マージョリーが言った。「人が消えてしまうなんて。スノーフレークにとってはおぞましい夏だったわね。まずハリー、それから、あのむかつく開発業者。そして最悪だわ――エリザベスだなんて」

ラッキーは口がきけなくなった。急いでジャムを添えたクロワッサンと二杯のお茶を姉妹のために用意した。

ジェニーが近づいてきた。「ラッキー、どこかでわたしの腕時計を見かけませんでした？見当たらなくて」

「見てないわ。最後につけていたのはどこだったか覚えてる？」

「教会にいた夜です――集会で。手を洗うためにはずしたと思うんですけど。少なくとも、最後に見たのはあそこです」

「じゃあ、ランチの混雑がひいたら、わたしが教会に行ってくるわ。探してみる」

「お願いできますか？」ジェニーはほっとため息をついた。「あれがないと困るんです」

「心配しないで。きっとあそこにあるわよ」ウィルソン牧師とハリーについて話すのに、これほどうってつけの口実があるだろうか？

32

最後のランチタイムのお客が支払いをして帰っていくと、ラッキーはエプロンをはずして厨房のフックにかけた。

「セージ、ちょっと休憩をとるわ。三十分で戻ってくる」

彼女はブロードウェイを歩いて緑地を横切ると白い尖塔のある教会の正面ドアを入っていった。信徒席を突っ切り、大きな集会室と調理場をめざした。スイングドアを開け、明かりのスイッチを入れる。カウンターと窓枠を調べ、すべての引き出しを開けて中をのぞいた。あきらめかけたとき、流し台の上の高い棚に何かあるのに気づいた。ジェニーの腕時計はそこにあったのだ。腕時計をスカートのポケットに入れると明かりを消し、厨房のドアを閉めた。廊下を戻って教会の本館部分に向かった。ウィルソン牧師のオフィスのドアは閉まっていたが、中で人の気配がしたのでドアをノックした。

「どうぞ」

なじみのある声が叫んだ。ラッキーはドアを開けて少し散らかっているが居心地のいい部屋に入っていった。書棚が壁際にずらっと並び、デスクじゅうに書類が散らばっている。彼女は大きく息を吸って、防虫剤の残り香を嗅いだ。たとえラッキーしかそう思わなくても、心安らぐ家庭的なにおいだった。

ウィルソン牧師は顔を上げた。「やあ、ラッキー。こんにちは。どういうご用件かな？」

「お仕事の邪魔をしたんじゃないといいんですけど」

「全然。次の日曜にする説教に取り組んでいただけだよ。罪悪感と罪の報酬についての話がふさわしいかと思っているんだ。最近村で起きていることを考えると」

「あてはまる人が聞いてくれるといいですね」

「どうぞ、おすわりなさい」牧師は背の高い革のウィングチェアのひとつに手を振った。

ラッキーは椅子を見た。本やフォルダーが座席に危なっかしく積み上げられている。

「ああ、これは失礼。手伝うよ」ウィルソン牧師は自分の椅子から立ち上がり、デスクを回ってきた。「すまない。しばらく片づける暇がなくてね」彼はファイルと本の山をとりあげると、ぐるっと回りながらそれを置く場所を探したが、結局、椅子のかたわらの床に放りだした。「さて、どういう話かな？」

「ハリー・ホッジズのことです」

ラッキーはハリーのことを結局よく知らないままだったと思った。これまであれこれ話を聞いたことをつなぎあわせると、村で彼をよく知っていた人は誰もいなかったのかもしれない。両親とここで暮らしていたあいだにハリーと会ったのは二、三回で、いずれも車の修理について相談しに行く父のお供をしたときだ。それから何年もたったが、ハリーは子どものときの記憶と同じ不機嫌な白髪頭の男のままだった。ウィルソン牧師との会話を立ち聞きしたときにあんなに違和感を覚えたのは、ハリーは世の中での自分の居場所に疑問を持ったり、不安に苛まれたりする人間にはまったく見えなかったからだ。

「ああ」ウィルソン牧師は眼鏡を頭の上にずりあげた。「気の毒なハリー。ええと、彼のどういうことについてだね？」

「デモの前日に、覚えていらっしゃると思いますが、わたしとソフィーはここに飲み物を運んできたんです。牧師さんに会いに来たら、ちょうどハリー・ホッジズが帰るところでした」

「そうだった。たしかに」牧師は考えこみながら答えた。

「そんなつもりはなかったんですが、ハリーが帰るときに……すみません、立ち聞きするつもりは全然なかったんですけど、あなたが話している声が耳に入ってしまって。それにハリーは何かとても深刻なことを相談しているみたいでした」

ウィルソン牧師は眼鏡をはずすと、ていねいに磨いてからまたかけた。

「うーん、それについて話すのは適切とは思えないな。宗教的なしきたりにおいて罪の告白をしたわけではないが、それでも私的なことだからね」

「牧師さん」ラッキーはデスクの方に体をのりだした。「二人の人間が殺されたんです。そしてエリザベス・ダヴが行方不明になっています」

牧師は咳払いした。「ああ、そのとおりだ。まったくこの村では何が起きているんだろう？

実にやりきれんよ」ウィルソン牧師は大きなため息をついた。

「それを知りたいんです。こんな質問をするのは、ハリーが殺されたのと同じ時期にエリザベスが行方不明になったからです。心配で頭がおかしくなりそうで。何かが彼女の身に起きた。それは二件の殺人事件と関係しているんじゃないかと不安なんです」

ウィルソン牧師が頭をかいたので、ほとんど禿げかけた頭になでつけておいたわずかな砂色の髪がくしゃくしゃになった。

「警察に話すべきだよ——ネイト・エジャートンに」

「ほとんど毎日ネイトと話しています。小耳にはさんだあなたとハリーとの会話についても伝えました。ですから、もう署長は牧師さんのところにも話を聞きに来ましたよね。ハリーのために、あるいはリチャード・ローランドのためにできることはもうありません。だけど、エリザベスを見つけるためにはできるだけのことをしなくてはならないんです」

「それは理解できるし、きみの気持ちも評価できるが、正直に言うとハリーはたいしたことはしゃべらなかったんだ」一瞬デスクの書類に目を落としてから、ため息をついた。「わたしが話しても、もうハリーを傷つけることはないだろう」ウィルソン牧師はデスクに肘をついて指を組み合わせた。

「ハリーはある決断を下したのでわたしのところに来たんだ。ずっと秘密を抱えていて、それがずっと人生の重荷になっていたと語った。しかし、具体的な内容は言わなかったんだ。ただ一般的なアドバイスを求めただけだ。しかし……まずやらなくてはならないことがあるし、影響を受ける人が出てくる、と言っていた。その人にまえもって話す必要があると」ウィルソン牧師は眼鏡をまたはずすと、またもやていねいにふいた。「すまない、ラッキー。これしか知らないんだ。このことはネイトに話した。ネイトはハリーが誰のことを言っているのか見当もつかないそうだ。わたしも同じだ。たいした手がかりにならないが、わたしの知っているのはそれだけなんだよ」

ラッキーは大きな肘掛け椅子にもたれて熱心に聞いていた。ウィルソン牧師の話しぶりからすると、ハリーに死期が迫っていたことについてはまったく知らなかったようだ。あまり考えられないが天才的な嘘つきか、本当にハリーが命にかかわる病気だったことを知らなかったのだろう。

「わらにもすがりたい気持ちなんです。他にどうしたらいいかわからないので。どうなんでしょう、その秘密はハリーがやったことか知っていたことだという印象を受けましたか？」

「いい質問だが、なんとも言えないな」ウィルソン牧師は首を振った。「エリザベス・ダヴが無事に戻ってくるようにずっと祈っているよ。そしてこの恐ろしい事件とは関係がないことを心から願っている」

「お時間を割いてくださってありがとうございました」

「どういたしまして」ウィルソン牧師は椅子から立ち上がると、オフィスのドアまでラッキーを送った。「話したくなったら、いつでもここにいらっしゃい」

「ありがとうございます」

がっかりしてラッキーは教会を出て緑地を歩いていった。太陽はわきでてきた雲の陰に隠れてしまい、空気は重くねっとりしていた。事実を頭の中で振り返ってみた。ハリーは余命宣告を受けていた。彼はすべてをガイ・ベセットに遺すという遺言書を書いた。ウィルソン牧師はハリーの病気についてまったく知らなかったようだが、ハリーが何らかの秘密を重荷に感じていたと断言した。ハリーはある決断に至ったが、その決断は別の人間にも影響を与えるらしい。その別の人間とは誰なのだろう？　そして秘密をしゃべらせまいとして、その人間が彼を殺害した？　彼が相談しなくてはならなかった相手はローランドだったのか？あるいはローランドに打ち明けた？　そしてローランドは死んでしまった。

ハリーとローランドがどちらも殺されたとしたら、別の誰かが関わっているのだ。ハリーが抱えていた秘密を知っていた人間が。それともローランドはたんにあの建設計画のために憎まれて殺されただけで、ハリーの殺害とは無関係なのか？

ラッキーは振り返って教会を眺めた。白い尖塔が空に向かってそびえ、わきでた黒い雲を背景にぎょっとするほど白く見える。涼しい風がスカートを翻した。ここで彼女とソフィーはロウィーナに会ったのだった。教会に飲み物を運んでいった日に。ロウィーナはローランドにインタビューをすると言って、とても張り切っていた。ところが、ドレスリハーサルの日には、ローランドがインタビューをいきなり打ち切り敷地から放りだされたと言って、憤慨し取り乱していた。

一台の車がクラクションを鳴らした。ラッキーは緑地からブロードウェイの方を見た。ソフィーが車のハンドルを握り手を振っていた。ラッキーは手を振り返すと緑地を突っ切って彼女のところに急いだ。

「あなたに会いに〈スプーンフル〉に行こうとしていたの。ここで何をしていたの？」ソフィーは注意深くラッキーを眺めた。「元気がなさそうね」

「そうなの。みんなにそう言われるわ」

「乗って。ちょっとおしゃべりできるわ」ソフィーはエンジンを切り、ラッキーは助手席に乗りこんだ。

「ちょっと休憩をとってジェニーの腕時計を探しに来たの。このあいだの夜、教会に忘れてしまったから。でも実をいうとウィルソン牧師に会いたかったのよ」ラッキーはこめかみをもんだ。「ゆうべ、とても奇妙な夢を見て混乱しているの。そのせいで実は朝からずっと何かが頭にひっかかっていて。わかっているんだけど、はっきり思い出せないみたいな。すぐ目の前にあるけど、見えないの」

「防虫剤牧師はどう言っていたの？」

ラッキーは暗い気分なのに思わず口元をゆるめた。「あまり聞けなかった。ハリーははっきりしたことは何も話さなかったみたい。ただ心を軽くしたがっていたようね。決断を下したけど、まず誰かに話さなくちゃならないとウィルソン牧師に言ったそうよ」

「ハリーがずっと昔にやったことかな？」

「かもね。だけどハリーが知っていたことは別の人間にも関わることだった。そのことでハリーはずっと苦しんできたのよ。教会で小耳にはさんだとき、わたしはそういう印象を受けたわ。それからまだあるの。ただ、誰にも言わないでね。イライアスがこっそり教えてくれたのよ。ハリーは不治の病に冒されていたの。あと数カ月の命だったんですって」

「それなのに誰かに殺された」ソフィーは身震いした。「なんて悲惨なの」

ラッキーは前屈みになっておでこを膝につけた。ソフィーはラッキーの背中に片手をあてがった。「ストレスで参っているんじゃない」

「いらだちで神経が疲れ切っているのよ。夜じゅうぐっすり眠っても疲れがとれなくて。さっきはロウィーナとあそこで会ったときのことを考えていたの」

ソフィーは鼻に皺を寄せた。「〝考える〟と〝ロウィーナ〟は同じ文章の中で使われないでしょ」

「真面目な話、あの日、彼女が言っていたことについてなの。すごく張り切って……」

「思いあがっていた、という意味ね」

「それもあるわ。だけど、あの人、リチャード・ローランドにインタビューする予定だったでしょ、覚えてる？　村の人間は彼の側の話なんて聞きたくないだろうと思ったわ。だけど、ドレスリハーサルでまたばったり会ったら、すごく腹を立てていた」

「それは記憶にないわ」

「ああ、そうよね。あなたは彼女が近づいてくるのを見て逃げだしたから。ともかく、わたしはロウィーナが言ったことを思い出そうとしているのよ。彼女はローランドがインタビューを打ち切ったので怒っていた。彼女が強引だったので敷地から放りだされて憤慨していたんだろうと思ったけど、写真のことを持ちだすまでは順調だったと話していたのよね」

「写真って何？」ソフィーはたずねた。

「編集長がインタビューに添えて昔の村の写真を掲載する予定だと言ったら、急にローランドの態度ががらりと変わったんですって。彼女はこう言っていたわ。『写真のことを口にしたとたん、一刻も早くわたしを追い払おうとしたの』」

「それが何に結びつくの？　ローランドの殺人は、ロウィーナのインタビューとどこかで関係していると考えているわけ？」

「インタビューとじゃない。ローランドは喜んでインタビューを受けるつもりだった。事態がまずくなったのは写真掲載のことを口にしたせいだと思うの。そして、あなたの質問への答えだけど、すべてが関連していると思うわ。ただ、どう関連しているのかが見えてこないのよ」

「わたしはあなたの思考の流れについていこうと努力しているところ」

ラッキーはため息をついた。「そこなのよ。思考の流れが存在しないの。エリザベスが行方不明のあいだに、他の事件が起きている。ねえ、ソフィー。ここはスノーフレークよ。これまでこの土地でこんなことは一度もなかった！」

「一年前だったら、それに賛成したわ。セージを失いかけたこの前の冬までならね。だけど、今はこういう事態になっている」ソフィーはハンドルを指先でたたきながら黙りこんだ。

「わたしも今日はまったくついていなかったわ。村じゅうの道を行ったり来たりした。森に通じる未舗装の道も走ってみた。思いつく限りのことをしたわ。だけど何も不審なものは見つけられなかった。もちろんエリザベスの車も。一人で出かけるべきじゃないってわかっていたけど、何かしないではいられなかったの」

「わたしは《ガゼット》のオフィスに行ってみるつもりよ。それしか手がかりがないから。あなたもいっしょに来る？」

ソフィーはうめいた。「ロウィーナと話さなくていいなら」

ラッキーは首を振った。「話すのはもっぱらわたしが担当するわ、いいでしょ？」

33

ラッキーとソフィーが《ガゼット》のオフィスに通じる階段を上っていったときはそろそろ三時になろうとしていた。《ガゼット》は新聞というよりも地元のゴシップを掲載するタブロイド紙で、ニュースはたまに関心の高いものを掲載するぐらいだった。新聞社には編集長、タイピスト、記者、つまりロウィーナ・ナッシュがいた。ロウィーナはあまり高い給料をもらっていないのではないかとラッキーは思った。彼女はボランティアとは言わなくても、おそらくフリーに近い身分で、もっと条件のいい仕事につけるように経験を積んでいるのだろう。

ラッキーは階段を上がるとドアのガラス窓をノックした。「どうぞ」という声が返ってきた。

ラッキーはソフィーをあとに従えて入っていった。ロウィーナはコンピューターのモニターの前にすわっていた。

「ラッキー！　ここまでわざわざ来るなんて、どうしたの？」ロウィーナは完全にソフィーを無視していた。

「あなたに会いに来たのよ。ちょっとたずねたいことがあるの」

「じゃあ、手短にしてもらわないと。この記事を仕上げなくちゃならないの」

「ドレスリハーサルで会ったときのことを覚えてる？　編集長がリチャード・ローランドのインタビュー記事に昔の村の写真を添えたがっていると言ってたでしょ」ラッキーは言った。

「ああ、彼ね」ロウィーナは鼻で笑った。「ものすごく感じの悪い男だった。誰かに消されても不思議じゃないわね」

ソフィーはラッキーの脇腹を突いた。ソフィーが考えていることはわかった。リチャード・ローランドがどんなに不快な人間でも、燃えている建設現場のトレイラーの中で焼け死ぬのは、たんに嫌な人間に対する罰にしては行きすぎていた。

ソフィーがずばっと要点を口にした。「その写真を見せてもらいたいの」

「どうして？」

「興味があるからよ」ソフィーは心にもない笑みを浮かべた。

ロウィーナはソフィーをしげしげと見つめていた。「でも、写真はもうここにはないのよ」

「どこにあるの？」

ロウィーナは自分の時間がいかに貴重かを示すかのように大げさなため息をついた。

「古い写真はすべて図書館に返したわ。今はどこかにファイルされているでしょうね」

「ありがとう、ロウィーナ」ラッキーは言った。「そっちに行ってみるわ」

彼女はソフィーをひきずるようにしてドアを出て階段を下りていったが、ソフィーは別れ際にじろっとロウィーナをにらみつけるのを忘れなかった。二人が階段の下のドアまでたどり着いたとき、オフィスを走ってくるヒールの音が上から聞こえた。

「ラッキー！」ロウィーナが階段のてっぺんから叫んだ。「ねえ、何があったの？」

「別に。全然何でもないの。ただ写真に興味があって、まだここにあるかと思っただけ」

ロウィーナは疑うようにじっと見つめた。

「わたしが知らないことを何か知っているんじゃない？」

「そんなわけないでしょ」ラッキーはしらを切った。「知っていたらあなたに話すわよ。わかってるでしょ」ソフィーはかたわらでにやにやしていた。

ロウィーナはためらった。「じゃいいわ」背中を向けると、カツカツとオフィスに戻っていった。

ソフィーはささやいた。「まったくもう。何か言ったら次の号の《ガゼット》に載るに決まってる」

「そのとおり。わたしはローランドについて好奇心を満たしたいのと、編集長が掲載すると言った写真に、ローランドがどうしてそんな過激な反応を見せたかを知りたいだけよ」

「わらをもつかもうとしている、ってこと？」

「そうよ。ほんと、そのとおりよ。だけど他にできることがある？　エリザベスを見つけたいから。何か発見したら、それが役立つかもしれない。ハリーは亡くなったから、彼からはもう何も引き出せない。ウィルソン牧師ですらハリーが何を考えていたのか知らなかった。

ローランドも殺された。ローランドがその写真のことでそんなに動揺したのなら、その理由を知りたいわ。それにエリザベスの行方不明はたんなる偶然だとは言い切れない。ともかく彼女が今どこにいても、生きていることだけを願っているの」

「幸運を祈ってるわ。そうそう……」ソフィーはバッグをかき回した。「わたしの車を使って。これから明日の用意をするのを手伝うってセージと約束しているの。〈スプーンフル〉に歩いて帰って、あなたの留守をカバーするわ」

「ありがとう」ラッキーはキーをしまいながら言った。「長くかからないわ。三十分で戻るわね。ジャックにどこに行ったか言っておいてくれる？　ああそうだ」ラッキーはポケットに手を入れながら言った。「ジェニーに腕時計を渡しておいて」

「わかった。それからあまり心配しすぎないようにね」ソフィーは手を伸ばしてラッキーをぎゅっとハグした。

「言うのは簡単だけど、なかなかむずかしいのよね」

ラッキーはスノーフレーク図書館と村の公文書保管所になっている小さなコテージに通じる階段を上がっていった。コテージはエルム通りのはずれの高い松の木のあいだに建っていて、ごくふつうの家族が住んでいる魅力的な家に見えた。実際、民家だったコテージは図書館として利用するという条件で村に寄付されたのだ。エリザベスと同じように引退した教師のエミリー・ラスボーンがボランティアの司書の一人だった。ソフィーの行方不明のチラシが正面ポーチの窓と、ドアのガラス窓に目立つように貼られている。中に入ると、廊下のテーブルにもチラシの小さな山ができていた。

ラッキーはドアをノックして入っていった。中は戸外と同じように暑く湿度が高かった。少しでも風が入るように、いくつかの窓は開けてあった。建物は古かったので、集中空調装置がつけられていなかった。すべての壁には書棚が並び、登録され分類された本でいっぱいだ。各部屋の中央には最新刊を並べた大きなテーブルが置かれている。コテージのリビングには大きなオークのデスクと、索引カードがファイルされている小さな引き出しのたくさんついた戸棚があった。司書たちはコンピューターのデータベースも使っていたが、紙のカード分類を廃棄したくなかったのだ。

「こんにちは」エミリーが顔を上げて微笑んだ。「あなた、ラッキー・ジェイミソンね！」彼女は叫んだ。エミリーは長身でやせていて、ハンク・ノースクロスと似たようなワイヤーフレームの眼鏡をかけていた。実際、いっしょにいたら兄と妹にまちがえられそうだ。エミリーは白髪交じりの長い髪をゆるく編んで背中の中ほどまで垂らしていた。手作りのビーズのネックレスを何本かつけ、鮮やかな色のロングスカートにペザントブラウスをあわせている。

「ええ、そうです。お会いしたことはありませんよね」

「ええ正式には。ご両親のレストランにいたときにお見かけしたわ――大学に行く前に。何かお手伝いできることがあるかしら？」

「ええ、実はお願いしたいことが。ロウィーナ・ナッシュからインタビューのために村の古い写真をこちらで借りたと聞いたんです」

「ええ。そうよ。ロウィーナは洗車場を建設していたあの嫌な人にインタビューしたがっていたの。何のためかはわからないけど」エミリーは顔をしかめた。「もちろん、あんな不運な目にあったことは喜べないけれど、建設が中止になったのはとてもうれしいわ――できたら永遠に中止になるといいのに。それにハリー・ホッジズのあのぞっとする事件。信じられないわ！」エミリーは首を振った。「だけど、あなたは運がいいわ。ちょうど箱に片づけようとしていたところなの。ついていらっしゃい」

エミリーはラッキーを建物の裏側に延びている廊下に案内していった。スライドドアを押すと、きちんとラベルがつけられた保管箱がずらっと並ぶ大きな棚が現れた。

「学校の写真はここにあるの。スノーフレークの生徒たちの何年分もの写真よ。〝公式な〟ものはすべて保管されているわ。どういうものかわかるでしょ。学年別の生徒と教師の写真。当時はまだ誰もスナップ写真を撮る技術をちゃんと身につけていなかったけど、けっこうな数のスナップ写真もあるわ」エミリーは小学校の写真の箱の隣に置いてあった写真の束を手にとった。

「もっとよく見えるように明るい方に持っていきましょう」エミリーはそれを表側の開いた窓辺に持っていった。涼しい風がカーテンをふくらませた。ラッキーは山のてっぺんにかかっている黒雲を眺めた。

エミリーも外を見た。「雷雨が近づいてきているみたいね。夜はいつもコテージを閉めて鍵をかけるけど、ときどき窓を閉めるのを忘れてしまって。今夜は忘れずに窓を閉めたほうがよさそうだわ」

ラッキーは写真の束を手にとり、ぱらぱらとめくった。子どもたちが校庭で遊んでいたり池でアイススケートをしたりしている写真があった。何枚かの写真では教室の作品の横でポーズをとっていて、最後の写真は三人の男の子が校庭のベンチにすわっているものだった。

「これがロウィーナに貸した写真よ。というか、彼女が持っていきたがった写真。見たければもっとたくさん箱に入っているわ。正確にいうと何を探しているの？」エミリーはたずねた。

「はっきりわからないんです。ロウィーナはリチャード・ローランドがインタビューを打ち切ったと言ってました。編集長がインタビュー記事に昔の写真を載せたがっていると言ったとたんに、ローランドは気が変わったようなんです。はっきりした根拠はありませんけど、エリザベス・ダヴの行方不明はこのことに関連しているんじゃないかという気がするんです」

「まあ、そう」エミリーは息をのんだ。「事件を聞いたときはショックだったわ。かわいそうなエリザベス。何か手がかりはあったの？」

ラッキーは首を振った。エミリーは暗い表情になった。

「そう、てっきり……事件のことを聞いてから、ほとんど毎日ボランティアの捜索隊に参加しているの。今日はひさしぶりに図書館の仕事に戻ってきたのよ。実はね、わたしはエリザベスをずっと前から知っているの。二人とも教師だったときから。わたしがはじめてスノーフレークに来たとき、彼女はわたしの師とも呼べる存在だった。すでに教師の経験が数年あって、とても親切にして目をかけてくれたわ。彼女をひどい目にあわせようとする人がいるなんて信じられない。エリザベスは誰かを傷つけたことなんて一度もないのに」

「何者かが彼女を連れ去ったんです、エミリー。自分から姿を消すなんてありえません」ラッキーはもう一度写真をめくった。「この写真は開発業者がインタビューを中止した理由になるんじゃないかって期待していたんです。少なくとも、ロウィーナの話を聞く限りでは。どういう理由にしろ彼は《ガゼット》に写真を載せてほしくなかったんですよ」

三人の男の子が校庭のベンチにすわっている写真に目を引かれた。くっつくようにしてすわってカメラに笑いかけている。一人はもう一人の首にふざけて腕を回していた。少年たちは十一か十二歳ぐらいに見えた。

エミリーはラッキーの視線を追った。「男の子たち、ふざけあっているのね」

「この三人は誰なんですか?」ラッキーはたずねた。

エミリーは彼女の手から写真をとった。「さあ。裏に書いてあるはずよ。ああ、ここにあった。左がダニー・ハーキンズ。真ん中の子に腕を回してるわね——ハリー・ホッジズに。右端がリチャード・ローランドだわ。あら、どう思う? ハリーがリチャード・ローランドといっしょにいるわ。エリザベスはこの全員をよく知っていたはずよ。彼女のクラスの生徒たちだったから」

ラッキーの背筋を寒気が這い上った。墓地でダニー・ハーキンズの墓石を見たことを思い出した。そして残りの二人の少年たち――中年男性になった彼らは数日のうちにあいついで死んだのだ。

「当時、三人をご存じでしたか？」

「いいえ」エミリーは首を振った。「わたしが赴任する数年前の話だから。でも、彼らのことは聞いた覚えがあるわ」

「ダニー・ハーキンズ、彼はマギー・ハーキンズの息子さんですか？」

「そうよ。自動車事故で亡くなったの。だいたい、ええと……二十五年前のことかしら？いえ、もっと前……二十七年前だわ。驚くわよね。月日がたつのはあっという間ね。彼はちょっと……」エミリーは顔を近づけて声をひそめた。「……飲酒の問題を抱えていたらしいの、というか、そういう噂だったわ」

ラッキーは励ますようにうなずいた。どうしてエミリーが声をひそめているのかわからなかった。ダニーはとっくに亡くなっていたし、ここには二人だけなのだ。たぶん死者の悪口を言うことに対して迷信深いのかもしれない。

「ある晩遅く、彼は車をぶつけてしまった。翌日発見されたの。ぞっとしたわ。母親は悲嘆に暮れた。でも、この三人は小さいときは親友だった。たしか事故後にローランド家は引っ越してしまったんだと思うわ」

「何があったんですか？　どうして村を出ていったんですか？」

「これは又聞きだから、まちがっているかもしれないわよ。エリザベスならわたしよりもよく覚えているでしょうけど。年上の少年たちのあとを年下の子がいつもくっついて歩いていて、問題が起きていたの。その子は年上の子たちに追いつこうとしたんでしょうね。ただ、彼らは小さい子につきまとわれていやがっていた。彼らはその子にいばり散らしたり、脅したりして追い払おうとした。そのうちその小さい子が恐ろしい事故で亡くなった。村のはずれにある廃屋でマッチで遊んでいたらしいの。そして……」エミリーは言葉を切った。「火が出て逃げられずに焼け死んだのよ」

「なんて恐ろしいの。でもよくわからないんですけど。それがこの三人とどういう関係があるんですか？」ラッキーはダニー、ハリー、リチャードの写真を掲げた。

エミリーは重いため息をついた。「当時はさんざん噂が飛び交ったわ。年上の少年たちが火をつけたとか、廃屋で小さな少年が火遊びをしたせいだとか。三人はそこでときどき遊んでいたことは認めたけど、少年が亡くなった日はそこに行っていないし、火事のことは何も知らないと言い張った」

「亡くなった男の子は誰だったんですか？」

エミリーは首を振った。「わからないわ。わたしはずっとあとになってその話を聞いただけだし、誰もおぞましい話を蒸し返そうとしなかったから。はるか昔のことよ。だから、事実をはっきり覚えているかどうかもあまり自信がないわ」

「つまり、年上の少年たちは火事に関係していると疑われたんですね？」

「本当によく知らないの。少年たちはこっそり煙草を吸ったり、マッチで火遊びをしたりしてたんじゃないかって思われていた。ときどき、子どもはそういう馬鹿げたことをするから。でも、何ひとつはっきりとは証明されなかったわ」

ラッキーはエリザベスと緑地を歩いていったときのことを思い出した。振り向いたら、遠くにマギー・ハーキンズを見つけたのだ。エリザベスは彼女の視線をたどり、「妙ね……こんなふうに一堂に会するなんて」と言ったのだった。

「大丈夫？」エミリーが眼鏡越しに見つめていた。

「ええ。すみません。エリザベスが言ったことを思い返していたんです。ありがとうございました」ラッキーは写真を司書に返した。

「昔の事件が二件の殺人事件と関係していると考えているの？……それにもしかしたらエリザベスの行方不明とも？」

「わかりません。でも、事情を知っているとしたらマギー・ハーキンズだと思います」

「幸運を祈るわ」エミリーは答えた。「ただ、彼女から情報を引き出せるかどうか。村の外で歩いているのを見かけたことがあるけど、誰ともしゃべりたくないようだった。もしかしたら、精神状態がもうふつうじゃないのかもしれないわね」エミリーは肩をすくめ、写真をデスクのわきに置いた。

「ところで彼女がどこに住んでいるかご存じですか？」

「もちろん。ダニーが亡くなったあと、エリザベスと何度か行ったことがあるわ。お悔やみを言いに行ったのよ。エリザベスはとてもマギーのことを心配して、できるだけ力になろうとしていた。エルム通りをまっすぐ進んでいくと、昔のコロニアル・ロードと合流するの。その道を八キロぐらい行くと郵便受けの列が見えてくるわ。そのあと、最初の未舗装の道を右に入ると彼女の古い農場がある。家は隠れて見えないけど、道路からそんなに奥まっていないわ」

「いろいろありがとうございました」

「どういたしまして。いつでも寄ってちょうだい。話し相手はいつでも大歓迎よ」エミリーはドアを出ていくラッキーに手を振った。

ラッキーは車にすわって時計を見た。今〈スプーンフル〉はとても静かだろう。戻ってソフィーと交代してもいいが、何かが彼女をせっついていた。目を閉じてヘッドレストに頭を預けた。ハリー・ホッジズが殺され、エリザベスが行方不明になった。どちらが先だったのだろう？　あるいはふたつのできごとは同時に起きた？　ハリーが亡くなったあと、エリザベスに七回電話をした。それで初めて変だと思ったのだ。ハリーの死体が発見されたあとでエリザベスから連絡してこないのが。数日後、リチャード・ローランドが建設現場のトレイラーで焼け死んだ。小さな男の子の死に関わっていてもいなくても、村の噂はいたたまれないほどで一家は引っ越しを余儀なくされたのだろう。ローランドがインタビュー記事に昔の写真を載せてほしくないのは理解できた。エリザベスと今では死んでしまった三人のあいだにはもっとつながりがあったのだろうか？　もしかしたらマギー・ハーキンズが喜んで話してくれるかもしれない。

34

地下室の階段からマギーの足音が聞こえてきた。ひとりごとを言いながらドアに近づいてきて、ドアの隙間から新しい野菜の皿を滑りこませた。悲鳴を聞いた日から、家はずっと静かだった。あれ以来、注意して耳を澄ませていたが、マギーの静かな足音以外には何も聞こえなかった。

エリザベスはドアに飛んでいって頬を木のドアに押しつけた。

「マギー、何があったの？　誰かに痛めつけられているの？」エリザベスは必死に耳をそばだてた。全神経を集中したので、ドアの向こう側にいるマギーの息づかいまで聞きとれた。

「誰がここにいたの？」エリザベスは答えを待った。「マギー、返事をして！」

マギーがあとずさる音が聞こえた。数分後、また人声と、男の重い足音が聞こえてきた。マギーに悲鳴をあげさせた男かしら？　思い切って賭けに出てみなくてはならない。もしかしたら救助がすぐそこまで来ているかもしれない。寝袋に飛んでいって靴を握りしめた。狭いトイレでパイプをたたきながら助けてと叫んだ。とうとう腕が痙攣《けいれん》してきた。エリザベスは痛みに顔をゆがめた。つかのま静寂が広がったときに、マギーの叫び声が聞こえた。それ

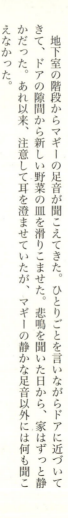

からしんとなった。エリザベスは疲れはてて壁に寄りかかった。妙なにおいが部屋に流れてきた。上の床板の隙間から漂ってくる。そのにおいの正体に気づいて凍りついた。ガソリンだ。

最初ラッキーは曲がり角を見落とした。走行距離計をチェックして行き過ぎたことに気づいた。まさにこの道をつい二日前にソフィーといっしょに走ったのだ。どうしてマギーの家への入り口を見落としたのだろう？　路肩でUターンをして三キロほどの距離を戻った。それからもう一度方向転換して、今度はゆっくりと車を走らせながら脇道に目を凝らした。エミリーが説明してくれた郵便受けが見えた。大半が錆びて、黒っぽい木の幹とほとんど区別がつかなくなっている。ついに未舗装の道を見つけた。人目につかない道だった。エミリーの説明は的確だったが、私道に木々が覆いかぶさるように茂っていてほとんど見えなくなっている。空がさらに暗くなり、雷鳴がすぐ近くで聞こえた。

ラッキーはすばやく私道に折れると、短い上り坂を進んでいった。木の枝が車の側面をこする。家の正面には開けた場所があった。家から離れた木立のわきに車を停め、エンジンを切った。建物がすっかり荒れ果てていたので、エミリーは勘違いをしたのではないかと不安になった。目の前の家はまるで廃屋のようだ。茂った木々が薄れてきた光をさえぎっていて、木陰を冷たい風が吹き抜けていく。ラッキーはふいに恐怖がわきあがってきて身震いした。

ここまで来てしまったのだ。くずれかけた古屋やひとりごとをつぶやいていた女性にひるんでいる場合ではない。後部座席にバッグを放り投げると車から降りた。

「こんにちは」と呼びかけた。遠くで鳥がカアカアと鳴いた——カラスだ。ゆっくりと家の横手に回っていった。最新型の黒いセダンが停まっている。誰かがここにいるのだ。しかし、マギーはまだここに住んでいるの？　お客が来ているのだろうか？　それとも別の人間が買いとり崩れかけたコテージを改装しようとしているのか？　ラッキーは来た道を引き返して、ぐらつく正面階段を上がっていった。もう一度声をかけたが、何も返事は聞こえなかった。玄関が半分開いている。大きくノックしたが、誰も出てこない。

鼻をつくガソリンのにおいがした。まちがいなかった。中に入ったとたん鼻を押さえた。左手の部屋からうめき声が聞こえてきた。薄暗がりに目が慣れるのに数秒かかったが、だぼっとした服を着た人が床にすわりこんでいる。マギー・ハーキンズだ。壁に背中を向け、足首は縛られ、両手は背中に回されてラジエーターに結びつけられている。ラッキーは彼女のそばに駆け寄った。マギーは声を殺してしゃくりあげている。

「マギー、誰がこんな真似をしたの？」

ラッキーは彼女を縛っているコードをほどこうとした。マギーは激しく首を振り、怯えた表情を目に浮かべていたが、言葉は発しなかった。この部屋はさらにガソリンのにおいが強烈だった。木の床に液体が筋を引き、ダイニングに水たまりができているのが見えた。赤い缶が横倒しになっている。マギーをここに縛りつけガソリンを家じゅうにまいた人間は、まだ家にいるかもしれない。マギーもろとも、この家を焼き払おうとしているのだ。

「がんばって、これをほどいてあげるから」

励ますように声をかけた。マギーは涙のにじんだ混乱した目でラッキーを見た。コードの結び目は固くて解けなかった。ラッキーの指は震えていた。こんな真似をした人間が戻ってくる前に、マギーを自由にしなくてはならない。それとも、その犯人はどこかに潜んでこちらを見張っている？　ラッキーはキッチンに駆けていって、次々に引き出しを開けた。ようやくギザギザの刃がついた大きなナイフを見つけだした。マギーのところに駆け戻り、手を縛りつけているコードにナイフの刃をあてて切断した。それから足首のコードも切った。

壁の中から金属の反響する音がしていた。リズミカルに。たんに古い配管が鳴っている音にしてはリズミカルすぎる。ラッキーは手を止めて耳をそばだてた。

「マギー、あれは何なの？」マギーは激しく首を振ったが、何も答えなかった。あの金属的な音はどこからしているのだろう？　下だ。音は下から響いてくる。「マギー、誰か地下室にいるの？」マギーはまた首を振り、一人でそっと歌いはじめた。

ラッキーは女性を立ち上がらせた。「家から出て。逃げて、マギー。ここは安全じゃない」マギーが一人で立てることを確認すると、ラッキーは玄関ホールに駆け戻った。階段の下に小さなドアがある。それを引っ張り開けた。

「誰かそこにいるの？」ラッキーは叫んだ。かすかな叫び声が下から返ってきた。誰かがあそこに閉じこめられているのだ。それとも、わたしを罠にはめようとしている？　あそこで誰かが待ちかまえているの？　床にガソリンをまきちらした人物？　真相を見つけださなくてはならなかった。それから、この家からできるだけ早く離れなくてはならない。一度に一段ずつ、ゆっくりと階段を下りていった。心臓が胸の中で激しく鼓動している。地下室への入り口から細い光が入ってくるだけで、中は真っ暗だ。もう一度呼びかけた。

「誰かそこにいるの？」

「ここよ。ここにいるわ」エリザベスが叫び、夢中になってドアをたたいた。

「エリザベス？」

ラッキーは何かにぶつからないように両手を体の前に突きだしながら慎重に床を進んでいき、ドアにたどり着いた。目が慣れてきて、開口部の輪郭が見分けられた。

「エリザベス！　わたしよ。ラッキーよ」

「ラッキー？」エリザベスはすすり泣いた。「ああ、よかった。お願い、ここから出してちょうだい」

「わかった。ちょっと待って」ラッキーは指でドアを探った。ドアの下の割れ目から光がもれてきている。板がかんぬきのようにドアにわたされていたので、重い板を両手でつかんで持ちあげた。ドアがきしみながら開き、小さな部屋が現れた。エリザベスがラッキーの腕に飛びこんできた。

「ああ、よかった、あなたを見つけられて。村じゅうの人たちがあなたを捜索しているのよ。大丈夫？」

「歩くのがつらいわ。足首を痛めたの。お願い、ラッキー、ここから出るのに手を貸して」

エリザベスの服は汚れがこびりつき、靴もはいておらず、皮膚は冷えきっていた。

「行きましょう。階段を上るのに手を貸すわ」ラッキーはエリザベスの腰に腕を回すと、ゆっくりと階段の上がり口に連れていった。そのとき大きなボンという爆発音が聞こえた。

「何なの？」エリザベスはラッキーの腕にしがみつきながら怯えたようにたずねた。

「火よ。家じゅうにガソリンがまかれているの。しっかり手すりにつかまって。脱出する時間があるかどうか確かめてくる。ここにいて」

ラッキーは階段を駆け上がった。ドアの向こうから火がパチパチはぜる音がして、猛烈な熱気が押し寄せてきた。古い木材の燃えるにおいがはっきりと感じられた。ラッキーはドアを蹴り開け、どうにか家から脱出できることを祈った。玄関にたどり着く前に床がくずれ落ちませんように。リビングは炎に包まれ、いまや炎は壁をなめはじめている。地下室からの空気でいっそう勢いを増したようだ。炎の壁が目の前に立ちはだかり行く手をさえぎった。耐えがたいほどの熱風が襲いかかってきて階段からころげ落ちそうになる。ラッキーは手すりにしがみつきながら、できるだけ急いであとずさった。

エリザベスはうめいた。「もう手遅れだわ」炎がドアに燃え移り、バリバリと音を立てながら古いペンキが熱で溶けてはがれていく。

「逃げ道を見つけましょう」ラッキーはエリザベスを銀色の細い光の方に導いた。「これは外に通じているハッチよ。ちょっと手を離すわね。立てる？　これが唯一の脱出口かもしれない」エリザベスはうなずき、片手を壁について体を支えた。

ラッキーはハッチまで階段を二段上がり、力いっぱい押した。少し動いたが、どうしても開かない。地下室は上からの炎で不気味に照らしだされ、煙がどんどん流れこんできて、梁にしがみついている二人の周囲で渦巻いている。まだ呼吸できるぐらいの空気はあったが、長くはもたないだろう。ラッキーはせっぱつまってあたりを見回し、作業台を見つけた。

「外側から鍵がかかっているにちがいないわ。ちょっと待って。何か鍵を壊すものを見つけるから」

ラッキーは工具がないかと作業台の上を探った。目がヒリヒリしてきた。ふと顔を上げると斧が壁の釘にぶらさがっている。それをおろすと急いでハッチまで飛んでいき、ここから新鮮な空気と自由への道が開けることを祈った。

斧の刃のない側を使って、ハッチの板をたたいた。板は古くて半分腐っていた。いちばん腐っていそうな部分に何度も斧を打ちつける。ビシッという音がした。上から聞こえてくる燃えている板がはぜる音ではなく、古い板が割れる音だ。ぎざぎざの四角い穴があき、外の光が見えた。地下室には煙とガスが充満している。煙が目に染みて呼吸するのがつらい。階段の上のドアが燃え落ちて床に落ち、耳をつんざくような音が響いた。開いた部分から炎が侵入してこようとしている。二人は階段の上の地獄への入り口を見上げた。地獄が今にも二人の上に落ちてこようとしている。すぐに逃げなくてはならない。

ありったけの力をふりしぼって、ラッキーは部分的に割れた木材に斧をたたきつけた。板が大きく割れた。一度に一人ずつどうにか這いだせるぐらいの隙間ができた。「エリザベス。

先に行って。ここから出て」

「いいえ、ラッキー。あなたが最初に行って」

「議論はなし。行って。さあ」ラッキーはエリザベスの肩をつかみ、階段から板の隙間へと押し上げた。「体を引き上げて」頭と肩が隙間を通れるようにエリザベスは横向きになったが、体を引き上げられるほど穴は広くなかった。

「ひっかかったわ」エリザベスは泣き声を出した。

「つかまって」

ラッキーは背中を向け、背中を頑固な板に押しつけた。コンクリートの階段に足を突っ張り、全力で板を押し上げる。さらに板が大きく割れた。木片がむきだしの腕を引き裂くのが感じられ、痛みが体を貫く。しかしこれで大きなギザギザの穴があいた。エリザベスは自由になり、家のわきの芝生にころがり出た。ラッキーもあとに続いた。エリザベスの腕をつかみ、燃えている家から逃げだした。二人は数メートル先の森に隠れ、地面に倒れこむと息をあえがせながら咳きこんだ。すさまじい熱風で家の窓が外側に吹き飛び、中庭じゅうにガラスと燃えている残骸が飛び散った。

ラッキーはエリザベスに手を伸ばして抱きしめた。

「ああ、見つけられてよかった。車まで戻ってここから脱出しましょう。助けを求めなくては」

ソフィーの車を停めた場所が家から充分に離れていて、炎が燃えうつっていないことを祈った。それからマギーも逃げおおせていますように。頭上で激しい雷鳴が轟《とどろ》いた。その直後に、暗くなりつつある空を閃光《せんこう》が切り裂いた。

「立てる？」エリザベスはうなずき、ふらつきながら立ち上がった。

「森の中を進みましょう——そのほうが安全だから」ラッキーはエリザベスを守るように体に腕を回すと、こんなに弱っていては今にも倒れるかもしれないと不安になりながら進んでいった。エリザベスは片足にほとんど体重をかけられなかったので、のろのろ進むしかなかった。ようやく森のはずれまでたどり着いた。ソフィーの車はほんの数メートル先だ。「着いたわ。あと数歩よ」

エリザベスはうなずいた。「ごめんなさい。あまり速く歩けなくて」

「大丈夫。わたしに寄りかかって」

背後で枝がポキンと折れたので、ぎくりとして振り向く。エドワード・エンブリーが数メートル先に立ち、手にした銃を二人に向けていた。

35

エリザベスはラッキーの視線をたどって息をのんだ。「エドワード？」ラッキーの手をぎゅっと握り、体をわななかせた。

「すまない、エリザベス」彼は悲しげに首を振った。「あなたがこの件に首を突っ込んできたのは実に残念だよ。それに、きみもね、ラッキー。二人とも放っておいてくれればよかったんだ」

「いったい何を言っているの、エドワード？　どうして銃を持っているの？　どういうつもり？」

ラッキーの全身の血が冷たくなった。「あなただったのね――マギーを縛ってあの家に放置したのは。どうしてなの？」

エドワードは彼女の詰問を無視し、エリザベスの方を向いた。「あなたを傷つけるつもりはなかったんだ。それはわかっててほしい。あなたはここに来るべきじゃなかった。わたしはこれを最後まで見届けなくてはならないんだよ」

「何を見届けるの、エドワード？　言っていることがわからないわ」エリザベスは地下室でマギーが「そうすれば、彼に痛い目にあわされなくてすむ」と訴えていたことを思い出した。

ラッキーはエリザベスの肩をしっかりつかんだ。謎が解けかけていた。

「エリザベス、あなたのいないあいだにハリー・ホッジズが殺されて、さらにリチャード・ローランドも殺されたの」

「ハリーが?」エリザベスはショックを受け、エドワードの方を向いた。「ああ、まさか。ああ、まさか。あなたがやったんじゃないでしょ。エドワード?」彼女の目に涙があふれた。

「ハリーの死には関係ないよ、エリザベス。信じてくれ。わたしがやったんじゃない。もしわたしならあんなに簡単には死なせないさ。わたしの小さなジョニーのように泣き叫びながら死んでいくようにした。わたしのかわいい罪のない息子のように」

「ではリチャード・ローランドは?」ラッキーがたずねた。

エドワードはうなずいた。「そうとも。だが滑稽だよ。あなたは正しかったよ、エリザベス。思っていたほど気分はよくならなかったんだ。それどころか、これだけ歳月がたったあとでは何も感じなくなっていた。でも、あいつがジョニーと同じように死んだので満足はした。ハリーは良心の呵責に耐えかねて、あの日、自分たちがやったことについてついに告白する決心をしたんじゃないかと思うよ。そして、あの怪物のローランドが、ハリーの口を封じたんだ」

エリザベスは言葉が出なくなって、ラッキーに寄りかかった。

「すまないね、エリザベス。わたしは努力したんだ。この長い歳月、過去のものにしようと努力してきたんだ。しかし、だめだった。どうしても心から消えなかった。怒りをついに征服したと感じる日々もあった。しかし、また前よりもいっそう激しく怒りが燃えあがるんだ。そのせいで胸をずたずたに引き裂かれた。ハリーはそれを知っていた。彼は絶対にわたしと目を合わせないようにしていた。わたしがどう感じているかを知っていたんだろう。だがローランドは……あいつがまた村に現れたとき、すべてがまざまざと甦ってきた。自分の中にあれほどの憎悪がまだ残っていたとは思っていなかったよ」肩をすくめたので、拳銃を握っていた腕から少し力が抜けた。「だが、向こうから機会がやってきたので、簡単そのものだった。そしてわたしが何を感じたと思う？　何も感じなかったんだ。それどころか安堵した。すべてが終わったとほっとしたんだ。全員が死んだ。長いあいだそれを待っていたんだ。数え切れないほど眠れない夜があった。あいつらにしてやることの計画を立てながら、自分にそれを実行する根性があるかどうか考えながら過ごしていた夜。そしてついにそのときが来たが、実に単純で簡単だった。遠くから映画を観ているような気分だったよ」

「エドワード、彼らが現場にいなかったという宣誓供述書があったのよ」エリザベスは震える息を吸いこんだ。「ジョニーをあの家に閉じこめたとか、火をつけたという証拠はまったくなかった。全員が事故だったと受け入れたのよ」

エドワードは感情をコントロールできなくなって全身を震わせはじめた。目は陰り、顔はゆがんだ。

「宣誓供述書だと！」吐き捨てるように言った。「マギー・ハーキンズが連中のアリバイを証言した。彼女はあの日三人といっしょにいたと言った。だが嘘をついたんだよ。自分の息子を救うために嘘をついたんだ」

「あの気の毒な女性をいつから苦しめていたの？」エリザベスが追及した。

エドワードはにやっとした。「最近だよ。彼女に邪魔をさせないようにしただけだ――彼女の番が来るまではね。しかし、ずっと目は光らせてきた。彼女もそのことは知っていた。あの子どもたちと同じように自分にも罪があるとわかっていたんだ。あの三人はわたしの息子を殺した罪を一生かけて刑務所で償うべきだった。あいつらが古い家にたむろして、煙草を吸ったり火遊びをしたりしていたことはみんな知っていたはずだ。だが警察はやつらを釈放した。正義とは何なんだ？　息子や妻に対する正義は？」

エリザベスの顔から血の気がすっかり引いた。ラッキーはショックから気を意識を失うのではないかと心配になった。

「わたしには証拠は必要ない。真実を知っているんだ！　三十五年間、そのことだけを夢見てきた。常に頭の中に死んだわが子の姿が浮かんでいたから、過去の記憶にずっと苛まれてきたよ。わたしを責められるか？　ローランドが現れたとき、ついにそのときが来たと悟った。本来なら送るはずだったわたしの人生は奪われた。なのにあいつらには生きることがどうして許されたんだ？」

ラッキーは頭を回転させていた。エドワードはしだいに不安定になってきている。ささいなきっかけで引き金を引きかねなかった。走って逃げるのは無理だ。手が震えていてもいなくても、エドワードは逃げていく彼女たちを撃つことができるだろう。だいたいエリザベスはそれほど速く走ることができない。おまけに二人がここにいることは誰も知らなかった。行き先を誰にも言わなかったのだ――ソフィーにすら。

ラッキーの心を読んだかのように、エドワードが彼女の方を向いた。「きみもエリザベスも解放してやることはできないんだ、わかってるね。わたしの一生はずっと刑に服していたようなものだった。最後の歳月まで刑務所で送るつもりはないんだよ」

「あなた自身が人生を刑務所にしているのよ、エドワード」エリザベスが言った。

「そうかもしれないが、わたしの唯一の後悔は全員をずっと前に亡き者にしておかなかったことだ。あいつらにはこれだけの歳月を生きる権利なんかなかったんだ。ジョニーから奪った歳月を」彼の表情がかすかに変わった。目が険しくなった。「さあ歩け」エドワードは拳銃で指し示した。

「歩く？　どこに行くの？」ラッキーがかすれた声で言った。

「森の中だ。その道をたどっていけ」森の中に延びている踏み固められた道を示した。それは家から、車から、自由から離れていく道だった。ラッキーは膝が震えるのを感じた。彼は二人を森に連れていき、どうするつもり？　撃ち殺す？　この男は人間らしい感情をすっかり失ってしまったの？

エリザベスは背筋をすっと伸ばした。小柄な体に怒りが走った。「こんな真似をして逃げられないわよ、エドワード」

「ああ、だけどずっと逃げおおせてきたよ。何年もばれずにすんだんだ」彼は低く笑った。「二十七年前にダニー・ハーキンズがあの壊れた車の中で確実に死ぬように手を貸したんだ」

エリザベスは目を見開き、ショックの表情をありありと浮かべた。「どういうことなの?」

エドワードはその記憶に口元をゆるめた。「あれはまったくの偶然だった。家に車を走らせていたら、彼が事故を起こしている現場を通りかかったんだ。あいつは道をはずれて木にぶつかっていた」思い出し笑いをした。「昔、こう言った政治家がいただろう、『神は愚か者と酔っ払いの面倒を見る』いやはや、真実だったよ。ダニーは酒のにおいをプンプンさせていたが、傷ひとつ負っていなかったんだ。あの馬鹿は酔っ払ってカーブを曲がりそこねた。車は溝にはまっていたが、彼は意識があった」

エドワードは短く無慈悲な笑い声をあげた。「あいつは自分を助けるためにわたしが停まったと思ったようだった。燃料タンクからガソリンがもれていた。あたり一面にガソリンが広がっていたから、彼を殺すのは雑作もないことだ。ただし彼に意識があり、何が自分の身に起きているかを知らせることが肝心だった。しかも、わたしがジョニーのためにやっているのだと理解させることがね。わたしがマッチをすると、あいつは命乞いをしてわめいた。わたしは彼が死んでいくのを眺めていたよ――わたしのジョニーと同じように炎の中で死んでいくのを」

獣じみた原始的な叫び声が木立の奥から響いた。マギーがエドワード・エンブリーに飛びかかっていった。彼女は森の獣のようだった。不意をつかれたので、エドワードは銃を構えることができなかった。マギーはエドワードに突進して地面に押し倒すと、わめきながら彼の顔に、目に爪を立てた。エドワードは悲鳴をあげながらもがいたが、マギーは超人的な力を発揮していた。エドワードは体を起こして銃をマギーに向けようとした。しかし彼女はエドワードにしがみつき、自分の命が危うくなることなど気にも留めず渾身の力をこめて押さえつけていた。マギーはうなり声をあげながら武器につかみかかり、それをエドワードの胸に向けた。銃が発射された。鳥がやかましく鳴きながら一斉に木々から飛び立った。ラッキーの耳は銃声でガンガンしていたが、やがてすべてが静かになった。

誰もが息を止めていた。凍りついた静寂の中で時間が停止したかのようだった。マギーはゆっくりとエドワード・エンブリーの体から離れて立ち上がった。表情のない顔で死にかけている男を見つめている。銃が彼女の手から滑り落ちた。エドワードの口は開いたり閉じたりしていたが、言葉は出てこなかった。唇から血がブクブクとあふれだした。頭上の木々を見上げている彼の目にじょじょに膜がかかり、体が動かなくなった。いきなり強い突風が吹き、木の梢が激しくしなった。それから雨がざあっと降ってきた。

ラッキーはそっと近づいていき、手を伸ばして銃を拾い上げた。ここに置いておいては危険だ。マギーが自分自身のしたことにどういう反応を見せるか、見当もつかなかった。

ラッキーはエリザベスの手をとった。「行きましょう」そっとささやいた。

二人は雨の中でエドワードの死体を見つめ続けているマギーを置いて、空き地から出た。小道をたどって森を出ると、ソフィーの車にたどり着いた。燃えている家が猛烈な熱を放散している。今ごろ誰かが煙を見て消防署に連絡しているだろう。燃え広がらないうちに雨が炎の勢いを鎮めてくれることをラッキーは祈った。エリザベスに手を貸して助手席にすわらせると、運転席に滑りこんでエンジンをかけ、私道をバックしていく。かなりの距離をバックしたところでブレーキを踏んだ。背後に手を伸ばして携帯電話を探し、最初の数字をいくつかたたいたとき、サイレンが聞こえてきた。ラッキーはエリザベスの手をとり、頭をヘッドレストに預けると救助を待った。

36

「きみと二人で過ごしたい、と言ったのは覚えているけど、まさかこうなるとはね」イライアスは低く笑いながら、ラッキーの前腕に縫合糸を通した。「こういう過ごし方はまるで想定していなかったよ」

「さっさと縫ってくださる？」ラッキーは〈スノーフレーク・メディカル・クリニック〉の天井の吸音材に視線を向けながら言った。「そっちを見ると気分が悪くなりそうなの」

　イライアスはさっと目を上げた。「痛みは？」彼の態度はいかにも医師らしかった。

「ええ、あなたって凄腕の裁縫師ね」

「わお、そうくるか。ぼくの医者としての能力をみくびらないでほしいな。裁縫は母に教わったんだ！」イライアスはふざけて怒ったふりをした。

「本当？　わたしもよ。わたしたちの母親は共通点がたくさんありそうね」

　麻酔を注射されたあとはまったく痛みを感じなかったが、皮膚を引っ張られる感覚は不快だった。でもあの状況を考えると、文句は言えなかった。ハッチの木片が腕に当たった切り傷どころか、もっと深刻な事態になっていた可能性がおおいにあったのだから。

待合室に通じるドアが勢いよく開き、ソフィーが診察室にずかずか入ってきた。

「かまわないかしら。時間をとられちゃって……診療時間がもうすぐ終わるでしょ」ソフィーはにっこりした。「どんな具合？」

「これまで見たこともないほど悪い患者だよ」イライアスは目を上げずにつぶやいた。最後に縫い糸を切ると、傷に殺菌軟膏を塗って滅菌ガーゼを貼った。「二、三日後にまたクリニックに来て。感染していないかチェックしたいから」イライアスはかがむと、ラッキーの唇にキスした。「厄介事に巻きこまれないように、と言ってもむだなのはわかっているけど、できるだけそう努力してほしいな」

「わたしがどこにいるのか、どうしてわかったの？」ソフィーにたずねた。

「だって、三十分で戻るって言ってたでしょ。一時間以上過ぎても戻ってこなかったので、ジャックもわたしも心配になってきたの。わたしは図書館のエミリーに電話して質問攻めにした。彼女はあなたと交わした会話と、マギーの家までの道順を教えたことを話してくれた。一人きりでそこに行ったとは思えなかったけど、戻ってこなかったので、それしか行き先として思いつかなかった。わたしはものすごく心配になってきた。それでネイトに連絡して、彼の車で出発したの。向かっている途中でネイトは火事の通報を受けた。そこからはサイレンを鳴らして走ったわ。あとはご存じのとおり。ああ、そうそう、ネイトはマギーの家の裏手の森にエリザベスの車が隠してあるのを発見したわ。わたしたちだけではとうてい発見できなかったわね」

「わたしたちの努力は役に立たなかったようね」ラッキーは肩をすくめ、その拍子に痛みが走ったので顔をしかめた。ネイトが現場に現れるとラッキーは拳銃を彼に渡し、ソフィーとエリザベスといっしょにまっすぐ村に戻ってきたのだった。「ネイトは今どこにいるの？」

「州警察といっしょにマギーの家にいる。あそこは大変な騒ぎになってるわ。それより、エリザベスはどこなの？」ソフィーはたずねた。

「隣の診察室で健康状態をチェックされているところ」

「彼女の様子を見てくるわ。あなたたち二人も用がすんだら来てちょうだい」ソフィーはイライアスに思わせぶりな笑みを向けた。ソフィーはさっさと部屋を出ていくと、隣のエリザベスの診察室をノックした。たちまち、ラッキーとイライアスのところまでにぎやかな笑い声が聞こえてきた。ラッキーは微笑んだ。「今の彼女には笑いがいちばんの薬よね。もうすんだ？　ジャックに会いに行くわ。さぞ心配しているでしょうから」

「行っておいで。わたしもあとで行くよ。まずエリザベスを診察しなくてはならない。脱水状態になっていなければ奇跡だ。それがいちばん危険なことなんだよ」

「マギーが大きな水差し一杯の水をくれたし、毎日食事を運んでくれたと言っていたわ」

「どうしてマギーはエドワード・エンブリーと関わるようになったんだ？」

「わからない。精神科医じゃないと話を聞きだせないと思う。精神のバランスがおかしくなっていたみたいだから、何を考え、何を感じていたのかは理解できそうもないわ。エドワードに脅されていて、エリザベスを逃がしたら殺すって言われたのかもね。エドワードは少年たちが息子の死に対して償いをしなかったのはマギーのせいだと考えていた。もちろん、ダニーにしたことはマギーに話していなかったのよ。わたしたちに告白したとき、マギーは燃えている家に閉じこめられていると思っていたにちがいないわ」

「そもそもエドワードは彼女の家で何をしていたんだろう？」

「ローランドに復讐をする絶好の機会を見つけたので、誰にも過去を思い出したり掘り起こしたりしてほしくなかったんじゃないかな。もっともマギーはずっと思い出の中に生きていたんだけど。少年たちにアリバイを与えたのはマギーだった。エドワードはずっとマギーを放置してきたけど、目だけはずっと光らせていたと言ってたわ。彼女も自分の罪にずっと苦しんでいたにちがいない。たぶん誰にも頼ることができないと感じていたのよ。そしてもちろんエドワードは彼女も殺すつもりだった。彼にとって予想外だったのは、いきなりエリザベスが現れたことでしょうね」ラッキーは身震いした。「イライアス、エドワードは家じゅうにガソリンをまいたの。わたしの着くのが数分遅かったら、もう手遅れだったわ」

　イライアスは腕の怪我に触れないように気をつけながら、すばやくラッキーを抱きしめた。

「きみに何かあったらと思うと……」

「わたしは大丈夫。すぐに治るわ。それにエリザベスも。それからもうひとつ……エドワードはハリーを殺していないと言っていた。ローランドがやったにちがいないって。わたしもそのとおりだと思う」

「ハリーの余命はあとわずかだった。治療法はあったが、たんに苦しみを長引かせるだけだったろう。それに担当医からの情報だと、彼は治療を拒んだらしい」

「気の毒なハリー。残りわずかな人生で、何十年も前にエドワードの息子に本当は何があったかを告白しなくてはならないと考えたのね。その意図をローランドに話したにちがいない。それならすべてつじつまが合うわ。ウィルソン牧師にまず最初に誰かに相談しなくてはならない、と言った理由も。でも、罪を認めて謝罪する機会はとうとう手に入らなかった。ローランドはその機会すら彼から奪ったのよ」

イライアスはトレイの器具を洗浄して片づけた。「さあ、悪い患者さん。もう行っていいよ。エリザベスが待っているだろう」ラッキーが微笑むと、二人の目が合った。ラッキーが診察台から下りるとイライアスは手を差しのべ、彼女をぎゅっと抱き寄せて髪に顔を埋めた。ラッキーは彼の心臓の鼓動を感じた。イライアスはひとことも言わなかったが、ラッキーには彼の考えていることや恐怖がよくわかっていた。言葉は必要なかった。イライアスが自分の人生にいてくれることに、心から感謝の念がこみあげてきた。

ジャックはクリニックの待合室で成型プラスチックの椅子に居心地悪そうにすわっていた。今日のクリニックの受付担当のローズマリーは患者の扱いが上手なので、おしゃべりでジャックの不安を鎮めようとしていた。ラッキーが現れると、ジャックは立ち上がって彼女に駆け寄り、大きな胸に抱きしめた。

「やっと来たね、お嬢ちゃん。りっぱに座礁を生き延びたな」

「わたしは大丈夫よ、ジャック。それにエリザベスも。もうじき出てくるわ」

「まさか思いもしなかったよ……」とうてい言葉にできそうもなく、ジャックは黙りこんだ。マギー・ハーキンズがエリザベスを地下室に閉じこめていたとは思ってもみなかったのだ。彼は首を振った。

「こんなことが起きるなんて、村の誰もがなかなか納得できないでしょうね」

「おまえがあそこに行かなかったら、エリザベスとマギー・ハーキンズは二人とも死んでいただろう。それに、彼はおまえに銃を突きつけたんだろ。おまえの髪の毛一本でも傷つけたら、わしの手であいつを殺していたよ」ジャックはすすり泣きをこらえた。「……それにエリザベスに対してもだ。信じられんよ。よりによってエドワード・エンブリーがこういう真似をしたとは。ゆがんでいる。それしか言葉が見つからない。彼の考えはゆがんでいたんだ。それなのにみんな、りっぱな人間だと考えていた」

「マギーがどうなったか知ってる？」

ジャックはうなずいた。「数分前にネイトから電話があったよ。ずっとマギーの家にいたようだ。おまえとエリザベスが大丈夫か心配して電話をくれたんだよ。マギーはリンカーン・フォールズの病院に連れていかれるようだ。たぶん入院することになるだろう。彼女のやったことはいかれているが、そもそも、彼女にもっと目を配ってやれなかったことを村の住人全員が反省するべきだ」

「そのとおりね、ジャック。もしかしたらあまり力になれなかったかもしれないけど、マギーはあれだけの悲嘆に一人きりで向き合っていたのに、わたしたちは見過ごしてしまったのよ」ラッキーは首を振った。「あの彼女の姿は忘れられない。エドワードに襲いかかったときはまさに野生の獣みたいだった。森でわたしたちを見張っていたのね。彼が息子にしたことを聞いて――エドワードがガソリンに火をつけなかったらダニーがまだ生きていたと知って切れたのよ。怒りで完全に我を忘れてしまったの」

37

　ネイトがノックすると、コーデリア・ランクがすぐにドアを開けた。ラッキーはさっき正面側のカーテンがかすかに動くのを見ていた。彼らが小道を歩いてくるのをコーデリアは見張っていたにちがいない。ラッキーは勇気づけるようにホレスの手をぎゅっと握りしめた。ホレスがこの対決を恐れているのを知っていたが、やらなくてはならないことだった。ホレスはしゃがみこんで、キケロの引き綱を正面ポーチの柱に結びつけた。

「ステイ、キケロ」キケロはお利口にすわって尻尾を振った。ラッキーは犬の頭をなでてやった。ホレスがエドワードのみなしごになったペットをひきとってくれてよかった。

　コーデリアはドアを開けると、ネイトに氷のような視線を向けた。それからホレスとラッキーを眺めた。

「ネイト」彼女は感情のこもらない声で言った。どうして彼らが玄関先に立っているのか、いやというほどわかっていたのだ。

「入ってもかまわないかな？」ネイトがたずねた。

　コーデリアは何も言わずに一歩下がり、自宅のドアを大きく開いた。ひとことも発さずに、

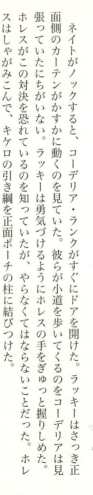

大きな客間に歩いていき、背もたれのまっすぐな肘掛け椅子に腰をおろした。ネイト、ラッキー、ホレスの三人はコーデリアのあとをついていき、彼女と向かい合ってソファにすわった。

「ミセス・ランク、あなたがホレス・ウィンソープを彼の自宅裏の森におびきだし、あなた、あるいはあなたとご主人が許可なく彼の家に入り、遺骨といっしょに発見された人工物を盗んだとわれわれは信じている」

コーデリアはこわばった表情でネイトをにらんだ。「よくもそんな……」

「ここにうかがったのは、それをおとなしく渡していただくためだ。それはあなたのものではないし、遺骨と他の人工物の最終的な譲渡先が決定されるまで、大学で保管されなくてはならない」

コーデリアは鼻でせせら笑った。「何をおっしゃりたいのかさっぱりわかりません」

ネイトはため息をついた。「令状をとる必要がないことを心から願っていたんだ、コーデリア。平和的なやり方で決着をつけたかったのでね」

コーデリアの呼吸が浅くなった。顔がひきつり、鼻の周囲に白い筋が何本も現れた。

「あなたはまちがっているわ、ネイト・エジャートン。あの遺骨はわたしのものです。わたしの祖先の遺骨だし、それは証明できるわ。〈アメリカ革命の娘たち〉にあらゆる調査結果や書類を提出していますから。あなたにもこの村にも、わたしの祖先とその所有物がきちんと埋葬されるのを妨害する権利はありません。申し上げておきますけど、弁護士を見つけたので、いずれ大学に対してあの遺骨の返還を求める訴訟を起こすことになるでしょうね」

ラッキーは廊下で足音がするのを聞きつけ、顔を上げるとノーマン・ランクが客間の戸口に立っていた。

「いや、コーデリア、わたしは法的解釈についてあなたと議論することはできない。それは判事が決めることだろう。ただ、捜索令状をとり、あの鉛の銃弾がこの家屋内にあるかどうかを調べることはできるし、見つけたらあなたを告発せざるをえない。幸いなことに、ウィンソープ教授はあなたをやっかいな目にあわせたくないと考えているが、あの人工物は大学から借りているので返却しなくてはならないのだ。あの晩負った傷や精神的動揺のことはおいておくとしても、彼は紛失のことで非常に困った立ち場に立たされているんだ」

ノーマンは部屋の向こうの妻を見た。彼は背中を向けると戸口からいなくなり、コーデリアとネイトは無言でにらみあった。どちらも譲りたくなかったのだ。ノーマンが戻ってきて、ネイトに近づいていくと小さな箱を渡した。

ネイトは驚いて顔を上げ、箱を受けとった。ネイトは慎重に蓋を開け、ラッキーは肩越しにのぞきこんだ。コットンの上には、かつて家庭のピューター製品から作られ、二世紀以上前に若者を殺した小さな鉛の弾がのっていた。ホレスは大きな安堵の吐息をついた。

「おわびします。みなさんに多大なご迷惑をかけたことで申し訳なく思っています」ノーマンはホレスに話しかけた。「あなたに危害を加えるつもりはまったくなかったんです」

ホレスは立ち上がるとノーマンと熱烈な握手をした。「もう忘れましょう。ありがとう」

コーデリアの顔は真っ赤になった。彼女は異を唱えようとして口を開きかけたが、ノーマンが目顔で妻を黙らせた。「妻の言うことはもっともです。遺骨が妻の祖先なら、妻には遺骨と人工物の所有権がある。ただ、あんなことをしたのはとても愚かだった。どうか許していただきたい。今後は法的手段にゆだねて、どうするべきかは法廷で決着をつけてもらいます」

コーデリアはどうにか威厳をつくろった。「わたしが〈アメリカ革命の娘たち〉の一員だという事実は変わらないわ。わたしの祖先が愛国者だったことを証明してみせる。どっちの銃弾に殺されたにしても、彼は裏切り者じゃない。それに反論する人は名誉毀損になるわ。ナサニエル・クーパーが大陸軍で民兵隊に所属していたことを示す確実な記録は入手しているわ。それこそが本当に重要なことでしょ」そこでコーデリアは言葉につまり、部屋を飛びだしていった。今にもわっと泣きだしそうに見えた。

ラッキーは一瞬コーデリアを哀れに思った。もっとも、ホレスが森で倒れているのを発見した夜のことを思い出すまでだったが。たぶんコーデリア・クーパー・ランクは少々恥をかいて当然なのかもしれない。

38

チャーリーが芝生からラッキーの膝に飛び乗ると、ゴロゴロ喉を鳴らしながら彼女の顔に鼻をすりつけてきた。

「あなたのファンになったみたいね」エリザベスが言った。彼女は大きなピクニックテーブルを一周しながらキャンドルに火をつけていた。

太陽がちょうど沈みかけていた。そろそろ秋の最初の冷え込みが忍び寄ってきそうな夏の最後の日だったが、今夜は暖かそうだ。エリザベスは救出と解放を祝って「夏にさよなら」と名づけたパーティーを開くことにした。ラッキーとイライアス、ジャック、ソフィーとセージ、ホレス、ネイトとスザンナ・エジャートンが招かれていた。

スザンナがワインを注いでラッキーに渡した。「チャーリーをおろしたくないでしょ。膝の上でとても幸せそうだから」

「エリザベスがいないあいだに絆ができたみたい」

エリザベスがクスクス笑った。「つまり、あなたがえさをやったから、彼になつかれたってことね」

「ひとことで言えばそうね」ラッキーは認めた。

ジャックとネイトはビールを手にピクニックテーブルに並んですわり、セージはステーキとハンバーガーをエリザベスの裏庭のバーベキューグリルで焼いている。トウモロコシがグリルに並べられ、火を通されて焼き目がついていた。ソフィーはセージの隣の調理用テーブルで野菜を切り、オリーブオイルを塗っている。

「とてもいいにおい。おなかがすいてきたわ」スザンナが叫んだ。

「すぐに用意できます」セージがステーキにマリネ液をかけ、さらにジュウジュウいわせた。ソフィーはトウモロコシといっしょに野菜を大皿に盛りつけてテーブルに運んでいった。声をかける必要はなかった。全員がいそいそとピクニックテーブルに歩いていき席についた。

ラッキーが椅子から立つと、チャーリーは抗議の声をあげて膝から飛び下りた。セージはテーブルを回ってそれぞれの皿にステーキをのせた。彼はグリルに戻ると、今度はハンバーガーの皿をテーブルに運んできた。全員が落ち着くと、エリザベスがワイングラスを掲げた。

「いい友人たちに。もしあなたたちがいなかったら……」彼女の目にみるみる涙があふれた。

「ええ、今ごろわたしはどうなっていたかわからないわ」

ピクニックテーブルでキャンドルが揺らめき、エリザベスの友人である愛する人々の顔を照らしだした。ラッキーが最初に口を開いた。「エリザベスに」彼女はグラスを掲げ、全員がそれにならった。

「エリザベスに」夜気に声がこだました。

夜になり涼しくなってきたので、片付けが終わると、お客たちはさらに飲んだりデザートを食べたりしようとリビングに移動した。ラッキーは火のついたキャンドルを家の中に運び、コーヒーテーブルや部屋のあちこちに置いた。チャーリーは定位置であるエリザベスの膝に寝そべっていた。

「実はね、エドワードとわたしは、もうかれこれ二十五年ぐらい前になるかしら、親しくなったの。もしかしたらかけがえのない関係になれたかもしれない。なんとなく当時はその可能性を感じていたわ。エドワードはその何年も前に絶望と悲しみに打ちのめされていた。あんなふうに息子さんを失ったうえ、奥さんまで亡くしたの。奥さんがもっと強い人で、ジョニーの死にもう少しうまく対処できたら、たぶんもう一人子どもを持てたかもしれない。そうなったら状況はだいぶ変わっていたでしょうね」

「奥さんがどうして亡くなったのか聞いていないけど」ソフィーが言った。

エリザベスはちらっとネイトを見た。彼は話したまえと言いたげな視線を返した。

「首をつったのよ。ジョニーが死んだあとで……自殺した。つらい数年間を切り抜けられるように、みんながエドワードを精一杯支えた。それがきっかけで、わたしと彼は会うようになったの。彼はじょじょに立ち直ってきているように見えたわ。だけど、ふと気を抜いた瞬間に、彼の心の中でくすぶっているものを見てしまった。もちろん、わからなくはないわ。でもそのとき、この人は永遠に前に進めないかもしれないと悟った。彼は家族にふりかかってきたことを絶対に許すことができなかったのよ」

エリザベスは部屋にいるお客たちの顔を見回した。「わたしには彼を断罪することができないわ、ああいうことをしたけれど。ダニー・ハーキンズとローランドにだけではなく、わたしやマギーにもね。彼が人生で抱えていた押しつぶされそうな重荷については想像すらできない。ただ……許し、立ち直る方法を何か見つけてくれればよかったのにと残念に思うわ」

「誰もわからなかったんだ」ネイトが口を開いた。「彼は物静かで自分の殻《から》に閉じこもっていた。たぶんリチャード・ローランドが戻ってこなかったら、あんな衝動的な行動には出なかっただろう」

「ローランドが戻ってきたことがきっかけになった」エリザベスは言った。「でも何年も前に機会が訪れたときにダニー・ハーキンズにしたことを忘れないで。あの日、森でわたしとラッキーに銃を向けたとき、彼はまったく後悔していないようだった。彼は良心と闘うことをとっくに放棄していたんだと思うわ。ローランドが、あの口先だけの道徳心のない男が戻ってきたとき、彼は完全にその闘いに敗北したのよ」

「昔の話は聞いたことがあったが、それをつなぎあわせようとは思わなかった」ネイトが言った。「ローランドにはハリーが殺された夜のアリバイがあった。ビジネスの会合でリンカーン・フォールズにいたと主張したんだ。しかし、もろいアリバイだった。ローランドはいつでも村に帰ってきて、ハリーの修理工場のドアをノックすることができた。それに動機を探すだけなら、ガイ・ベセットをじっくり調べることになっただろうね」

「ガイですって？」セージが眉をひそめた。「どうしてガイが？」

「ああ」ネイトが咳払いした。「みんな、じきに知るだろう。ハリーは自分の余命がわずかだと知っていた。リンカーン・フォールズの弁護士に遺言書を作成してもらって、すべてをガイ・ベセットに遺したんだ。ビジネスも含めて」

「まあ、それはすばらしいわ！」ソフィーが叫んだ。「今後も村に自動車修理工場があることはもちろんだけど」

ラッキーはガイからすでに話を聞いていたことをみんなに言わなかった。あの日〈スプーンフル〉でああいうアドバイスをしてよかったと思った。ハリーの事件が解決するまで、口を閉じているようにと。

「あとはロウィーナを彼に近づけないようにすればいいだけね」ソフィーが言った。

ジャックが笑った。「今度ガイと会ったら忠告してみるよ――男同士の話として」

エリザベスは物思いにふけりながらチャーリーの毛をなでた。

「マギーがあんなに怯えていなかったら、絶対にわたしを解放してくれたと思うわ。わたしに危害を加えるつもりはなかったと思うの。少なくとも、彼女がそんなことをする理由は考えられない。エドワードは彼女の恐怖と罪悪感を利用していたにちがいないわ。マギーは社会からつまはじきにされていると思っていたのでしょう。孤独と孤立のせいで……」エリザベスは首を振った。「ずっと心の中でさまざまな感情がわだかまっていたのでしょう。マギーはエドワードが自分を殺すつもりはないと思いこもうとした。そして自分を助けに来てくれる人がいるはずだと信じていたにちがいないわ」

「もしかしたらエドワードはもっと早く彼女を殺すつもりだったのかもしれない。そこに、あなたが現れたのよ」ラッキーが言った。「あなたを人質にしておくには彼女を生かしておく必要があった」

エリザベスはうなずいた。

「彼がわたしをあの火事で殺すつもりはなかったと信じたいわ。だけど、彼の頭には、もはや他の選択肢はなかったんでしょうね」

「ハリーを殺したのはローランドだというのは確実なの？」スザンナが部屋の面々を見回しながら質問した。

ネイトは咳払いした。「確実なところはわからない。法廷に持ちこめるような確かな証拠はないんだ。つまり、あの男がまだ生きていたらの話だが。しかし、ローランドの犯行だということには有り金を賭けてもいいね」

「ネイトの言うとおりだと思うわ」ラッキーが言った。「ウィルソン牧師のオフィスの外で会話を立ち聞きして、ハリーは恐ろしい秘密を長いあいだ胸にしまっていたんじゃないかという気がした。彼が事前に警告しようとしたのはローランドにちがいないわ。ローランドはあせったでしょうね。告発されたらって……どういう罪になるの？　過失致死？　第二級殺人？　自分の名声と人生がだいなしになるのがまざまざと見えたでしょう。だから少年時代に何があったかをハリーがしゃべらないうちに、彼の口を封じたのよ。ハリーにそんな真似をさせるわけにはいかなかった。こんなに時間がたったあとで」

「それで筋が通るな」ネイトが言った。「ハリーは殺される前日に、ローランドと緑地でしゃべっているのを二人の人間に目撃されている。目撃した人間はハリーがローランドと洗車場の件で共謀しているんじゃないかと考えていたので、それが目に留まったんだ」

ソフィーが口を開いた。

「わたしたちはハリー・ホッジズとリチャード・ローランドが共有しているものを見つけようとしていたのよ。あんなにちがう人間はいないけど、二人の殺人は連続して起きた。偶然の一致ではありえないと思ったの」ソフィーは部屋の向こうを見た。「エリザベス、あなたはどう思う？　彼らはエンブリーの息子をわざと燃えている家に閉じこめたんだと思う？　彼を殺すつもりだったの？」

「たぶん、いたずらが手に負えなくなったんだよ」セージが口をはさんだ。「ジョニーがしつこくつきまとうので、脅してやろうとしただけなんじゃないかな」

「あの子たちのことはよく覚えてるわ」エリザベスは言った。「まるできのうのことのように。教師も親もえこひいきはいけないと言われているけど、どうしても好きな子とそうではない子がいるものよ。大きくなったらどういう人間になるかまざまざと目に見えるから。リチャード・ローランドはその最たるものだった。あの子はどうしても好きになれなかったわ。信じられないぐらい邪悪な性格だとはっきりわかったから。それでもなぜか、他の子どもたちを意のままにすることができたの。いたずらな子で、しかも小さなグループのリーダーだった。ハリーとダニーは彼の子分だった。ローランドに言われたことは何でもやったわ。ハリーやダニーが誰かを意図的に傷つける真似ができるとは信じられない、とりわけ年下の男の子を。ただし、ローランドにそそのかされれば別ね。ただ、たとえあの日、事件のあった廃屋には近づかなかったと主張していても、どの子も無実だとは思わないの。お遊びが手に負えなくなったという可能性はあるわね。火を消そうとしたけど、できなかったのよ。手遅れになった。ジョニー・エンブリーを救うにはもう遅すぎたのよ」

エリザベスは遠くを見るようなまなざしで、しばらく黙りこんでいた。

「本当は何があったにしろ、全員の人生がとりかえしのつかないほど傷ついた。ハリーは誰とも親しくならない一匹狼だった。ダニーはもっと長く生きられても、お酒で命を落としたでしょう。そしてリチャード・ローランドはとても冷酷で不幸な人間になった。それとも、生まれつきそういう人間だったのかもしれないわね。この長い歳月に息子を、次に妻を失ったエドワードをむしばんでいた感情にいたっては、わたしにはとうてい理解できないわ。すべての人生はたったひとつの無謀なできごとによって破滅した——故意ではなく無謀さのせいだとしてだけど。彼らはジョニーをあの家に閉じこめ、いたずら半分に火をつけたのか？それとも、ジョニーが出られなくなったとき、もはやどうすることもできず、罪に怯えながらも残りの人生を嘘で塗り固めて生きていこうとしたのか？」

キャンドルがはぜ、全員が黙りこんだ。夜になり冷えこんできたが、エリザベスの家の中は暖かくて居心地がよく、彼らが考えているぞっとする話とは別世界だった。ラッキーはイライアスの肩にもたれかかった。人生は何歳であっても、いきなり終わることがあるのだと彼女は思った。不安のせいで時間をむだにするのはもったいない。二人の関係が噂になったからといって、何かちがいがあるだろうか？　重要なのは彼女とイライアスが人生をともに進んでいくこと、毎日を精一杯生きることだ。

ジャックが沈黙を破った。「あの日ジョニーに起きたことの真相は永遠にわからんだろうね。それに、もうどうでもいいことなのかもしれない」

「アーメン」エリザベスは言った。「だいたい、この部屋にいる人間以外にもう誰も気にしていないわ」

チャーリーがエリザベスになでられながら、満足そうにゴロゴロ喉を鳴らした。

冷製チェリースープ

材料（6人分）

サワーチェリー（生、冷凍、缶詰）…500グラム（種をとる）
水…1カップ
砂糖…1カップ
シナモン（粉）…大さじ1
ナツメグ…小さじ¼
赤ワイン（辛口）…3カップ
アーモンドエッセンス…小さじ1
ライトクリーム…1カップ
サワークリーム…1カップ

作り方

❶ チェリー、水、砂糖、シナモン、ナツメグ、赤ワインを鍋に入れる。沸騰したら火を弱め、チェリーがやわらかくなるまで20~30分煮る。
❷ 火からはずし、アーモンドエッセンスを混ぜる。
❸ ボウルでゆっくりとライトクリームをサワークリームに注ぎ、なめらかになるまで混ぜる。
❹ ❸を鍋に入れ、均等に混ざるまでそっとかき回す。
❺ 冷やして出す。

※米国の1カップは約240cc

セージの
ピーナッツバター・スープ

材料（4人分）

タマネギ…小1個（みじん切り）
バター…大さじ2
チキンブロス…3カップ
チキン（火を通したもの、または生）…1カップ（さいころ程度の角切り）
赤唐辛子…少々（好みで）
セロリ…½カップ（粗みじん切り）
塩…小さじ¼
ピーナッツバター…½カップ
ピーナッツ…少々（みじん切り）
小麦粉…大さじ3
水…大さじ3
牛乳…¼

作り方

1. バターをスープ鍋に溶かし、刻んだタマネギを加え、タマネギがやわらかくなるまで低温で2分間ソテーする。茶色に色づかないように気をつける。
2. チキンブロス、チキン、セロリ、塩、赤唐辛子、ピーナッツバターを加える。
3. 蓋をしてセロリがやわらかくなり、チキンに完全に火が通るまで15分間中火で煮る。
4. 別の小さな鍋を弱火にかけ、水と小麦粉をかき混ぜて粉を溶かし、牛乳を加えてよく混ぜる。
5. ❹をスープ鍋に加え、少しとろみがつくまで強火で10分煮る。
6. 刻んだピーナッツを盛りつけたスープの上に散らす。

チキンとアプリコットとアーモンドのサラダ

材料（2人分）

チキンの胸肉(火を通し皮をとったもの)…1.5カップ(さいころ程度の角切り)
ドライアプリコット…½カップ(粗みじん切り)
セロリ…2本(粗みじん切り)
コリアンダー…大さじ3(生、粗みじん切り)
プレーンヨーグルト…1カップ
マスタード(香辛料のきいたもの)…大さじ2
蜂蜜…小さじ2
オレンジの皮…小さじ2(すりおろし)
ロメインレタス…大10枚(ひと口大に切る)
スライスアーモンド…½カップ

作り方

❶ 大きなボウルでチキン、アプリコット、セロリ、コリアンダーを混ぜる。
❷ 別の小さなボウルでヨーグルト、マスタード、蜂蜜、オレンジの皮を混ぜ、❶に加える。
❸ そこにロメインレタスを入れてすべてをよく混ぜ、スライスアーモンドを飾る。

キュウリのヨーグルトとクルミの冷製スープ

材料（4人分）

キュウリ…1本
ニンニク…½片
塩…小さじ½
クルミ…1.5カップ（粗みじん切り）
炊いた白米…1カップ
クルミオイルまたはヒマワリ油…小さじ1
プレーンヨーグルト…2カップ
冷水…1カップ
レモン汁…小さじ2
ディル（生）…数本

作り方

1. キュウリを縦半分に切り、片方だけ皮をむく。
2. 皮をむいたものとむいていないもの両方をさいころ状に切る。
3. ニンニクと塩をフードプロセッサーでブレンドする。
4. ③に白米と皮をむいたキュウリとクルミ1カップを加え、またブレンドする。
5. ④を大きなボウルに移す。ゆっくりとクルミオイルかヒマワリ油を加えてかき回し、ヨーグルトと皮をむいていないキュウリを混ぜる。
6. ⑤に冷たい水とレモン汁を加えて混ぜる。
7. 冷やしたボウルに入れる。
8. クルミの残りとディルを散らす。すぐに食卓に出す。

スイカとバジルと
フェタチーズのサラダ

材料（2人分）

スイカ…2カップ（さいころ状に切る）
赤タマネギ…½カップ（粗みじん切り）
フェタチーズ…½カップ（ほぐす）
バジル…½カップ（生、粗みじん切り）
ロメインレタス……8枚（ひと口大に切る）
バルサミコ酢……少々

作り方

❶ すべての材料を大きなボウルで混ぜ合わせる。
❷ バルサミコ酢を少々ふりかけて出す。

訳者あとがき

スープ専門店シリーズ第二作『招かれざる客には冷たいスープを』をお届けします。一作目の『謎解きはスープが冷めるまえに』で、主人公のラッキー・ジェイミソンは、真冬の凍りついた道で車がスリップして両親が事故死するという悲しい知らせを受けて、故郷のヴァーモント州の村に戻ってきました。おまけに両親のやっていたスープ店〈スプーンフル〉のシェフ、セージが濡れ衣をきせられて逮捕されるという不運もあり、絶望のどん底に落ちるのですが、持ち前の明るさとバイタリティで事件を解決します。未読の方はぜひ一作目もお手にとって読んでみてください。現在の恋人イライアスとのなれそめや、幼なじみのソフィーとの確執も描かれていて、ラッキーの背景がより詳しくわかると思います。

そして今回は、お店も順調、恋愛も順調なラッキーをまたまた苦難が待ち受けています。スノーフレーク村の真ん中に洗車場ができるというので、住民たちは景観がだいなしになると、一致団結して反対デモをおこなうことになりました。その相談のために、〈スプーンフル〉は毎日のように意見を交わしあう住民で満員です。そんなとき、自動車修理工場を経営する男性が無残な死体となって発見され、前後して、ラッキーが母親代わりに慕っていた村長のエリザベスが行方不明になってしまうのです。家に残されたエリザベスの愛猫チャールズの世話をしながら、心配と不安で押しつぶされそうになるラッキー。食事も喉を通らなくなりながらも、店は続け、エリザベスの捜索も必死におこなおうとする行動力と精神力に脱帽しました。彼女の奮闘ぶりは、ぜひ本文でお楽しみください。

今回の読みどころのひとつは、エリザベスの愛猫チャーリーです。おとなしい性格で知らない人が来ると隠れてしまうけれど、ラッキーにはなついて甘える描写が胸キュンもの。猫好きのチャーリーファンが増えそうです。

また、おいしい食べ物もいつものようにたくさん登場します。ことに、夏はサラダを出そうというラッキーの提案をシェフのセージが受け入れてくれたので、自分でも作ってみたくなるようなサラダがいくつも出てきます。スープもいろいろ登場しますが、今回は夏なので冷製スープも。セロリと新タマネギの冷製スープなんて、新タマネギが出たらぜひ作ってみたいと思いました。冷製ではありませんが、セージの新作、ピーナッツバタースープも魅力的です。巻末にレシピがついているので、ぜひトライしてみてください。おいしくできたらブログなどのSNSにアップしたり、コージーブックスのツイッターもあるので投稿していただけるとうれしいです。ちなみに訳者は地域の収穫祭でスープ店をまかされ、一作目に登場したトマトスープをアレンジして売ったところ、あっという間に完売、大好評でした。

今回、コニー・アーチャーにレシピの分量のことで疑問点をメールで問い合わせたところ、すぐにお返事が来て、さらに日本版の表紙をフェイスブックにアップしてくれました。原書はあまりかわいい絵ではない（失礼）ので日本版のイラストが目を引いたようで、コメント欄には賞賛の言葉が並び、「いいね」がたくさんついていました。巻頭の謝辞の最後にＵＲＬが付記してあるのでのぞいてみてください。アーチャーはとても気さくな感じのいい方でした。原書でも読んでいらっしゃる方は、ピーナッツバタースープのレシピは日本版の分量の方が正しいのでご注意を。

さて三作目は冒頭から車の中で殺されている人が発見され、不穏な雰囲気が漂っています。かたや秋のスノーフレーク村には移動労働者たちがやって来て、収穫祭の企画をしています。また、〈スプーンフル〉のウェイトレスのジェニーをストーカーしているらしい男が現れ、ラッキーをはらはらさせます。今回のラッキーはどんな活躍ぶりを見せてくれるでしょうか。そして、おいしいスープも楽しみです。ひとつだけご紹介すると、ビーツ、マッシュルーム、大麦を使ったスープが登場するようです。今年の八月にはお届けできる予定ですので、どうぞ楽しみにお待ちください。

コージーブックス

スープ専門店《せんもんてん》②

招《まね》かれざる客《きゃく》には冷《つめ》たいスープを

著者　コニー・アーチャー
訳者　羽田詩津子《はたしずこ》

2017年　3月20日　初版第1刷発行

発行人　成瀬雅人
発行所　株式会社　原書房
〒160-0022 東京都新宿区新宿 1-25-13
電話・代表　03-3354-0685
振替・00150-6-151594
http://www.harashobo.co.jp
ブックデザイン　atmosphere ltd.
印刷所　中央精版印刷株式会社

落丁・乱丁本はお取り替えいたします。
定価は、カバーに表示してあります。
 ISBN978-4-562-06063-4 Printed in Japan